La guerre des dieux 2

–

L'Enlèvement

Du même auteur :

L'Héritier

La guerre des dieux :
1 – Le Maître des Ombres
2 – L'Enlèvement
3- Les Royaumes Oubliés (À paraître)

Kiwa

https://www.facebook.com/Magali-Raynaud-221397698212053/

http://magaliraynaud.com

Raynaud Magali

L'Enlèvement

Le Code de la propriété intellectuelle interdit les copies ou reproductions destinées à une utilisation collective. Toute représentation ou reproduction intégrale ou partielle faite par quelque procédé que se soit, sans le consentement de l'auteur ou de ses ayant cause, est illicite et constitue une contrefaçon, aux termes des articles L.335-2 et suivants du Code de la propriété intellectuelle.

Carte du monde

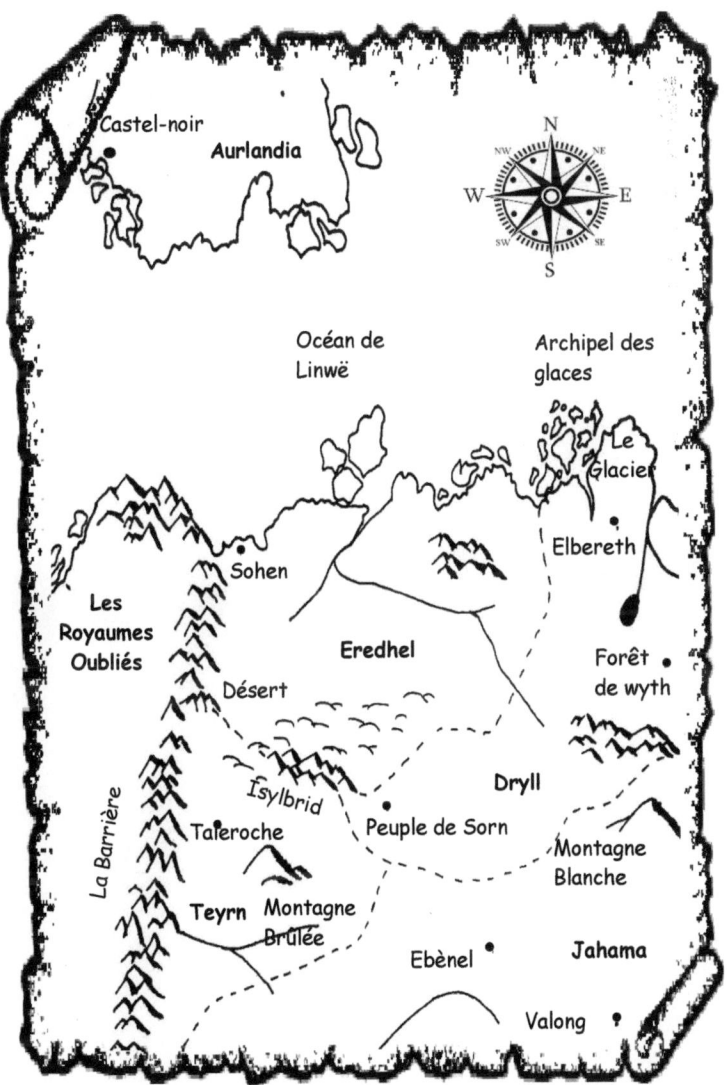

1

Baldr contemplait le monde fade des humains à travers son miroir d'eau, comme à son habitude. Il surveillait Eroll. Un stratège remarquable. Un grand chercheur. Grâce à lui, à son ingéniosité, il aurait bientôt le moyen de renverser son frère ! Lysendra avait commis une erreur en partageant ce monde entre eux deux, et il allait rectifier le tire.

On frappa à la porte, et un autre dieu entra.

- Comment les choses évoluent-elles, sur terre ?

Baldr lui fit signe d'approcher, et lui désigna le miroir, au mur, dont la surface se mouvait comme de l'eau.

- L'attaque avance, expliqua Baldr. Eroll s'en sort bien. Remarquablement bien, contrairement à tous ses ancêtres.

- Notre heure est-elle enfin venue ?

- Oui, Kolac, elle est là. Bientôt, Abel et les siens ne seront plus qu'un pâle souvenir. Ces derniers siècles ont été riches en découvertes... Nos guerres durent depuis des millénaires, sans succès, mais cette fois-ci, mon *frère* n'a plus aucune chance. Oh ! je l'ai laissé gagner, il y a quarante ans. Quand l'empire a été repoussé, il croyait s'être débarrassé de moi pendant un moment, mais c'était un leurre. Je l'ai laissé faire, pour qu'Aurlandia entre dans une colère noire. Maintenant que l'empire est décidé à faire disparaître le culte d'Abel, et que j'ai les moyens de le faire, mon cher frère n'en a plus pour longtemps. J'ai beaucoup... d'armes, à ma disposition.

- Et pour Sanya, que faisons-nous ?

- Sanya ?

Baldr éclata d'un rire franc, qui aurait pu être envoûtant sans cette intonation maléfique.

- Cette pauvre enfant ne peut plus rien contre nous !
- Eh bien... même humaine, elle peut nous causer de gros problèmes. Avec ou sans pouvoir, elle est toujours aussi terrible.
- Je ne crois pas, non. Que veux-tu qu'elle nous fasse ?
- Baldr, nous nous servons des humains pour affaiblir Abel et les siens. Sanya est en train de faire de même sur terre. À la tête d'Eredhel, je crains qu'elle réussisse à nous affaiblir suffisamment pour laisser à Abel une chance de nous tuer.
- Kolac, tu la surestimes. D'abord, elle ne vaincra pas l'empire, c'est une certitude. De plus, pourquoi voudrait-elle aider Abel, après ce qu'il lui a fait ?
- Sa famille est toujours auprès d'Abel. Bannie ou pas, elle fait partie d'Ysthar, il est normal qu'elle se batte pour eux. Et elle ne nous porte pas dans son cœur. Nous devrions l'éliminer, tout de suite. Abel ne lèvera pas le petit doigt pour elle. C'est notre chance ! Après tout ce qu'elle nous a fait...

Baldr chassa l'air de sa main.

- Oui, oui, je sais tout ça. Kolac, tu te fais du souci pour rien. Eroll a concocté quelque chose, spécialement pour elle. Dans peu de temps, Sanya ne sera plus un problème.
- Lui faites-vous confiance ?
- Je ne fais pas confiance aux humains, mais celui-là est malin. Un bon stratège, très talentueux. Et manipulable. Il pense être mon Élu, il ferait n'importe quoi pour moi. Sans parler de sa soif de conquête... Il n'est pas comme ses ancêtres, avec lui, nous vaincrons les royaumes d'Abel. C'est une certitude.
- Baldr... Sanya est une bonne stratège, elle aussi...
- Je t'ai dit que nous n'aurions bientôt plus rien à craindre d'elle !
- Oui, mais... Elle possède le plus puissant des quatre royaumes, elle peut prendre possession de toutes les armées ! Et elle a avec elle ces Maîtres des Ombres...
- Je sais tout cela. Écoute Kolac, Sanya est peut-être une reine, mais elle ne peut pas dominer tout le monde aussi facilement. Arrête de t'inquiéter. Pour ce qui est des Maîtres des Ombres, j'ai juré de les anéantir, et les sorciers d'Aurlandia s'en chargeront pour

moi. Ils en seront ravis. Ces êtres infâmes ne méritent pas de vivre, ils devraient être morts depuis bien longtemps. Je veillerai à ce que nos erreurs passées soient réparées.

- Eroll a-t-il vraiment un plan pour Sanya ?
- Oui. Il est en marche. Sanya va rapidement se faire prendre dans ses filets, ça, tu peux me croire. Comme je te l'ai dit, elle ne sera bientôt plus qu'un simple souvenir.

2

- Ça va ? demanda Darek.
- Oui.
- C'est bien. Entrer dans une des planques de la guilde des voleurs n'est pas chose facile, et voler ce qu'ils gardent jalousement l'est encore moins. Loin de moi l'idée de te mettre la pression.
- Allons, la pierre n'est pas gardée si jalousement, puisqu'ils l'ont confiée à une recrue, pour qu'elle fasse ses preuves en effectuant la livraison, répliqua Connor avec un sourire.
- Tu marques un point. Sois prudent, et que les ombres te protègent.
- Que les ombres te protègent également, répondit le jeune homme en se redressant.

Les deux hommes avaient quitté Sohen depuis deux semaines pour continuer l'entraînement de Connor dans une autre ville. De plus, les Maîtres des Ombres avaient quelques comptes à rendre ici même à Griseroche ; Darek en profitait donc pour se décharger de ses tâches sur son apprenti.

Il pouvait enfin commencer les leçons sérieuses. Connor travaillait surtout sa furtivité, en s'infiltrant, traquant et espionnant les cibles choisies avec soin par Darek. Parfois, il devait se battre, mettant ainsi en application tout ce qu'il avait appris.

Kelly continuerait ses entraînements d'assouplissement, de lancer de poignard et de crochetage de serrure dès son retour. Connor regrettait que la jeune femme ne soit pas partie avec lui, sa présence l'égayait plus que celle de Darek.

Alors qu'il redescendait souplement du toit où ils s'étaient postés pour avoir une meilleure vue, Darek et lui, Connor songea de nouveau à ce que ses entraînements lui avaient apporté.

Il lui semblait enfin pouvoir laisser libre cours au pouvoir qui logeait en lui. Ses progrès étaient fulgurants dans tous les domaines. Il était confiant, et dans l'art de la discrétion, il devenait de jour en jour plus performant. Une véritable ombre...

Et un guerrier digne de ce nom.

Même s'il n'était pas encore capable d'écouter l'Onde, Connor devenait plus fort et redoutable.

Une fois de retour dans les rues de la ville, Connor se dirigea vers l'auberge *L'Hydre farceuse*, en réalité une des neuf planques des voleurs.

Quand le jeune homme fut arrivé, le vacarme provenant de l'intérieur était si fort qu'il renonça très vite à entrer. Il préféra donc faire le tour du bâtiment et entra dans l'arrière-cour sans un bruit. La porte qui menait aux cuisines était entrouverte, mais les serveuses et cuisiniers étaient légion.

S'assurant que personne ne l'observait, il grimpa au mur avec souplesse, sans un bruit, et observa entre les lattes des volets de la première fenêtre qu'il rencontra. Ne voyant rien d'intéressant, il passa à la suivante.

Il découvrit enfin ce qu'il cherchait. En plissant les yeux pour mieux voir, il vit trois hommes assis sur une table, discutant à voix basse. La fenêtre ne laissait passer aucun son, et étant bien incapable de lire sur les lèvres, il ne sut quel était le sujet de la discussion. Deux femmes étaient également là, chacune assise sur les genoux d'un homme. Ces derniers les caressaient et les embrassaient tout en discutant avec le troisième homme, indifférent aux femmes.

Se postant sous la fenêtre de la chambre d'à côté, Connor vérifia que la pièce était vide. Puis il tira un couteau de sa brassière et le glissa entre les battants des volets. Les ouvrir fut facile, mais la fenêtre se montra plus coriace.

Quand ce fut fait, il se glissa dans la chambre, son couteau toujours en main.

Il avança en silence, faisant très attention à ce qui jonchait le sol. Le lit était vide, mais défait. Connor se préparait à se cacher au moindre signe suspect. Alors qu'il portait la main à la poignée de la porte, un ronflement le fit sursauter. Faisant volte-face, prêt à frapper, le jeune homme fouilla les ténèbres du regard. La chambre n'était en réalité pas vide ! L'homme qui l'occupait dormait d'un sommeil profond, couché par terre, une chope de bière à la main. Apparemment, il n'avait pas réussi à atteindre son lit. Dans l'état où il était, Connor n'avait rien à craindre de lui.

Sans un bruit, le jeune homme tourna la poignée et passa la tête dans le couloir. Ne voyant personne, il sortit de la chambre et colla son oreille à la porte de la suivante.

- ...m'a demandé de le faire ce soir..., souffla une voix.
- Tu es fou.... peux pas..., répliqua une autre.
- … entendu les nouvelles ? demanda une troisième.
- Comment ça ?
- J'ai entendu un garde... les Maîtres des Ombres seraient là...
- Les Maîtres des Ombres ?! s'écria la première voix.

Connor se concentra davantage pour ne pas rater la conversation, plaquant son oreille contre le trou de serrure. Les ronronnements des femmes, les grincements du bois et les verres que l'on pose bruyamment sur la table l'empêchaient d'entendre tout ce qui se disait.

- Des foutaises..., grogna la première voix. Les gardes inventent toujours ces histoires... les Maîtres des Ombres ne sont pas là.
- … ferais gaffe, si j'étais toi.
- J'ai pas peur... je ferais ma mission...
- … connais mal... Maîtres des Ombres...

Il y eut un raclement de chaise et Connor jeta un coup d'œil par la serrure. L'un des trois hommes fourrait une bourse dans sa poche, sans doute lourde et ne contenant pas d'or. Il semblait furieux, mais digne devant ces avertissements.

Le voyant venir par ici, Connor s'empressa de rejoindre sa chambre et de fermer la porte, attendant que l'homme fasse son apparition. Ce dernier ne fut pas long. Même sans savoir, Connor n'aurait eu aucun mal à définir cet homme comme un petit nouveau. Il entendait faire ses preuves aux autres voleurs, cela se voyait, et il avait cette assurance typique de ceux qui se sentaient soudain puissants.

Connor repassa par la fenêtre et s'empressa de descendre dans l'arrière-cour. Sans perdre de temps, il retourna à l'entrée de l'auberge et se posta dans l'ombre en attendant sa cible.

Quand l'homme fut dehors, il jeta des coups d'œil autour de lui, s'assurant que personne ne l'épiait. Puis il s'engagea dans les rues de la ville, une main sur le pommeau de sa dague. Connor le suivit, se glissant d'ombre en ombre sans se faire repérer.

Le voleur ne se doutait pas le moins du monde qu'il était pris en filature. Faisant de temps en temps les poches de quelques passants, il avançait d'un pas résolu, fouillant néanmoins les lieux du regard. Même s'il était confiant, il était prudent, et étudiait tous ceux qui l'entouraient, habitué à devoir déceler un éventuel ennemi. Bien entendu, il ne vit pas Connor.

Il tourna soudain à gauche dans une ruelle sombre et inspecta chaque porte en grognant. Caché dans l'ombre, le jeune homme sourit en découvrant l'impasse. Sa proie s'était piégée elle-même.

- J'étais pourtant sûr... Bon sang, je me suis encore trompé !

Le voleur s'apprêtait à faire demi-tour quand un homme encapuchonné surgit de nulle part, juste devant lui. Il sursauta violemment, faisant un pas en arrière. Il lui était impossible de voir le visage de l'inconnu.

Se ressaisissant, il bomba le torse pour faire face.

- Laisse-moi passer ! rugit-il.
- Je ne crois pas, non, répondit calmement Connor.
- Moi, je crois que si ! Et d'ailleurs, qui es-tu imbécile, pour oser me menacer ?
- Oh, mais tu sais qui je suis.

Le voleur se décomposa.

- Vous... un... un Maître des Ombres...
- Tu as quelque chose qui m'appartient, continua Connor sur le même ton tranquille.

L'homme porta la main à sa bourse.

- Ce n'est pas à toi crétin, essaye donc de me la prendre !

Il tira sa dague et la pointa sur Connor.

- Je te déconseille vivement de jouer à ça.

Connor tira à son tour une des deux dagues qui pendaient dans son dos avec lenteur. Le bruit métallique fit tressaillir le voleur. Plus que l'arme elle-même, qui brillait sous l'éclat des lunes, c'était le calme déstabilisant, et cette voix sans émotion du Maître des Ombres qui terrorisaient l'homme.

- Donne-moi cette pierre, et je te laisse la vie.
- Jamais !
- Ne joue pas avec ta vie. C'est mon dernier avertissement. J'en ai tué des plus coriaces que toi, tu sais ? Je repends tes tripes sur le sol en deux secondes, si ça me chante. Alors, ne me tente pas. C'est mon dernier avertissement. Donne-moi la pierre, et je te laisse la vie.

Le voleur était blanc comme un linge. Tout, dans la posture et la voix de Connor, laissait entendre qu'il ne le vaincrait pas. Et qu'il ne mentait pas. C'était un Maître des Ombres, un homme à ne pas prendre à la légère !

- Ma patience s'épuise, soupira le jeune homme. Si tu ne me donnes pas cette pierre dans les trois secondes qui suivent, je te tue sur-le-champ.

Le voleur hésitait.
- Un...

De grosses gouttes de sueur apparurent sur son front.
- Deux...
- La voilà.

Il décrocha sa bourse et s'approcha de Connor pour la lui donner. Alors qu'il la déposait dans sa main, son couteau fusa au niveau de son ventre, rapide et précis. Un coup bien calculé qui aurait dû éviscérer le jeune homme.

Connor l'évita en se décalant légèrement sur le côté. Il saisit le poignet du voleur, et le retourna sans douceur dans son dos. L'homme hurla de douleur en lâchant son arme.

- Je t'avais prévenu, souffla Connor d'une voix sans âme.
- Non, non ! Pitié, je vous en prie ! Je vous en prie ! Morvath allait me tuer si je me faisais prendre la pierre.
- Tu n'as plus rien à craindre de lui puisque c'est moi qui te tuerai.
- Non ! Je vous en prie !

Connor plongea son regard glacé dans celui du voleur, tordant toujours son poignet. Le pauvre homme était terrorisé. Il n'avait jamais dû frôler la mort d'aussi près.

- Que je ne te revois plus, souffla Connor à son oreille. Essaye de me retrouver et tu es un homme mort, est-ce clair ?

Le voleur hocha vivement la tête, et quand le Maître des Ombres le relâcha, il s'enfuit sans demander son reste, manquant de trébucher. Connor eut un sourire satisfait.

Le jeune homme baissa alors les yeux sur la bourse fraîchement gagnée et l'ouvrit pour voir ce qu'elle contenait. À l'intérieur, il y avait une pierre, orange et noire, d'une rondeur parfaite qui faisait la taille d'un petit poing. Connor n'en avait jamais vu de semblable. Elle était magnifique !

- Toi !

Le Maître des Ombres fit volte-face pour découvrir un homme d'une carrure impressionnante au bout de la rue. Nul doute qu'il savait se battre et qu'il devait semer la terreur partout où il passait. Il portait une cape et une panoplie d'armes était visible dessous. Il semblait avoir un œil crevé. Un sourire cruel fendait son visage, laissant apparaître quelques dents jaunâtres.

- Alors ce qu'on racontait était vrai, lança-t-il. Il y a bien des Maîtres des Ombres dans ma ville.

De nouveau impassible, Connor vint lui faire face, rangeant sa bourse avec des gestes lents. L'homme fronça les sourcils, scrutant le visage du jeune homme sous son capuchon.

- Il ne me semble pas avoir déjà eu affaire à toi, je me trompe ? Tu es sûrement un petit nouveau. Alors je vais être gentil. Donne-moi la pierre, et je te laisse la vie.

Connor éclata d'un rire franc.

- Tu dois être Morvath, le chef des voleurs. Aussi grande que soit ta réputation, tu crois vraiment m'impressionner ? Ton petit jeu d'intimidation ne marchera pas avec moi.

L'homme tira sa dague. Tout sourire s'était envolé de son visage.

- Donne-moi la pierre, ou je te troue la peau.

- Tu n'as jamais eu affaire à des Maîtres des Ombres, n'est-ce pas ?

- Oh que si ! Mais toi, tu es nouveau, tu n'es pas encore fort. Je te tue en quelques secondes.

- Essaye seulement. Je te laisse trois essais avant de répliquer. Un conseil d'ami, Morvath. (Sa voix redevint froide comme la mort.) Ne me loupe pas, parce que moi, je ne te louperai pas. Si tu tiens à la vie, ne joue pas avec moi.

- Avorton, crois-tu que tu m'effraies ?!

Sans crier gare, Morvath passa à l'attaque. Brandissant sa dague, il se décala sur le côté avant de faire revenir sa lame au niveau du ventre de Connor. Calme et serein, le jeune homme se contenta de l'éviter, un sourire aux lèvres.

- Un.

Dans le même mouvement, Morvath repassa à l'assaut. Si rapide que fût son geste, Connor l'évita une seconde fois.

- Deux.

Alors que Morvath armait son bras et lui bondissait dessus une dernière fois, son bras gauche se détendit. Un couteau apparut dans sa main, fusant vers les côtes de Connor... qui n'était déjà plus là.

- Et trois. À mon tour maintenant.

Ébahi, le voleur n'eut pas le temps de réagir. Connor lui attrapa un bras et le tordit violemment dans le dos. L'homme se dégagea, s'apprêtant à le frapper de sa dague, mais son adversaire intercepta son bras au vol, se servant de son élan pour le lui briser.

Morvath poussa un cri déchirant, rapidement étouffé par le poing du jeune homme qui s'abattait sous son menton. Il s'écroula de tout son long, sonné. Connor aurait pu le tuer, mais il en décida autrement. Aucune mort inutile. D'ailleurs, du coin de l'œil, il avait repéré Darek, perché sur un toit au-dessus d'eux.

- Je suis de bonne humeur, alors je te laisse la vie, souffla le Maître des Ombres. Essaye de te venger sur ceux de ma confrérie, et je te retrouverai. Et je te tuerai.

Le voleur ne put que grogner à cause de sa mâchoire brisée, essayant de se lever laborieusement. Quand il leva de nouveau les yeux vers le jeune homme, celui-ci avait disparu.

3

Depuis sa victoire contre Morvath, les voleurs n'avaient rien tenté contre Connor, mais Darek n'en avait pas fini avec ses entraînements pour autant. Le Maître des Ombres qui l'accompagnait pour affaire, Phil, avait accepté de faire la cible que Connor devait prendre en filature. Traquer un Maître des Ombres sans se faire repérer s'était avéré beaucoup plus compliqué que de suivre un simple voleur. Mais le jeune homme s'en sortait bien, et Darek était fier de lui.

Profitant également que Griseroche soit une ville sombre, Darek lui avait appris à mieux se servir de l'ombre, et d'en faire une alliée digne de ce nom. Là encore, le jeune homme faisait de gros progrès, et même sans l'Onde, il était déjà très fort.

Il suivait également des entraînements plus basiques, comme des heures de course à pied et des séances de renforcements musculaires. Darek lui faisait également travailler ses aptitudes à se battre sans aucune arme, juste à la force de ses bras.

Enfin, tous les matins, ils s'enfermaient dans leur chambre et Darek apprenait à son apprenti à sentir l'Onde en lui.

- Sens ce pouvoir qui coule en toi, lui disait-il. Ressens-la à travers chaque fibre de ton corps. Laisse-toi envahir.

- Ce sont de beaux mots, Darek, mais ils ne m'aident pas du tout.

- Parce que tu t'obstines à ressentir l'Onde par la raison, Connor. Tu la cherches avec ta tête. Par conséquent, tu t'empêches toi-même de la ressentir.

- Comment dois-je faire, alors ?
- Avec ton cœur. Sens-la avec ton cœur.
- Darek, c'est impossible. C'est très poétique, mais on ne peut pas ressentir quelque chose en soi de cette manière.

Darek avait ouvert un œil pour contempler son élève qui avait les yeux rivés sur lui. Assis en tailleur l'un en face de l'autre, ils s'étudiaient sans bouger.

- Bien. Dans ce cas, dis-moi, aimes-tu Sanya avec ta tête ou ton cœur ?
- C'est complètement différent !
- Réponds à ma question.
- Avec mon cœur, évidemment.
- Alors aime l'Onde de la même manière que tu aimes Sanya.
- C'est impossible.
- Tant que tu n'auras pas changé ta vision des choses, tant que tu t'obstineras à sentir l'Onde avec ta tête, et non avec ton cœur, alors oui, ce sera impossible.

Décidément, sentir l'Onde s'avérait bien plus compliqué qu'il ne le penser. De plus, songea-t-il, Kelly était bien plus pédagogue que Darek.

- Rappelle-toi la sensation que tu as éprouvée, lorsque tu as ressenti l'Onde pour la première fois. Ce n'était pas avec ta tête que tu la sentais, mais bien avec ton cœur. Tu étais bien, en harmonie avec toi-même. Retrouve cette sensation de paix.

Et comme toujours, Connor n'avait pas réussi. Il doutait qu'un jour il puisse y arriver, mais la chose ne devait pas lui paraître impossible. Il devait persévérer.

Un jour, pour se changer les idées après des heures d'entraînements sans succès, le jeune homme avait demandé à Darek s'il pouvait lui montrer le tatouage des Maîtres des Ombres. Pour toute réponse, l'homme avait retiré ses épaulières, puis sa tunique, exposant son torse musclé. Sur le pectoral et l'épaule droits étaient dessinés des symboles mystérieux à l'encre noire. Des lignes et des formes formant un ensemble de dessins complexes dont la signification était inconnue au jeune homme.

- Des symboles mystérieux pour nous aussi, expliqua Darek. Les Maîtres des Ombres se les tatouent depuis mille ans, sans savoir pourquoi. Tous sont attirés par ces dessins, comme si notre inconscient savait ce qu'ils veulent dire. Comme s'ils faisaient partie de nous. Tu ne feras pas exception à la règle, et quand tu arboreras ces dessins, tu auras l'impression... qu'ils font partie de ta nature profonde. Il y a tant de secrets, sur notre confrérie, qu'il reste encore à percer...

Darek n'avait pas reparlé des tatouages. Connor repensa à la prophétie, qui disait qu'il apporterait la connaissance. Il espérait de tout cœur pouvoir l'accomplir et percer les secrets de la confrérie.

Durant cette excursion, Darek lui avait également montré ce que les aigles pouvaient faire pour les Maîtres des Ombres. Sandre avait pris son envol, et sur les ordres de son maître, l'avait guidé jusqu'à une personne bien précise, avait dérobé un objet, livré des messages, et protégé son maître lors de combat.

- Comment pouvez-vous dresser un animal de cette façon ? s'était enthousiasmé Connor.
- Nous ne les dressons pas, pour tout dire. Nous nous lions à eux. Avec l'Onde.
- Comment ça ?
- C'est une sensation que je ne peux pas te décrire. Tu dois la ressentir toi-même. Le moment venu, tu comprendras.

Perché sur l'épaule de Darek, Sandre avait jeté un long regard à Connor. Il y avait une sorte d'intelligence, à l'intérieur, qu'il n'avait jamais vu chez aucun autre animal. Comme si l'Onde le parcourait également. L'Onde de Darek.

Les entraînements avaient duré de la sorte des jours et des jours, jusqu'à ce que Darek soit satisfait. Connor avait fait beaucoup de progrès, il était temps pour lui de suivre les enseignements de Kelly. Le jeune homme avait hâte de la revoir, mais plus encore, il était heureux de rentrer à Sohen pour voir Sanya, qui lui avait tant manqué.

Ils arrivèrent à Sohen un après-midi et bien que Connor aurait voulu faire un saut en premier au château, Darek le lui avait refusé.
- Nous irons ensemble plus tard, j'ai moi aussi à m'entretenir avec la reine.

Le jeune homme n'avait pas cherché à polémiquer jusqu'à leur arrivée au repère de la confrérie, de toute façon, rien n'aurait pu faire changer d'avis son intraitable formateur. Ce fut Kelly qui les accueillit, un grand sourire aux lèvres, rayonnante de joie.
- Enfin vous revoilà, s'écria-t-elle. Je me demandais si les

voleurs n'avaient pas eu raison de vous et s'il fallait que j'aille là-bas ramasser vos restes.

- Ils ont tous mordu la poussière, s'amusa Darek. Et toi, comment vas-tu ? Pas trop de soucis ?

Kelly posa une main sur son bras en rigolant :

- Bien, arrête de t'inquiéter !
- Je ne m'inquiétais pas.

La jeune femme haussa les épaules et se tourna vers Connor.

- Alors, comment ça s'est passé ?
- Très bien.

Il lui raconta brièvement ce qu'il avait vécu, insistant particulièrement sur les coups bas de Darek, qui ne pouvait s'empêcher de sourire. Kelly avait le don de le faire parler, et encore une fois, il n'échappa pas à ce magnétisme qui se dégageait d'elle.

- J'ai hâte de te voir à l'œuvre, répondit-elle quand il eut fini. (Elle se tourna ensuite vers Darek :) Les autres ne sont pas encore rentrés.

Suivant l'initiative de Darek, d'autres Maîtres des Ombres avaient emmené leurs apprentis parfaire leur formation ailleurs, et seule Mia avait dû rester à Sohen, sous la charge de Kelly.

Quand il entra, Phil s'empressa de saluer Kelly avant de se lancer à la recherche de la jeune fille. Darek devint alors très sérieux. Kelly fronçait les sourcils, attendant visiblement qu'il parle.

- Des nouvelles pour Lylia et Odge ?

Kelly soupira.

- Odge n'a encore rien trouvé d'alarmant à Teyrn, mais ses nouvelles se font rares. Quant à Lylia, les magiciens lui causent du fil à retordre. Les ailes privées du Fort ne lui sont pas accessibles, elle ne peut donc rien entendre d'intéressant et les soldats ne sont au courant de rien. Même les généraux. Eroll est très prudent.

Darek serra les poings.

- Qu'elle laisse tomber et qu'elle rentre immédiatement.
- Elle ne va pas apprécier.
- Je m'en fiche. Je ne la laisserai pas plus longtemps seule avec ces sorciers ! Fais-la revenir.

Une haine sans nom brûlait dans son regard. Il se détourna finalement. Kelly se contenta d'acquiescer.

- J'ai deux trois trucs à régler, avant de partir, reprit-il. Connor, attends-moi, je ne serais pas long.
- Mais...
- Il n'y a pas de « mais ».

Il n'avait pas élevé la voix, mais faisait preuve d'une implacable autorité. Le jeune homme sut qu'il ne devait surtout pas le contredire, même s'il répugnait à se faire commander ainsi comme un gamin. Darek oubliait trop souvent qu'ils avaient le même âge. Sans un mot de plus, le Maître des Ombres quitta la salle.

- Bah ! ne fais pas attention à lui, quand il est de mauvaise humeur, il n'entend rien, le réconforta Kelly. Il ne veut pas te faire attendre plus longtemps, il a juste peur que tu la monopolises.
- Ce n'est pas faux, concéda Connor. Mais sa réaction quand tu as parlé des magiciens... Il a un problème avec eux ?

Kelly le prit alors par le bras.

- Viens avec moi, je vais t'expliquer.

Elle lui fit quitter la salle et le mena à travers le sombre dédale en silence pour le faire entrer dans la bibliothèque. Certains ouvrages, sans doute très précieux, étaient protégés par des vitrines, ainsi que des objets d'une valeur inestimable. Des reliques, pour la plupart, que Connor n'avait jamais vues ni entendu parler. Des tables étaient également disposées pour travailler.

- Installe-toi, je reviens.

Tandis que Connor s'asseyait, Kelly parcourut les livres des yeux, le front plissé, jusqu'à tomber sur celui qu'elle cherchait. Elle souffla dessus pour chasser la poussière et le posa devant Connor.

La couverture représentait deux hommes en relief. L'un tenait un long bâton, entouré de flammes, tandis que le deuxième était vêtu de noir, un capuchon cachant son visage, une dague blanche en main. Connor toucha les dessins comme s'il s'attendait à sentir la vie palpiter sous ses doigts.

- Ce livre parle de l'histoire entre magiciens et Maîtres des Ombres.

Elle s'assit à côté de lui et le feuilleta en silence.

- Voilà.

Elle lui désigna une peinture, représentant une bataille entre magiciens et Maîtres des Ombres. Les combattants se déchaînaient avec une hargne sans nom, malgré leurs blessures et la fatigue. Des couteaux semblaient fuser, décapitant tout, des langues de feu se propulsaient dans les airs pour embraser des malheureux comme des torches. Les corps à corps étaient épouvantables, mais les attaques à distance ne semblaient pas moins dévastatrices. Par terre gisaient des cadavres, les membres arrachés, les os brisés, les yeux ouverts emplis de terreur, baignant dans une marre de sang et de lambeaux d'intestin. Une véritable boucherie, il n'y avait pas d'autre mot. Connor pouvait presque entendre les cris d'agonie. La vision de la bataille qu'il avait menée, quelque temps plus tôt, lui revint en mémoire, et il ferma les yeux pour oublier. L'odeur du sang et de la mort lui retourna l'estomac.

- Darek a toujours cette image en tête. Chaque jour qui passe, il ne l'oublie jamais.
- Pourquoi ?
- Tu connais un peu l'histoire des magiciens ?
- Oui. Ils ont fondé un ordre qui a mal tourné. Les dieux les ont tués et privés du droit de se rassembler.
- Exact. Mais avant que le châtiment ne tombe, les magiciens ont eu le temps de commettre beaucoup d'atrocité. Et les Maîtres des Ombres ont été les principales victimes. Quand l'Ordre des magiciens a plongé dans la folie, la confrérie s'est révélée être le seul espoir de la population, la seule chose capable de vaincre les sorciers. Commença une guerre sanglante, pour mettre à terme à leurs agissements. Une guerre des plus horribles, qui n'a pas son pareil dans toute l'Histoire, surnommée la guerre du Sang, à cause de toutes les horreurs inimaginables qui ont eu lieu. Des choses sans nom, qui glacent encore les gens à leur simple mention.

» Tu dois savoir que les magiciens sont les seuls que les Maîtres des Ombres craignent. Parce qu'ils peuvent nous sentir avec leur magie, et lancer sur nous des attaques que nous ne pouvons pas éviter. Des ennemis naturels, si on peut dire. Les seuls capables de nous vaincre. À l'inverse, les Maîtres des Ombres sont ceux qui peuvent les battre avec le plus de facilité, les seuls que les magiciens craignent vraiment.

» Cette guerre a duré des années, et ce fut un massacre. Les affrontements étaient terribles, les morts toutes plus horribles les unes que les autres. Les prisonniers étaient torturés, d'une manière que tu ne peux même pas t'imaginer. Beaucoup de rescapés sont devenus fous à la suite de ça. Les familles furent également touchées, torturées, abattues de sang-froid. Un village entier a même été massacré ! L'odeur du sang planait dans l'air. Une époque atroce pour les deux camps. Magiciens traqués par les Maîtres des Ombres. Maîtres des Ombres traqués par les magiciens. Ça n'en finissait pas, ils s'entre-déchiraient, s'entre-tuaient sans état d'âme. Les nuits étaient promesse de mort.

» Puis les dieux sont enfin intervenus. Ils ont tué beaucoup de magiciens, avant de les priver du droit de se rassembler. Les Maîtres des Ombres ont pu enfin respirer, essayer d'oublier tant d'horreurs vues en si peu de temps, se remettre des morts tragiques. Mais ils ont souffert d'une autre façon. À l'époque, ils étaient très nombreux. Et après la guerre, ils n'étaient même plus qu'une poignée. La plupart mort au combat. Les autres... (Kelly eut du mal à trouver les mots.) Les sorciers ont créé un terrible artefact pour nous torturer. Un artefact destructeur, qui aujourd'hui a disparu, fort heureusement. Cette... chose nous dépossédait de l'Onde.

- Comment ça ? Ils nous retiraient l'Onde ?
- En gros, oui. La plupart ont subi ce sort. Une souffrance sans nom avant de perdre tout ce qui leur était le plus cher. Perdre leur essence même. C'est indescriptible. Mais les dégâts ne se sont pas arrêtés là. À cause de cet artefact, le pouvoir qui brûle en nous s'est fait très rare, et malgré les efforts pour reconstruire la confrérie, l'Onde avait du mal à franchir le cap des générations. Si aujourd'hui les Maîtres des Ombres sont très peu, c'est à cause des magiciens et de leur fichue arme.

» Ces derniers ont continué de nous haïr avec le temps. Pour eux, c'est à cause de nous que les dieux les ont bannis. À cause de nous qu'ils ont soufferts. Ils nous ont mis toutes les responsabilités sur le dos. Aujourd'hui encore, la haine entre nous est forte, quand nous croisons des magiciens, nous nous entre-tuons.

Connor devint livide.

- Tous ?
- Non, bien sûr. Parmi eux, il y a des gens très bien, et nous le savons. Ceux-là, nous ne leur faisons rien. Et nous sommes même désolés de leur sort. Condamnés à être détestés à cause de leurs ancêtres. Et d'autres ne savent même pas qui ils sont. C'est malheureux. Pourtant, il y en a encore qui rêverait de restaurer la gloire de l'Ordre des magiciens, persuadés d'être meilleurs. Ils sont

surtout concentrés à Aurlandia, et pour cause... les gens sont tellement faciles à manipuler là-bas.

- Alors, c'est à cause de tout ça que Darek déteste les magiciens ?

- Oui. Il n'a pas vécu cette guerre, elle s'est déroulée il y a une bonne centaine d'années, au moins, mais il se sent impliqué. Trop impliqué, même. La confrérie est toute sa vie, et savoir ce que des gens ont osé lui faire subir le met dans une rage pas possible. Mais il n'y a pas que ça. Sa famille a été tuée par eux, quand il était petit. Un massacre, m'a-t-il dit. Ses parents n'ont pas pu se défendre, les sorciers les ont tués, violé sa sœur avant de brûler la maison. Il a tout vu, tout entendu, sans rien pouvoir faire, mort de peur, meurtris. Il a réussi à s'enfuir, par un incroyable miracle. Il avait dix ans... Parfois il fait des cauchemars, au point de le faire crier, et je soupçonne qu'il ait perdu une part de sa raison, ce jour-là... À cause de certains sorciers qui prônait le retour de l'Ordre, il a grandi orphelin, et a assisté au massacre de sa famille. C'est la véritable cause. Il les hait, tous. C'est dommage, car certains sont des gens très bien. Mais lui ne les voit pas ainsi. Il ne voit que les meurtriers qui ont tué ses parents, et il est décidé à tous les éliminer. J'ai bien essayé de le raisonner, mais il ne veut rien entendre. D'ailleurs, la pierre qu'il t'a chargé de récupérer appartenait à sa mère.

- Je le comprends.

- Oui, moi aussi, mais il y a des gens bien, ils ne méritent pas qu'on les haïsse à cause de certains des leurs.

- Tu en connais ?

Kelly lui fit un clin d'œil complice.

- Je crois que nous connaissons la même.

Connor poussa un soupir de soulagement. Au moins Kelly n'en avait pas après Sanya.

- Darek ignore la vérité sur elle. Sanya aurait voulu lui en parler, mais je lui ai dit de ne rien faire. On ne sait jamais avec lui... Je ne sais pas comment il pourrait réagir.

Le jeune homme hocha la tête.

- Quand tu sauras lire, lis ce livre. Il est triste, saisissant et dur, mais il est très bien. Et je t'en montrerai un autre, qui raconte l'histoire de Nahele et des Maîtres des Ombres. Tu verras, ça te plaira.

Elle referma l'ouvrage et le reposa à sa place.
- Allez, file, Darek doit t'attendre. Mais ne lui parle pas de ça.
- Promis.

Alors qu'il se levait, Connor remarqua que Kelly était différente. Elle semblait plus calme, plus posée, plus douce. Plus maternelle. Et elle avait pris quelques kilos. Juste au niveau du ventre.

- Kelly ? Ne serais-tu pas enceinte ?

La jeune femme sourit, ravie, et posa une main tendre sur son ventre.

- Deux mois, annonça-t-elle fièrement. Je suis contente que tu l'aies remarqué !
- Félicitation !
- Merci. Je suis tellement heureuse.
- Je ne savais pas que tu étais mariée.
- Nous ne le sommes pas encore, mais ça ne serait tarder.
- Et sans indiscrétion, qui est le père ?

La jeune femme éclata de rire.

- Je pensais que tu aurais déjà deviné !
- Attends... c'est un Maître des Ombres ?

Elle hocha la tête. Le jeune homme n'eut pas besoin de réfléchir plus longtemps tellement l'évidence lui sautait à présent aux yeux.

- Darek est le père !
- Oui.
- Le cachottier ! Depuis combien de temps êtes-vous ensemble ?
- Un peu plus de trois ans. Officiellement, j'entends. Sous ses grands airs, il est très timide. Je l'aimais dès que je suis arrivée ici, mais il ne l'a jamais compris. Quand enfin il a compris, il a beaucoup hésité, on se voyait de temps en temps, mais ce n'était pas très sérieux... Jusqu'au jour où ma patience s'est épuisée, ajouta-t-elle avec un sourire.

Connor sourit. Certaines choses se comprenaient mieux, à présent.

- Allez file ! Je croyais que tu avais hâte de voir Sanya ?

4

Durant le trajet, Connor n'avait pas manqué de charrier un peu le futur père.

- Je ne pensais pas qu'avoir un enfant pouvait être une véritable source de bonheur, avait finalement avoué son mentor. Kelly m'a vraiment apporté le bonheur.

- Heureusement qu'elle a plus de courage que toi, le taquina le jeune homme.

- Eh bien... je suis de ton avis. Si elle n'était pas si entêtée, nous ne serions peut-être pas ensemble.

- Réjouis-toi de l'avoir, je doute que tu puisses trouver une femme capable de te supporter.

Pour toute réponse, un sourire naquit au coin des lèvres du Maître des Ombres.

Quand Connor et Darek arrivèrent dans les jardins du château, ils furent accueillis par Faran qui venait déjà à leur rencontre, Il'ika sur l'épaule. L'herboriste portait une très belle tunique de noble, et en le voyant ainsi, personne n'aurait pu se douter qu'il n'était qu'un simple paysan. Il rayonnait de joie et de bien-être, ce qui faisait plaisir à voir.

- Connor ! Je suis heureux de te revoir mon frère.

Le jeune homme lui donna une accolade avant de lui donner une tape amicale sur l'épaule. Il était si heureux de le revoir ! Puis il prit Il'ika dans ses mains, qui s'empressa de le saluer joyeusement.

- Moi aussi, j'ai plein de choses à te dire. On parlera plus tard, d'accord ?

La fée hocha vivement la tête et laissa son ami tranquille, retournant se lover sur l'épaule de l'herboriste.

- Vous voulez voir Sanya, non ? demanda ce dernier.
- En effet, si elle n'est pas occupée, répondit Darek.
- Vous l'avez ratée de peu, elle vient de descendre en salle du trône. Des affaires à régler.
- Nous l'attendrons ici. Connor, si tu veux en profiter pour parler un peu avec ton frère, je te laisse tranquille.
- Merci Darek.

Il disparut sans un bruit, comme à son habitude.

Prenant Il'ika sur son épaule, Connor suivit son frère qui le mena aux créneaux pour observer l'océan qui s'étendait devant eux. Ils restèrent un moment silencieux, admirant cette fantastique vue, écoutant le bruit apaisant des vagues, jusqu'à ce que Faran brise le silence.

- Alors, comment se sont passés tes entraînements ?

Le jeune homme lui raconta tout dans les détails, ne tarissant pas sur les mots.

- Un programme chargé à ce que je vois, s'amusa Faran.
- Je ne te le fais pas dire, je suis épuisé. Et ce n'est pas fini.
- As-tu réussi à sentir l'Onde ?
- Non, pas encore. Pour tout dire, je ne vois pas comment faire, comment m'y prendre, même avec les conseils de Darek et Kelly.

Faran posa une main sur son épaule.

- Ça ne doit pas être chose facile, mais je sais que tu es capable de tout. Et pour l'histoire des Maîtres des Ombres ? As-tu appris des choses intéressantes ?

Connor lui expliqua ce que Kelly lui avait révélé quelque temps plus tôt. Faran ne douta pas un instant que la confrérie ait une histoire très riche et intéressante, et il regretta amèrement de ne pas pouvoir l'étudier.

- Maintenant que nous sommes rentrés, Kelly a dit qu'elle allait m'apprendre à lire.

C'était effectivement le programme de la semaine. Connor ayant fait beaucoup de progrès, il avait droit à un peu de repos, et Kelly avait l'intention de l'instruire sur leur histoire. Mais cela ne le dispensait pas de ses autres leçons, et le jeune homme s'en réjouissait. Il aimait bien travailler avec Kelly.

- Et toi, comment ça se passe ici ?
- J'ai enfin pu étudier ! La bibliothèque du château est formidable, je ne me lasse pas de toutes ces lectures ! Mais les

choses sont un peu tendues en ce moment. Comme tu le sais, des missionnaires, venus d'Aurlandia, ont réussi à s'infiltrer dans le royaume, et tentent de convertir les villages. Ils essayent d'imposer leur religion, leurs lois, en prônant le bien de leur mode de vie. Sanya a envoyé des hommes les éliminer, mais ils restent insaisissables.

- Darek a bien envoyé des hommes, mais apparemment, il y aurait des magiciens dans le lot. Nous ne pouvons rien faire.

- Sanya le sait, et c'est ce qui l'inquiète. Beaucoup de gens viennent la voir, pour lui demander de l'aide, mais elle ne peut rien faire pour eux. Personne n'a réussi à attraper ses missionnaires, qui continuent d'inquiéter grandement la population. Certains habitants qui ont de la famille ailleurs commencent même à partir vers Jahama ou Dryll. Ils ont peur, tous, et ils préfèrent fuir avant qu'il ne soit trop tard, avant qu'ils ne soient pris au piège. Tout le royaume est tendu, les gens ont peur, et des temps sombres s'annoncent. De plus, les espions n'ont toujours rien trouvé, contre l'assaut d'Aurlandia, il y a quelque temps. Aucun indice, rien du tout. Nous ne savons toujours pas ce que prépare Eroll. Nous sommes dans le flou total, aveugle, incapable de nous défendre. Le danger approche, et nous ne pouvons rien faire. Nul doute qu'il fera mal, quand il frappera.

- Et le prisonnier ?

- Il est mort il y a deux jours. Il n'a rien révélé, hormis que l'heure de Sanya venait de sonner. Elle allait très bientôt découvrir les plans d'Eroll, mais il serait trop tard.

Connor serra les poings.

- On ne peut pas laisser faire, il faut trouver ce qui ne va pas.

- Je sais, Sanya fait son maximum.

- Comment encaisse-t-elle les choses ?

L'herboriste soupira et Il'ika jeta un coup d'œil compatissant à Connor.

- Elle est sur les nerfs. Elle ne le montre pas, mais elle est épuisée, physiquement et moralement. Les révélations du prisonnier lui font peur. Elle est vraiment inquiète, elle craint de ne pas pouvoir repousser Eroll, elle craint que son peuple soit condamné. Un gros danger arrive, et elle ne peut rien faire, elle ne peut même pas le voir. Elle ne peut qu'attendre qu'il s'abatte sur eux. Après tout ce qu'elle a subi, elle est très sensible.

Connor savait que la jeune femme avait fini par révéler son identité à son frère, tous deux pouvaient donc comprendre l'accablement de la reine.

- Elle s'inquiète trop, concéda-t-il. Et elle panique rapidement, même si elle ne le montre pas.
- Ça lui fera du bien de te revoir, tu sais. Tu lui as manqué, et elle a vraiment besoin d'un peu de soutien. Je l'aide autant que possible, bien sûr, d'ailleurs, il s'est avéré que je ferais un très bon conseiller, mais c'est de toi dont elle a besoin.
- Je veillerai à ce qu'elle décompresse un peu. Mais je m'inquiète tout autant. S'il devait lui arriver quelque chose... J'ai peur pour elle.
- Nous trouverons vite ce que prépare Eroll, je te le promets.
- Oui... Et avec les conseillers et leur petite famille, comment ça se passe ?
- Plus ou moins bien. Les conseillers et leurs épouses ne semblent pas vraiment ravis de ma présence parmi eux, mais ils ne me font rien. Quand Sanya et moi sommes obligés de manger avec eux, il y a les bardes et les artistes, alors ils ne s'intéressent pas trop à moi. En revanche, les enfants sont exécrables.
- Ça, je ne te le fais pas dire...
- D'ailleurs, méfie-toi. Il y en a un qui traîne souvent autour de Sanya et ne cesse de lui faire la cour. Une vingtaine d'années, je pense. Ce morveux ne te porte pas dans son cœur, et ta mort ne le dérangerait pas, bien au contraire...

Les mâchoires de Connor se crispèrent.

- Je vais m'en occuper. Qu'il ne s'imagine pas que son statut lui donne tous les droits sur moi. Ces gens m'exaspèrent, du haut de leur vingt ans, ils croient déjà dominer le monde, qu'ils valent mieux que nous. S'ils avaient vécu le quart de ce que nous avons enduré, ils la ramèneraient moins.

Décidée à détendre un peu l'atmosphère qui s'alourdissait, Il'ika se posa dans les mains de Connor, lui racontant tout ce qu'elle avait fait pendant ces semaines d'absence. Le jeune homme ne put s'empêcher d'éclater de rire.

- Pauvre Faran, elle t'a malmené !

L'herboriste sourit tendrement.

Ils restèrent longuement là, à contempler l'océan, essayant de faire passer leurs préoccupations qui pesaient sur leurs épaules.

Darek n'était pas en vue, ils étaient enfin seuls, ce qui n'était pas arrivé depuis leur départ d'Ebènel. Le temps où ils vivaient simplement, dans leur petite maison de campagne leur paraissait très loin...

Ils entendirent alors des voix et se retournèrent. Deux conseillers marchaient en direction du bâtiment résidentiel, encadrant Sanya. En la voyant, le cœur de Connor fit un bon dans sa poitrine. Vêtue d'une belle robe, les cheveux tressés, la jeune femme était resplendissante de beauté. Une véritable déesse, il n'y avait pas d'autres mots.

- Votre Majesté ! l'interpella Connor.

En reconnaissant cette voix qu'elle aimait tant, Sanya se tourna et son visage s'illumina lorsqu'elle découvrit son bien-aimé. Elle ne put cacher son sourire de ravissement et fit rapidement signe à ses conseillers de partir sans elle, avant de se précipiter vers son amant.

S'ils ne pouvaient se permettre de s'embrasser ou de s'enlacer en public pour ne pas dévoiler leur relation, leur regard débordant d'amour aurait tout aussi bien pu les trahir. Connor caressa discrètement le visage de la jeune femme.

- Tu m'as manqué, souffla-t-il.

- Oh toi aussi, si tu savais.

Que n'auraient-ils pas donné pour se serrer l'un contre l'autre, mais ils devaient encore patienter.

Faran les rejoignit, Il'ika sur son épaule, et Darek ne fut pas long à apparaître, sortant de nulle part comme d'habitude.

- Majesté, salua-t-il en s'inclinant.

- Darek, c'est un plaisir de vous revoir. Qu'est-ce qui vous amène ici ?

- Je voulais prendre des nouvelles de la situation.

Sanya s'assombrit.

- Dans ce cas, venez avec moi, nous serons mieux à l'intérieur pour parler.

Elle les fit monter dans son salon privé, où elle demanda que personne ne vienne les déranger. Un garde prit son poste devant la porte. Depuis que le danger planait sur Sanya, les soldats étaient en alertes, et la sécurité avait augmenté. La jeune femme ne pouvait aller nulle part sans qu'un garde ne le sache.

S'installant près de Connor, elle fit signe à Darek et Faran de s'asseoir en face d'eux.

- Je crains de ne pas avoir grand-chose à vous révéler, soupira la jeune femme. Depuis votre départ, la situation est la même. Les missionnaires sévissent, et nous ne pouvons rien faire. Ils sont introuvables, il n'y a aucune trace de leur passage, et ils disparaissent toujours avant que les soldats n'arrivent. Vos hommes ont dû vous prévenir qu'il y a sûrement un magicien dans le lot.

- En effet, ils m'ont prévenu.

- Nos espions n'ont rien trouvé non plus sur les plans d'Eroll, et notre prisonnier vient de mourir, il y a deux jours.

- Quel dommage. Vous a-t-il révélé autre chose, en mon absence ?

- Rien de nouveau, hormis que mon heure est arrivée. Eroll va bientôt frapper, et nous ne pourrons rien faire. Nous sommes complètement aveugles face au danger, nous le sentons arriver, mais nous ne pouvons rien faire...

- Majesté, même si nous ne pouvons pas attraper les missionnaires, mes hommes continuent de patrouiller et d'interroger. Ils finiront bien par trouver quelque chose, c'est certain.

- Merci Darek.

- En revanche, je vais devoir rappeler celui qui se trouve actuellement en Aurlandia. Il y a des sorciers, c'est trop dangereux.

- Je comprends. Il n'y a rien de nouveau, je regrette.

- Dans ce cas, je ne vais pas vous déranger plus longtemps, Majesté, annonça Darek en se levant. Si vous avez besoin de moi, vous savez où me trouver.

Et il s'en fut sans un bruit. Faran se leva à son tour, se sentant de trop, et adressant un sourire à son frère, il le laissa en compagnie de sa bien-aimée.

Quand la porte fut refermée, les deux jeunes gens se jetèrent dans les bras l'un de l'autre. Connor se perdit dans le parfum de Sanya en la serrant très fort contre lui.

- Mon amour, je suis heureux de te revoir, souffla-t-il.

- Moi aussi. Je me demandais quand je te reverrais.

- Je suis tout à toi à présent.

Ils se contemplèrent un moment d'un regard débordant d'amour, avant de s'embrasser langoureusement. Connor se sentit transporté de joie. Retrouver enfin sa bien-aimée lui fit oublier tous les problèmes qu'ils avaient sur le dos.

Puis Sanya s'appuya contre son amant, enfouissant sa tête contre son cou, et elle l'écouta raconter tout ce qu'il avait vécu loin d'elle. Le jeune homme se fit un plaisir de lui conter ses aventures.

- Tu deviens un véritable Maître des Ombres !
- Il me reste encore beaucoup de choses à apprendre. Je n'arrive pas à ressentir l'Onde.

Sanya se redressa et caressa son visage d'une main douce.

- Ça ne fait que deux mois que tu es dans la confrérie, c'est normal.
- Je sais. Mais je ne vois pas où aller, comment chercher.
- Ça viendra avec le temps, j'en suis sûre.

Sanya l'embrassa pour l'apaiser et un sourire se dessina sur ses lèvres quand il glissa une main dans ses cheveux pour faire des tortillons.

- Laisse le temps faire ce qu'il a à faire. Il faudra peut-être un déclic, mais un jour, tu y arriveras. Tu es un Maître des Ombres, je le sens.
- J'en ai moi aussi conscience. Pour tout dire, j'ai parfois l'impression de ne plus me reconnaître, de ne plus être le même. Mon existence à Ebènel me semble si loin et si flou, comme un rêve qui s'efface au réveil. J'ai un peu l'impression d'avoir vieilli d'un seul coup.
- Laisse-toi pousser la barbe alors, le taquina Sanya.

Tu n'aimes pas.

- Non, en effet. Tu piques de trop. La dernière fois, j'avais la peau irritée à mon réveil. Maintenant, serre-moi dans tes bras et embrasse-moi. Tu m'as tant manqué.

Avec un sourire, le jeune homme obéit.

- Un bon bain chaud, seuls tous les deux, ça te tente ? souffla Sanya contre ses lèvres.

Connor sourit.

- Comment vous le refuser, ma reine ?
- Les gardes surveillent les couloirs de mes quartiers. Si je les occupe un peu, crois-tu pouvoir passer ?
- Pour une belle femme comme vous, un jeu d'enfant.
- Alors, viens.

Elle ne fut pas longue à duper les gardes habilement. Tandis que l'un s'empressait d'aller chercher ce qu'elle lui avait demandé, l'autre répondait avec joie à toutes les questions qu'elle lui posait. Il ne vit rien, il ne sentit rien, mais quand Sanya mit fin à la conversation, Connor s'était déjà réfugié dans la salle de bain depuis longtemps.

La reine le contempla longuement avant de se déshabiller de manière tentatrice. Nue, elle défila devant lui, terriblement désirable, et fit couler dans le bac une eau encore fumante, avant de l'arroser avec des herbes odorantes. Elle se glissa dedans en soupirant.

- Eh bien, tu vas rester longtemps planté comme ça ? s'amusa-t-elle en découvrant que Connor s'était perdu dans sa contemplation.

- À qui la faute ? répliqua-t-il avec un sourire narquois.

Il se déshabilla à son tour et sourit en lisant du désir dans le regard de sa compagne. Il ne la fit pas attendre davantage et se glissa dans l'eau tiède pour qu'elle vienne se blottir contre lui.

Heureux de pouvoir enfin se retrouver seuls et de laisser libre cours à leur passion, ils firent l'amour en silence.

Quand ils furent rassasiés et haletants, ils se blottirent l'un contre l'autre dans l'eau chaude, se lavant mutuellement avec un pain de savon.

- Sanya ? demanda soudain Connor.

- Oui ?

- Tu sais, quand nous sommes arrivés à Sohen la première fois, tu as dit qu'Eredhel avait été un jour divisé en plusieurs royaumes. Et que les falaises de Rocrouge portaient ce nom à cause de légendes, prétendant qu'il y eut d'autres civilisations, avant nous, je me trompe ?

- Non.

- J'aimerais connaître toutes ces histoires, enfin les grandes lignes, et je ne suis pas fervent de lecture. Pour une fois que nous avons le temps. Il y avait d'autres civilisations avant nous, n'est-ce pas ?

Sanya sourit. Elle s'installa plus confortablement contre lui et se lança sans plus attendre.

- J'ignore si ces légendes sont vraies, je n'étais pas née à l'époque, mais on raconte que lorsque Abel et Baldr ont créé les premiers humains il y a cinq mille ans, il y en avait déjà d'autres, sur terre. J'ignore totalement d'où ils venaient, qui ils étaient... ni même s'ils ont vraiment existé. Abel ne nous dit rien. Je crains que la vérité ne lui cause des torts. Toujours est-il que d'après les légendes, dès que les deux frères eurent peuplé la terre de leurs propres créations, les humains formèrent de nombreux clans, sur les deux continents. Tous vénéraient leur divinité fondatrice avec une telle adoration, qu'ils n'ont pas hésité à obéir à leurs dieux.

» Dès leur arrivée, la première chose qu'ils firent fut de tuer, massacrer et anéantir tous les humains déjà présents, sans aucune forme de procès. Les humains se croyaient déjà mieux que tout le monde, persuadés que seules leurs idées étaient les bonnes. Qu'ils étaient des êtres civilisés, et que les autres n'étaient rien de plus que des sauvages qui menaçaient l'équilibre du monde. Les guerres furent longues et sanglantes. La victoire s'est jouée à très peu. Les Premiers Hommes leur ont donné du fil à retordre, avant de succomber face au nombre d'adversaires. Les Anciennes civilisations n'ont pas survécu. Aucune. Elles ont toutes disparu. On a déjà retrouvé des ruines, mais rien qui nous dit d'où ils venaient et ce qu'ils étaient. Je ne sais même pas si ces ruines appartiennent vraiment aux Anciennes civilisations, ou si elles furent bâties par les premiers humains d'Abel et Baldr.

- Ensuite, que s'est-il passé ? souffla Connor, suspendu aux lèvres de sa compagne.

- Presque deux mille ans se sont écoulés, il s'est passé beaucoup de choses, hélas, ce serait bien trop long à tout te raconter. Des guerres, des découvertes, et tout ce qui façonne l'histoire. La Barrière fut créée à cette époque. Là encore, je ne sais pas la vérité, Abel se garde bien de la dire, et je suis née seulement quelque temps plus tard. Apparemment, il lui aurait donné le jour pour bannir les humains qui ne croyaient plus en lui, pour éviter qu'ils ne rependent leur athéisme. Il les a exilés dans ce qui sont aujourd'hui les Royaumes Oubliés, et a créé la Barrière pour les empêcher de venir, afin de conserver sa domination absolue sur ses « créations ».

- Alors les Royaumes Oubliés sont vraiment peuplés ?

- Ils le sont, j'en suis certaine. Des athées, qui ne croient pas en nous. J'ignore cependant s'il n'y a pas autre chose. Pour moi, la vraie raison est cachée derrière ça.

- Des survivants des Anciennes Civilisations ?

- Peut-être.

- Et ensuite ?

- Eh bien, disons qu'un nouvel adversaire est apparu.
- Aurlandia.
- Exact. À l'époque, l'empire n'était que des clans lui aussi. Abel et Baldr, qui se battaient déjà depuis longtemps avec les nouveaux membres de leur panthéon, ont alors découvert un avantage, dans ces guerres.
- Affaiblir l'ennemi.
- Oui. Débutèrent alors les Grandes guerres claniques, les premières guerres saintes, toutes aussi horribles les unes que les autres. Je suis née pendant ses guerres, et j'y ai pris part, bien entendu. Puis, bien plus tard, Baldr réussit à rallier ses hommes sous plusieurs bannières, afin de mieux les contrôler. Les clans de notre continent ont fait de même, et se sont alliés, pour former des dizaines de petits royaumes. Ces guerres ont duré longtemps, entrecoupées de périodes de paix. Des innocents subirent la folie des prêtres, des missionnaires, et de tous les religieux. Les prêtres des deux camps convertissaient les gens, tuant tous ceux qui osaient remettre en question leur idéologie.

» Finalement, les clans d'Aurlandia furent repoussés une fois pour toutes, et Baldr et Abel cessèrent eux aussi le combat, attendant leur heure, d'avoir de meilleurs pions et de meilleurs plans.

- Et après ces guerres claniques, que s'est-il passé ? Comment les royaumes d'aujourd'hui se sont formés ?
- Il y a environ mille ans, un des rois de l'ouest, Vorn le Dévoreur, nommé ainsi à cause de sa tendance à manger le cœur de ses ennemis, a comploté contre ses voisins. L'ouest connu des temps troublés et sombres, tandis qu'il jouait habilement avec les rois, les montant les uns contre les autres, pour ensuite les assassiner. Naquit un grand royaume, Teyrn, qui s'étendait jusqu'à l'océan, et sur une partie du royaume de Jahama actuel. Décidé à conquérir le continent, il s'attaqua aux royaumes du sud. Ceux du nord s'allièrent pour l'arrêter, tandis que ceux de l'est prirent le parti de Teyrn. Les guerres durèrent longtemps. Mais Teyrn triompha finalement, bien que la tâche s'avérât très dure. Il créa ainsi l'empire de Teyrn. Il tua tous les rois, et prit le contrôle absolu de tous les royaumes, avant de trahir ceux de l'est pour les soumettre à leur tour.

» Mais les royaumes se soulevèrent, en s'alliant pour former trois royaumes plus puissants. Eredhel, Dryll et Jahama naquirent pour repousser Teyrn, et sa soif de conquête. Une fois vainqueurs, ils découpèrent le territoire entre eux, laissant les terres arides au perdant. La guerre Impériale se termina.

- Que de guerres.

- Quand tu vois nos dieux fondateurs, leurs créations ne peuvent qu'être comme eux..., soupira Sanya.

Sanya lui raconta ensuite quelques histoires courantes sur les royaumes, sur les rois et reines de jadis, les légendes qui peuplaient certaines régions, et les mystères qui entouraient certaines constructions.

Elle lui parla notamment de personnages connus, comme la Guerrière Maudite, qui livra l'un des royaumes formant l'Eredhel actuel à Teyrn, par amour pour un roi étant loyal à l'empire. Pour Jahama, l'histoire la plus connue était celle de la princesse Démon, redoutée pour ses pouvoirs destructeurs, disait-on, mais qui avait su instaurer la paix au moment de crise, et établir des égalités entre classes sociales qui avaient fait le plus grand bien au royaume. Enfin, pour Teyrn, les seules choses dignes d'attention, étaient selon elle, le grand roi d'un des pays de l'ouest qui avait capturé et dressé un dragon pour contrer les attaques d'Aurlandia. Dragon qui s'était finalement retourné contre son maître ; et aussi le roi Igord le Rouge qui avait vendu l'âme de ses frères pour obtenir la toute puissante. Il avait été assassiné une nuit par sa maîtresse.

Quand enfin la jeune femme eut terminé son récit, Connor n'en avait pas fini avec les questions.

- Rien à voir avec ça, mais tu m'as dit ne pas être née quand Abel est arrivé.

- Abel et Baldr sont les deux fils de Lysendra, envoyés ici pour lui permettre de régner ailleurs, expliqua la déesse. Ils ont repoussé les Anciennes civilisations ensemble, avant de se séparer et former leur propre panthéon, c'est pourquoi personne sait si les légendes des Anciennes civilisations sont vraies. Ils ne tardèrent pas à s'entre-déchirer.

- Lysendra n'a jamais rien fait ?

- Non. J'ignore pourquoi. Je l'ai supplié de nous venir en aide, peu après mon bannissement. Elle ne m'a pas répondu. Elle n'est jamais revenue voir ce qu'il advenait du monde, j'ignore où elle est, j'ignore si elle se soucie vraiment de nous.

- Parle-moi un peu des dieux. Avez-vous une forme particulière, de quoi vous nourrissez-vous ?

- Que de questions ! plaisanta Sanya. Notre forme originelle est... disons indescriptible. Mon corps n'est pas de chair et d'os, il est fait... de vent. Je ne peux pas te décrire. J'étais partout et nulle part à la fois. Il n'y a pas de mot. Chaque dieu est ainsi, même si nous préférons adopter votre forme. Notre pouvoir apparaît peu après notre naissance, il est l'élément qui fait de nous ce que nous sommes, il détermine notre caractère.

» Nous ne nous nourrissons pas, ou bien par pur plaisir, d'un liquide cristallin, tombé des étoiles. Nous sommes les fils et les filles de dieux, mais nous sommes tous des créations d'Abel ou Baldr. Après, je dois bien avouer que malgré tout ça, nous menions des vies pas si différentes que les vôtres, à Ysthar. Nous avions nos pavillons, nous faisions un peu ce que nous voulions, quand nous voulions, nous nous baladions, nous rions, nous dansions. Parfois nous faisions des joutes, nous nous battions entre nous. Une vie de château, un peu comme vous. Nous nous ressemblons.

- Et Lysendra ? Comment est-elle ?

- Nul ne le sait. On dit qu'elle est tous les éléments à la fois, une entité sans nom, sans forme. On dit que ça voix résonne à travers le monde, venant de nulle part, indescriptible. Une voix sans âge, sans timbre connu. Son âme serait cette terre, son corps ne serait pas matériel. Elle sillonne l'univers, d'une manière dont nous n'avons pas conscience.

- Je suppose qu'il est absurde que je me la représente comme une femme.

- Non. Je le suis bien, à tes yeux, pourtant en réalité je ne suis pas une femme comme les vôtres. Lysendra prendrait sûrement cette forme pour venir à nous, mais en réalité, nul ne sait comment elle est faite. Pas même ses fils. La Déesse fondatrice est la Mère de tout, elle est présente partout, sans être là. Une curieuse sensation, même pour nous, les dieux. Tu vois les dieux comme des êtres suprêmes. Mais face à Lysendra, nous sommes aussi démunis et chétifs que vous devant nous.

- Une comparaison peu flatteuse.

Sanya lui titilla les côtes.

- Toi, tu es différent... Mais tu vois où je veux en venir.

Ils se turent un moment, et restèrent enlacés dans l'eau chaude, profitant du calme et du confort. Ces révélations tournaient follement dans la tête de Connor. Il aurait tellement voulu découvrir tous ces mystères. Et surtout, il se rendait compte à quel point il ne connaissait rien à son propre monde, qu'en réalité, personne ne savait grand-chose, pas même les dieux.

L'histoire de Lysendra et des Anciennes civilisations le tenaillaient, il aurait tellement voulu savoir la vérité sur eux. Des êtres entourés de mystère.

Le jeune homme finit cependant par revenir aux choses sérieuses.

- Sanya, où en es-tu dans tes recherches ?
- Guère concluantes, j'en ai peur. Je n'ai rien touché au bureau de la reine. J'ai laissé les objets exactement comme elle les avait laissés. Je pensais pouvoir trouver plus facilement des notes, qu'elle aurait dissimulées à mon intention. J'ai passé le bureau au peigne fin, mais rien...
- Elle n'avait pas un journal ?
- Je l'ignore. Et si c'est le cas, il n'y a aucune trace de lui. Je désespère, jamais je ne trouverais le Quilyo.

Connor serra sa compagne dans ses bras.

- Il est quelque part, c'est une certitude, alors nous le trouverons. La reine l'avait trouvé.
- Oui, tu as raison...
- Tu m'as bien dit qu'il était sur terre ?
- Oui. Le Quilyo est un artefact très puissant et mystérieux. Pour des raisons que nous ignorons, il ne peut pas rester à Ysthar. Il est ici. Abel a dû l'invoquer, dans un rituel très dangereux, pour pouvoir l'utiliser. Dès que le Quilyo eut drainé tout mon pouvoir, il est retourné à sa place d'origine, sauf qu'aucun dieu ne sait où il est. Pas même Abel.
- Le trouver n'est pas chose impossible. Mais je me demande pourquoi elle ne t'a laissé aucune note.
- Elle voulait m'en parler de vive voix.
- Ou alors elle s'est sentie menacée. Sanya, comment la reine est-elle morte ?
- Les guérisseurs ont dit un arrêt du cœur. Ne me dit pas que...
- Les dieux sont venus pour l'interroger, cela va de soi. Ils devaient vouloir mettre la main sur le Quilyo, sûrement pour prendre ton pouvoir. C'est pour ça que la reine n'a laissé aucune

note. Comme elle ne coopérait pas, ils l'ont assassinée, je ne vois que ça. Les dieux sont venus ici, Sanya. Ils ont tué la reine et ont dû dérober ses notes.

Sanya serra les dents.

- Pourquoi n'y ai-je pas pensé ? Ils ont dû prendre tout ce qui servait à ses recherches.

Le jeune homme lui caressa l'épaule.

- Le saurais-tu, si ton pouvoir allait à quelqu'un d'autre ?
- Oui.
-Alors Abel n'a pas trouvé le Quilyo, Sanya. La reine a dû tourner les choses de façon à ce que toi seule puisses comprendre. Au moins, Abel n'est pas un danger. Il a peut-être les notes, mais ne peut pas les interpréter, ou peut-être même ne les a-t-il pas trouvés. Tu peux encore réussir ! Les dieux ne savent pas où il est, on peut donc conclure qu'il est dans une région qui bloque les pouvoirs des dieux.

- Oui, mais je ne connais aucune région qui aurait cette capacité.

- Parce qu'elle n'est peut-être pas ici.

- Comment ça ? Derrière la Barrière, dans les Royaumes Oubliés ?

- Possible.

- Mais comment peut-on le retrouver ? se désola Sanya.

- Calme-toi. Il faut être patient, Sanya. Une région comme ça doit faire l'objet de légendes, c'est obligé. Un endroit qui abrite un terrible artefact ne doit rien avoir de normal.

- J'ai déjà cherché, mais il n'y a rien ici.

- Alors il est peut-être derrière la Barrière. Sanya, sois patiente. Attendons que les choses se calment avec Aurlandia, puis nous irons là-bas, et nous le trouverons.

5

Plusieurs jours passèrent, sans que rien de nouveau ne se produise. Les missionnaires continuaient de sévir, insaisissables. Les Maîtres des Ombres patrouillaient sans cesse dans ces zones, mais il n'y avait rien qui laissait penser qu'Eroll préparait une autre attaque.

Connor n'en pouvait plus de devoir rester à Sohen. Il aurait voulu traquer les missionnaires, découvrir enfin ce que voulait Eroll à Sanya, mais les novices n'avaient pas eu le droit de venir. Selon Darek, des magiciens étaient à craindre, et ils n'étaient pas encore assez puissants pour intervenir.

Le jeune homme devait donc rester au repère de la confrérie, à apprendre à lire et à se perfectionner en combat. Cela aurait pu être intéressant si le danger ne rôdait pas dehors.

Kelly, qui n'avait pas non plus le droit de venir, devait assurer l'entraînement de son apprenti. Connor et elle ne faisaient pas mystère de leur mauvaise humeur. Greg et Phil étaient également là pour s'occuper des autres novices.

Assise à une table dans la bibliothèque, Kelly continuait d'apprendre la lecture à Connor. Le jeune homme s'améliorait, mais les événements qui se déroulaient l'empêchaient de se concentrer. Les heures semblaient s'éterniser. Finalement, le jeune homme se renversa sur sa chaise en soupirant.

- Kelly, tu ne voudrais vraiment pas me raconter l'histoire des Maîtres des Ombres ?

- Il y a beaucoup à dire, en mille ans, il s'en est passé des choses. Tu devrais vraiment lire pour apprendre.

- En ce moment, je n'ai pas tellement envie de me concentrer sur l'étude, tu sais.

- Je te comprends, mais tu as le temps.

- Kelly, s'il te plaît. Raconte-moi en gros, tu n'es pas obligé de rentrer dans les détails.

La jeune femme soupira.

- Tu es pire que moi... Ne dis rien à Darek, tu sais comment il est. Pour lui, la patience est quelque chose de sacrée. Mais toi comme moi ne pouvons pas prétendre avoir cette qualité.

Connor sourit. Kelly s'installa plus confortablement sur sa chaise, une main sur son ventre, et fit face au jeune homme, tout son sérieux retrouvé.

- Comme tu le sais, l'origine de notre pouvoir est incertaine, et remonte au moins à mille ans en arrière. En réalité, aucun écrit ne nous permet de dater l'apparition de l'Onde. Il semblerait que les Maîtres des Ombres existaient bien avant la création de la confrérie, peut-être même depuis l'aube de la création. Avant Nahele, tout porte à croire qu'ils n'avaient pas conscience de leur pouvoir.

» D'après des parchemins et des tablettes que nous avons trouvés et conservés, nous savons que la plupart de ces Maîtres des Ombres étaient des voleurs, des assassins, ou encore des espions. Certains faisaient même partie de légions spéciales. Ils avaient tous un point commun, celui d'être craint par les rois et les gens du peuple. D'après nos écrits, l'un avait même la tête mise à un prix de cinq mille pièces d'or !

- Nahele ?

- Lui-même. En ce temps-là, il était un grand voleur, sans doute le meilleur, recherché et traqué dans de nombreux royaumes. Nahele, en plus d'être un grand voleur, était un homme intelligent. Il a compris que ses aptitudes n'étaient pas naturelles. Il y avait autre chose derrière tout ça. Après avoir longuement cherché, il a finalement découvert qu'il possédait un pouvoir, qui pulsait en lui. Il était encore incapable de faire appel à lui, d'en comprendre la nature profonde, mais il savait qu'il était en lui, et qu'il guidait son corps. En entendant les histoires que l'on racontait sur certaines personnes, il a réalisé qu'il n'était pas le seul à avoir ce don.

» Il a donc cherché ces gens. Il en a trouvé deux, Elwin et

Astrid. Après les avoir durement convaincus qu'ils étaient des êtres à part, méritant mieux qu'une vie de criminel, ils fondèrent à eux trois la confrérie et se baptisèrent les Maîtres des Ombres. Nahele continua d'apprendre à utiliser son pouvoir, et il y parvint, au bout de deux longues années de labeur. Il a appris et compris tout ce que nous savons sur l'Onde aujourd'hui, plus rapidement que n'importe qui. Toutes les connaissances que nous avons sur elle, elles nous viennent de Nahele. C'est également lui qui a compris comment se lier aux animaux. Une expérience fabuleuse que tu comprendras lorsque tu l'auras réalisé.

» Il a ensuite tout appris à Astrid et Elwin, qui, contrairement à lui, mirent beaucoup plus de temps avant de ressentir et d'utiliser l'Onde. Lorsqu'ils furent Maîtres des Ombres à part entière, ils sillonnèrent le monde pour trouver et former leurs semblables. Les rangs de la confrérie grossirent. Nahele prônait l'honneur. Il ne voulait plus que les Maîtres des Ombres soient des assassins, des bandits, des criminels. Ils voulaient que nous soyons respectés, pas craints. Même si les Maîtres des Ombres continuaient d'agir dans l'ombre, ils devaient aider, servir le peuple et les rois, si leurs offres étaient justes. Plus que tout, Nahele prônait la liberté, et désirait apporter un avenir meilleur aux plus démunis.

» Elwin ne l'entendait pas ainsi. Pour lui, les Maîtres des Ombres étaient des êtres d'exception, des êtres nés pour régner. Les maîtres du monde. Un peu comme les magiciens, des siècles plus tard. Une guerre éclata au sein de la confrérie, et Nahele et ses partisans furent contraints à l'exil. Pendant des années, la confrérie régna en maître. Les rois eux-mêmes se pliaient à la volonté d'Elwin. Les Maîtres des Ombres étaient craints. Elwin avait la sale habitude d'accuser les gens de crimes imaginaires, pour pouvoir ensuite s'approprier leurs biens. Tous les soirs, les gens redoutaient de les voir apparaître chez eux. Ils vivaient dans la peur à chaque instant, de les voir surgir pour les tuer ou de les détrousser. Les Maîtres des Ombres étaient plus craints que les voleurs et les assassins réunis. Plus craints que les milices des rois, c'est pour dire.

», Mais Nahele est revenu. Plus fort, avec de nouvelles recrues. Il fit tomber Elwin dans une sanglante bataille. Il a montré sa tête au peuple, pour leur prouver que cette sombre époque était finie, que la confrérie ne régnerait plus en tyran. Elle redeviendrait celle qu'elle était, protectrice du peuple. La confrérie a retrouvé sa gloire d'antan. Par la suite, elle a connu des déclins, notamment à cause de trahisons, de rois qui désiraient les exterminer, la guerre contre les magiciens. Mais elle a survécu à chaque attaque, elle a surmonté toutes les épreuves, si dures soient-elles. La confrérie a également connu des apogées, comme aujourd'hui, où nous sommes respectés, adorés par certains, et craints par nos ennemis. Ce serait trop long à tout te raconter, quand tu sauras lire, je te prêterai les ouvrages, et peut-être certains parchemins.

- Et qu'a fait Nahele, une fois qu'il eut repris la confrérie ?
- Il est parti percer le mystère de l'Onde. Il n'est revenu ici que pour mourir.
- Il est enterré ici ?

Kelly leva les bras au ciel dans un signe d'impuissance.

- On dit qu'il est enterré ici même, dans une crypte. Nous avons cherché partout, sans succès. Aucune trace de la crypte. Peut-être n'existe-t-elle même pas.

Connor se gratta la joue.

- Elle fut construite avant ou après le repère ?
- Nul ne le sait. Aucun récit n'en témoigne.
- Comment fut bâti le repère ?
- Tout le monde croit que nous le savons, mais en réalité, c'est un mystère aussi gros que l'origine de notre pouvoir, avoua Kelly. On ne sait ni quand il fut construit, ni par qui, ni pourquoi. Tout porte à croire que Sohen serait en réalité bâti sur les ruines des Anciennes civilisations, et que notre repère en porte les trace. Peut-être même fut-il bâti par les Anciennes civilisations elles-mêmes, qui sait. Leur existence n'est qu'une légende, évidemment, mais je ne peux m'empêcher de croire qu'ils ont vraiment existé.
- Même Nahele l'ignorait ?
- S'il le savait, il a emporté ses secrets dans la tombe, ainsi que ceux de l'Onde. Nous n'avons trouvé nulle trace de ses écrits, personne ne sait donc d'où vient notre pouvoir, qui nous sommes réellement, pourquoi nous sommes si attirés par certains symboles au point de nous les tatouer, et ce qu'est notre repère. Connor, cette planque est un mystère pour nous. Tu iras voir, dans le couloir qui mène à la salle Obscure, il y a des symboles gravés dans les murs que nous n'avons jamais vus nulle part.
- La salle Obscure ?

- Darek ne te l'a pas montrée ? C'est un endroit très spécial, un lieu où même nos yeux ne peuvent percer les ténèbres. Ni même les torches ! C'est juste... incroyable, et effrayant. Il faudra que tu ailles voir.

- Kelly, cette salle mène sûrement à la crypte !

- Nous y avons déjà pensé, mais toutes nos expériences ont été veines. Désolée, mais cette crypte, et les secrets de notre repère ne seront sûrement jamais percés.

- La prophétie dit que j'apporterais la connaissance.

Kelly eut un pauvre sourire.

- On ne sait jamais ce que veulent dire les prophéties. La connaissance peut se référer à n'importe quoi ! La connaissance qui nous permettra de survivre, ou de connaître notre apogée, qui sait... Mais ne te leurre pas. Je souhaite tout autant que toi percer ces secrets.

Le jeune homme resta un moment silencieux, pensif.

- Nahele était marié ?

- Oui. À Astrid si tu veux savoir. Ils avaient également un fils.

Kelly lui tapota l'épaule.

- Allez viens, tu as bien mérité une pause.

Elle se leva et le prit par le bras, l'entraînant hors de la pièce.

- Où m'emmènes-tu ?

Elle lui fit un sourire complice en s'arrêtant dans le couloir.

- Tu le sais. Continue tout droit, puis tourne à gauche. À la première intersection, va à droite. Continue tout droit. Tu arriveras devant une grande porte en métal. Entre.

- Je suis censé faire quoi ?

- Voir et découvrir. Il vaut mieux que tu vois ça seul. Va maintenant. Je t'attends là.

Le jeune homme se mit en route, jetant un dernier coup d'œil derrière lui. Kelly l'encourageait à continuer.

Son cœur battait plus vite. Il sentait que quelque chose se passait en lui, sans savoir quoi. Un frisson le parcourut. Une impression bizarre s'emparait de lui à chaque pas, bien qu'il était incapable de la comprendre. Comme si l'essence même de sa vie était liée à l'endroit où il allait.

Sur les murs, il remarqua alors que des symboles avaient été gravés, sans doute des milliers d'années plus tôt. Des symboles qu'il n'avait jamais vus nulle part, et qui lui procurèrent un long frisson. Il les toucha du doigt. Il avait la curieuse sensation de faire face à un mystère qui changerait sa vie, tôt au tard.

Tremblant d'une excitation nouvelle, il reprit son chemin, contemplant ses impressionnantes gravures, témoignages d'un peuple ancien qui avait disparu des milliers d'années auparavant. Que n'aurait-il pas donné pour comprendre cette écriture ? Peut-être révélait-elle la vérité, sur les Maîtres des Ombres, ou même les Anciennes civilisations.

Il tomba alors sur une grande porte en fer, dont les gravures pourtant étrangères lui paraissaient familières. Des symboles entrelacés, étranges, mais qui avaient une signification qu'il ignorait encore. Au sommet de la porte était représentée une femme tenant une sorte de globe lumineux. Connor posa la main sur la poignée, le souffle court. Remarquant une torche, accrochée à côté, il la saisit et entra.

Il crut un instant qu'il rêvait. Il ne voyait rien. Absolument rien. Les lueurs de la torche ne parvenaient pas à percer les ténèbres, comme si un voile invisible empêchait tout rayon lumineux d'entrer. Quand il tendit le bras, sa main et la torche furent avalées par les ténèbres.

Connor était stupéfait. Alors qu'il sentait le bois chaud dans sa paume, il était incapable de voir la torche ni sa propre main !

La salle Obscure.

Reposant la torche sur son support, Connor entra. Il ne vit rien. Son regard aiguisé qui perçait habituellement la nuit, était aveugle en ces lieux. Même quand il plaça sa main juste devant son visage, il ne la vit pas. En se tournant, il découvrit le long couloir derrière lui, mais dans cette pièce, les ténèbres prenaient le dessus sur tout.

Les mains tendues devant lui, Connor tâtonna jusqu'à rencontrer le mur. Il toucha, inspecta, mais ne trouva rien, aucun mécanisme susceptible d'éclairer cette salle. En revanche, il découvrit encore des gravures, sans pour autant deviner leur forme.

Le jeune homme était époustouflé. Comment était-ce possible ? Quelle magie était à l'œuvre ? Cette salle devait avoir un rapport avec l'origine de cette planque, avec la mystérieuse crypte où était conservé le corps de Nahele, mais lequel ? Quel était son rôle ?

La tête débordante de question, Connor sortit et referma la porte. S'il voulait savoir la vérité, il allait devoir chercher lui-même, car aucun Maître des Ombres ne semblait savoir tout ce que cela signifiait, et personne, à sa connaissance, ne pourrait l'aider.

Encore sous le choc, il alla retrouver Kelly qui sourit devant son air ahuri.

- Impressionnant, non ?
- Comment est-ce possible ?
- On l'ignore. Sanya est venue. Étant magicienne, j'espérais qu'elle trouverait quelque chose, mais elle ne sait rien non plus.

Ce qui était normal, car déjà en tant que déesse, elle ne connaissait rien de l'origine des Maîtres des Ombres.

- Allez, viens. Chaque mystère est élucidé un jour. Il faut être patient, c'est tout, le rassura Kelly en voyant son air songeur.

Connor hocha la tête. La patience n'était pas son fort, il devait bien l'admettre.

Il reprit donc ses cours de lecture, s'abîmant les yeux à force de lire et écrire. La porte de la bibliothèque s'ouvrit alors en volet et Greg apparut, affolé.

- Kelly, il faut que tu viennes. Des soldats d'Aurlandia ont attaqué Bourgfier !

Bourgfier était le village d'un clan très ancien, presque antique, qui perdurait depuis l'âge des guerres claniques. Il n'avait jamais failli, et on racontait que ses combattants étaient les meilleurs et les plus dangereux qu'ils puissent exister. Bien qu'indépendant du royaume, la plupart des chefs avait accepté de servir les rois et reines, même s'ils conservaient leur autonomie. On disait aussi que ce clan était gouverné par des femmes depuis des temps anciens, et que jamais il n'avait connu le déclin.

- Eroll leur a envoyé ses troupes d'élite, ajouta Greg.
- Pour quelle raison aurait-il fait ça ?
- Nous ne savons pas. Darek demande notre aide, ils sont surmenés.
- J'arrive tout de suite.

Kelly se leva d'un bond. Quand Connor fit de même, elle posa ses mains sur ses épaules.

- Non, reste ici. Il y a des magiciens, Darek ne veut pas que vous veniez.
- Mais je dois venir ! Kelly, il le faut, il s'agit de la sécurité de Sanya.
- Connor, je t'en prie, reste là. Les magiciens sont puissants, tu ne fais pas encore le poids. Je ne veux pas qu'il t'arrive quelque

chose.

- Je te signale que tu es enceinte, Darek ne voudra pas non plus que tu viennes, tenta le jeune homme.

- Je suis Maître des Ombres, j'ai encore le droit d'agir selon mon propre chef.

- Tout comme moi.

- Je sais, mais tu n'es pas encore prêt. Connor, reste là, et veille sur les autres, cela vaut mieux.

Elle fit taire une autre protestation du doigt, et plongea son regard bleu dans le sien.

- Reste s'il te plaît. Darek nous tuerait tous les deux si tu venais.

- Au fond, tu estimes que j'ai le droit de venir, non ?

- Ce que j'estime ou non n'a aucune importance face aux ordres de Darek.

- Un Maître des Ombres n'a pas de chef.

- Dans certaines circonstances, si. Et celle-ci en fait partie ! Maintenant, arrête de polémiquer et reste ici.

Sans un autre mot, elle quitta la bibliothèque et disparut dans les ombres. Connor grogna en se laissant tomber sur sa chaise. Eroll préparait quelque chose contre Sanya, et cette attaque avait un but. Il ne pouvait pas rester ici sans rien faire alors que la vie de sa compagne était en jeu.

Il s'apprêtait à sortir de la bibliothèque quand Mia surgit devant lui, se jetant à son cou.

- Connor ! Tu sais ce qui se passe ?

- Un peu oui. Il faut qu'on reste ici.

- Pourquoi ? Je sais me battre, j'ai lutté moi aussi quand les aurlandiens sont venus.

Connor la décrocha de son cou et la reposa par terre. La jeune fille semblait l'apprécier tout particulièrement, et elle ne cessait de venir le taquiner depuis son arrivée, quand elle ne venait pas réclamer un peu d'attention. Ou encore des cajoleries. Kelly lui répétait qu'elle s'était enamourée d'un homme bien plus âgé qu'elle.

- Je sais tout ça, Mia, n'en doute pas. Mais là, il vaut mieux rester ici. C'est trop dangereux.

- Toi, tu n'y crois pas, lança-t-elle avec un clin d'œil. Tu rêves de pouvoir y aller.

- Peut-être.

- Bon... On peut sûrement s'arranger.
- De quoi me parles-tu ?
- Si tu me rends un service, je te laisserai partir d'ici sans rien dire aux autres.
- Tu sais, je peux partir d'ici sans te demander la permission.
Mia secoua l'index devant son visage.
- Non, parce que sinon je viens, et tu vas avoir de sérieux problèmes pour m'avoir emmenée.
Connor soupira. Décidément, la jeune fille avait un don pour mener les gens par le bout du nez.
- C'est quoi ton marché ?
- Oh, je ne sais pas encore ! Mais si je te laisse y aller sans rien dire, tu me dois un service. Donnant donnant.
- Je te préviens je ne fais pas tout et n'importe quoi non plus.
- Ça me va. Allez, file.
Connor ébouriffa les cheveux de la jeune fille, et s'empressa de disparaître.

Le jeune homme galopait ventre à terre. Il savait où se trouvait Bourgfier, il avait donc laissé Kelly, Greg et Phil partir loin devant lui, pour ne pas risquer de se faire repérer. Qu'il y ait des magiciens ou non, il en allait de la sécurité de Sanya.

Il ne lui fallut pas longtemps pour gagner Bourgfier. Quand il arriva, il fut frappé par l'horreur de ce combat. La ville était en flamme, et les guerriers du village s'acharnaient à défendre leurs proches de cette marée de soldats. Des éclairs et des langues de feu fusaient un peu partout. Les cris d'agonies et les hurlements de douleur montaient dans le ciel, et l'odeur du sang et de chair grillée était insoutenable. Les aurlandiens n'étaient plus des hommes, mais des bêtes féroces assoiffées de tueries !

Sans attendre davantage, Connor tira ses dagues et se jeta dans le combat. Il vit du coin de l'œil plusieurs Maîtres des Ombres combattant avec hargne. Il distingua également Darek, aux prises avec sorcier.

Prenant garde aux éclairs qui continuaient de fuser un peu partout, Connor s'empressa d'aller aider Darek, faisant abstraction des horreurs de ce carnage et de la fumée noire qui semblait vouloir l'asphyxier. Le Maître des Ombres n'était pas en bonne posture, et la victoire contre ce sorcier semblait bien loin d'être acquise.

Connor s'arrêta soudain, découvrant un soldat aurlandien debout devant une femme grièvement blessée, son épée prête à la transpercer. La malheureuse était incapable de bouger, mais contemplait son bourreau d'un œil froid, digne devant la mort. Connor n'hésita pas davantage.

Il se précipita avant que l'épée ne s'abatte sur la femme, sa dague fusa et perça la poitrine du soldat qui ouvrit et ferma la bouche en cherchant son souffle. Ses yeux se voilèrent, du sang perla au coin de ses lèvres, et il s'écroula en poussant un râle sourd.

Connor n'eut pas le temps d'aider la femme que plusieurs soldats se jetaient sur lui en hurlant de rage. Le souffle commençait à lui manquer, mais il rejeta la fatigue dans un coin de sa tête pour combattre avec plus d'ardeur.

Il s'avisa alors que Kelly n'était pas très loin, en très mauvaise posture. On l'avait blessé à la jambe et elle peinait à se défendre, submergée par l'assaut. L'enfant qu'elle portait ne devait pas non plus arranger les choses. N'écoutant que son courage, Connor s'esquiva de son propre combat et s'empressa de lui venir en aide. Ses dagues fendirent l'air, blessant ou tuant les soldats. À deux, ils parvinrent à se débarrasser de ces hommes. Kelly le remercia d'un hochement de tête, et repartit à l'assaut.

De vraies troupes d'élites, songea Connor. Les envahisseurs faisaient preuve d'une redoutable discipline, attaquant par groupes et de manière stratégique. Ces hommes n'avaient absolument rien à voir avec ceux ayant attaqué Sohen, un mois plus tôt. C'étaient de véritables guerriers accomplis qui savaient quoi faire.

Mais les habitants du village, malgré leur infériorité numérique, étaient bien plus redoutables.

- Connor ! rugit une voix.

Le jeune homme jeta un bref coup d'œil à Darek qui se battait un peu plus loin, couvert de sang. Visiblement, il avait triomphé du sorcier, mais il devait en rester d'autres, car des éclairs et langues de feu fusaient toujours.

- J'avais ordonné que toi et les autres restiez à Sohen !

Jugeant que le moment n'était pas aux remontrances, Connor ne prit pas la peine de répondre, et le Maître des Ombres fulmina en silence.

Le jeune homme découvrit alors qu'un archer avait pris pour

cible son mentor ! Il ne doutait pas que Darek puisse s'en sortir, mais un soldat essayait de le ceinturer. Connor décrocha un couteau noir de sa ceinture et dans un mouvement flou, il lança la lame qui fit mouche, transperçant la gorge de l'archer dans un geyser de sang.

Il y eut alors un sifflement strident et tout le corps de Connor lui hurla de fuir. Il se tourna et vit l'éclair arriver, presque au ralenti, sachant qu'il ne serait pas assez rapide pour l'éviter. L'impact allait le tuer, et il ne pouvait plus rien faire.

Alors que la foudre allait s'abattre sur lui, quelqu'un s'interposa miraculeusement, et l'éclair lui percuta le thorax dans un bruit sourd. Son sauveur vola dans les airs et s'écrasa plus loin pour ne plus bouger.

Tétanisé par ce sacrifice, Connor vit à peine le sorcier se préparer pour une nouvelle décharge. Soudain il s'arrêta, et lentement, sa tête glissa, se détacha de ses épaules pour rouler par terre, et son corps s'affaissa en se convulsant.

Kelly se tenait derrière, essoufflée, le regard enflammé.

- Il ne fallait pas me défier, grinça-t-elle.

Connor se levait tout juste laborieusement, se préparant à reprendre le combat, quand une trompe sonna. Sans chercher à achever leurs victimes, tous les soldats battirent en retraite dans un ensemble parfait, quittant les lieux en quelques secondes. Pas stupides au point de se jeter dans un piège, les guerriers s'empressèrent de rejoindre leurs blessés

Connor se rua vers son sauveur. Il hoqueta en découvrant que c'était la femme à qui il avait également sauvé la vie. S'agenouillant près d'elle, il chercha son pouls en sachant déjà que la décharge l'avait tué sur le coup.

Quelle ne fut pas sa surprise de découvrir qu'elle vivait encore ! Il l'a pris dans ses bras et lui serra la main.

- Si vous m'entendez, serrez mes doigts.

La femme resta inerte.

Plusieurs hommes accoururent alors autour d'eux.

- Elle est morte ? s'horrifièrent-ils.

- Non, mais sa vie est en danger. Je vais l'amener au château, les guérisseurs de la reine pourront sûrement l'aider.

L'un des guerriers posa une main sur l'épaule du jeune homme.

- Merci. Sauvez-la, je vous en prie. Il ne faut pas qu'elle meure.

- Je vais faire mon possible.

Darek ordonna le départ immédiat. Connor se releva, souleva sa protégée dans ses bras et la hissa sur sa selle. Il la cala ensuite contre lui, passant ses bras autour de sa taille, et lança son cheval au galop derrière Darek.

6

Alors qu'ils chevauchaient tous vers Sohen, Kelly amena sa monture à hauteur de Connor.
- Merci de m'avoir sauvée.
- Tu m'as rendu la pareille, nous sommes quittes. Et puis, ajouta-t-il avec un clin d'œil, sans toi, j'aurais été seul pour affronter Darek.
Kelly sourit avant de porter son regard sur la femme agonisant dans les bras du jeune homme.
- Comment va-t-elle ?
- Son état est critique. J'ignore comment elle a survécu à un tel coup, mais elle ne tiendra pas longtemps
- C'est un peuple très particulier, très puissant. J'ai entendu dire qu'ils sont les seuls à maîtriser certaines techniques. Ils peuvent forger des armures capables de résister à la magie. C'est peut-être l'explication au fait qu'elle soit toujours vivante.
Connor hocha la tête et reporta son attention sur la femme qu'il tenait. Elle avait de cheveux auburn ainsi qu'un beau visage, mais la souffrance qui se lisait sur ses traits et le sang qui la maculait l'empêchait de rayonner. Elle respirait faiblement en gémissant.
- S'il vous plaît ! S'il vous plaît, attendez ! cria une voix derrière eux.
Darek arrêta sa troupe et se tourna pour découvrir un homme qui chevauchait à bride abattue. Quand il fut à leur hauteur, Connor remarqua qu'il était dans un état lamentable, sale, couvert de sang et épuisé. Il tenait les brides que d'une main.

- S'il vous plaît, je dois vous dire un mot.
- Dépêchez-vous, nous sommes pressés, le prévint Darek.
- Ces soldats... ils cherchaient des informations dans mon village.
- Quelles informations ?!
- Je ne sais pas trop... ils ont parlé d'un fils enlevé.

Darek devint livide.

- Venez avec nous. Vous allez raconter tout ça à la reine, je suis sûr que ce que vous avez à dire lui sera d'une grande aide.

Connor fut soulagé d'arriver enfin à Sohen. L'état de sa protégée s'aggravait, elle avait besoin de soins immédiats. Les Maîtres des Ombres se séparèrent, et seuls Darek et Kelly se dirigèrent vers le château, les autres retournant dans la planque pour se soigner.

En passant près de l'infirmerie, Connor confia sa protégée aux guérisseurs, leur ordonnant de prendre grand soin d'elle.

- Si vous voulez des ordres plus officiels, dites à la reine qu'elle m'a sauvé la vie, je vous garantis qu'elle vous ordonnera de la soigner dans les plus brefs délais.
- Oui Monsieur, nous allons nous occuper d'elle.

On les informa ensuite que la reine était dans la salle du trône, occupée à régler les problèmes du peuple. Darek, Kelly et Connor entrèrent donc dans le bâtiment malgré les protestations du soldat.

Darek ne chercha même pas à s'expliquer devant les gardes qui protégeaient la salle du trône, les informant seulement qu'il avait une urgence à traiter avec la reine.

Quand on les fit enfin entrer, Sanya était assise sur son trône, vêtue de sa longue robe de reine, un diadème lui ceignant le front, Damian et un autre conseiller auprès d'elle. Même Faran était là, non loin d'elle. En découvrant les nouveaux venus, et surtout dans l'état où ils se présentaient, elle poussa un cri de stupeur.

- Que vous est-il arrivé ?!
- Majesté, nous n'avons pas beaucoup de temps devant nous, expliqua Darek en s'inclinant. D'abord, il faudrait que vos guérisseurs s'occupent de cette blessée.

Connor s'approcha. Sanya hoqueta en le découvrant couvert de sang, et Faran devint livide.

- Une femme m'a sauvé la vie, je les conduis à l'infirmerie.

Pouvez-vous vous assurer qu'elle soit correctement traitée ?

- Évidemment.

- Je vais transmettre le message et voir si je peux l'aider, les informa Faran en s'éclipsant avec lui.

Quand les deux hommes eurent disparu, la reine fit signe à Darek de parler.

- Majesté, nous patrouillions dans la région, à la recherche d'indices, quand nous avons découvert que Bourgfier était attaqué. Nous nous sommes empressés d'aider les guerriers, et la bataille fut rude, je ne vous le cache pas, mais les soldats ennemis ont battu en retraite d'un seul coup, sans chercher à nous massacrer alors qu'ils auraient pu. Des soldats d'élite, je peux l'affirmer. Ils faisaient preuve d'une grande discipline, et se battaient mieux que n'importe quel autre soldat aurlandien. Je n'ai pas voulu me lancer à leur poursuite, soupçonnant un piège. Leur fuite n'avait pas été engendrée par la peur. Cet homme, en revanche, semble avoir des explications qui pourraient vous intéresser.

Sanya se tourna vers l'homme en question, l'étudiant sans retenue d'un regard d'acier. Il cilla devant cette autorité et baissa les yeux en s'inclinant humblement.

- Je vous écoute.

- Quand les soldats aurlandiens sont arrivés, expliqua-t-il, ils nous ont attaqués sans aucune explication. Plusieurs ont investi la maison du chef pour l'interroger, et ce durant un long moment, tandis que les autres se battaient avec hargne dehors. Je combattais juste devant une fenêtre, j'ai entendu vaguement qu'ils parlaient d'un fils enlevé.

Sanya se redressa d'un seul coup sur son trône, soudain très intéressée.

- Un fils enlevé, en êtes-vous sûr ?

- Oui, Majesté. Je ne sais pas ce que mon chef leur a dit, mais quand ils sont sortis, je les ai entendus dire qu'ils savaient enfin où chercher. Ils ont fait sonner la retraite et sont vite repartis.

Sanya prit une grande inspiration pour se calmer.

- Votre chef est-il encore vivant ?

- Je crains que non...

- Savez-vous s'il avait des informations, sur l'enlèvement du fils de l'empereur ?

- Le fils de l'empereur a été enlevé ?!

- Répondez à ma question, s'impatienta la reine.
- Navré, je n'en sais rien. Mais vu la réaction des soldats, je pense que oui.

La reine était devenue blanche.

- Majesté, devons-nous interroger les habitants du village ? demanda Darek.
- Non, nous n'avons plus le temps pour ça. Ces soldats détiennent de précieuses informations. Je veux vite les retrouver. Si nous mettons la main sur le fils d'Eroll avant eux, nous pourrons stopper la guerre.

La reine se tourna vers les gardes encore présents dans la pièce.

- Prévenez le général Breris, je veux que lui et une partie de ses hommes se tiennent près dans les plus brefs délais. Nous allons intercepter ces soldats aurlandiens. Et faites préparer mon cheval et mon armure.

Les soldats inclinèrent la tête avant de sortir en trombe.

- Majesté, vous ne comptez pas venir, si ? s'inquiéta Darek.
- Nous allons peut-être enfin découvrir la vérité, nous allons peut-être pouvoir mettre fin à la guerre. Je veux être là.
- Bien... Je vais chercher mes hommes, dans ce cas. Nous vous attendrons dans la cour.

Alors que la reine se levait pour aller se préparer, Connor emboîta le pas à Darek.

- Non, toi tu restes ici.
- Quoi ?
- Tu t'es comporté comme un irresponsable en nous suivant, Connor. Tu n'as pas réfléchi un seul instant, et tu t'es jeté dans un combat trop dur pour toi. Tu n'es pas de taille à faire face aux sorciers, tu t'en es rendu compte. Si tu m'avais écouté, tu n'aurais pas frôlé la mort.
- Ça n'a aucune importance. Je ne crains pas de les combattre, et je devais venir.
- Je suis ton chef !
- Darek, ça suffit !

Kelly se posta près de Connor.

- Comme toi, je pense que ce combat était trop dur pour lui. Mais il est vivant c'est tout ce qui compte.
- Sans nous, il serait mort !
- Et sans lui, je serais morte ! Il a sauvé ma vie, celle d'un autre,

et la tienne ! Certes il manque d'entraînement, mais il est plus puissant que beaucoup de soldats réunis, tu ne peux pas le nier.

Darek ne répliqua pas, mais il était bien trop fier pour s'excuser, ou même changer d'avis.

- Même si tu nous as sauvés, ma décision reste inchangée. Je sais que je n'ai pas le droit de te commander ainsi, mais attends-nous là, c'est mieux pour toi.

Connor voulut protester, ne supportant pas l'idée de rester ici, mais Sanya posa une main sur son épaule pour le calmer.

- Écoute-le, il a raison. Il vaut mieux que tu restes ici. Tu es un brillant combattant, je n'en doute pas, mais tu n'es pas prêt à rivaliser avec des magiciens. Darek sait ce qu'il fait, il vaut mieux que tu restes ici. J'en t'en prie.

- Je ne peux pas te laisser y aller toute seule.

Sanya eut un petit sourire.

- Je ne suis pas seule, vois le monde qui m'accompagne.

- Sanya, je n'ai pas peur de me battre, ni de la mort. Je pourrais être utile, au même titre que tes soldats. J'ai autant le droit de me battre que toi.

- Moi, je suis capable de rivaliser avec des magiciens, pas toi. Pas encore. Et ces soldats ont plus de vingt ans d'expérience, Connor, et toi seulement quelques mois. Ils ont déjà eu affaire aux magiciens. Essaye de comprendre que malgré tous tes progrès, tu n'es pas préparé à ça. Contre n'importe qui d'autre, j'aurais plaidé pour que tu viennes, mais là... Ne me demande pas de supporter l'idée qu'il puisse t'arriver malheur.

- Je suis capable de me défendre, voulut-il la rassurer.

- Je t'en prie... Pour moi. Je ne veux pas te perdre. S'il te plaît.

Le jeune homme poussa un long soupir, vaincu.

- Si j'accepte, c'est uniquement pour toi.

- Merci. J'aurais besoin de toi ici.

- Pour quoi faire ?

- Quand la femme que tu m'as ramenée se réveillera, je veux que tu l'interroges, sur ce qui c'est passé. Peut-être en sait-elle davantage. Tu veux bien faire ça pour moi ?

Connor hocha la tête, résigné. Mais laisser partir Sanya seule vers le danger lui était insupportable.

Kelly s'approcha.

- Nous veillerons sur elle, je te le promets. C'est une affaire que seule la reine peut régler, et tu lui seras utile ici.

- D'accord...

Elle lui frotta le bras avec reconnaissance avant de s'éloigner.

- Merci, souffla Sanya. On se revoit vite.

- Ce n'est pas une bonne idée.

- Si, au contraire. Si je ramène le fils d'Eroll chez lui, nous pourrions ramener la paix !

- Les dieux sont derrière tout ça, pas Eroll, ne l'oublie pas.

- Pour contrôler Eroll, ils ont besoin de lui fournir une « motivation ». Si je ramène son fils, il n'en aura plus. Baldr reviendra à l'assaut, mais en attendant, j'aurais du temps à consacrer au Quilyo !

- Sanya, tu oublies qu'Eroll te prépare quelque chose.

- Justement, c'était ça son plan ! La bataille n'était qu'une diversion pour faire entrer ses troupes d'élite sur le territoire, et chercher son fils sans éveiller les soupçons. Une fois qu'il l'aurait trouvé, il pourrait m'accuser devant le monde entier ! Tous mes alliés se retourneraient contre moi, disant que je suis responsable et que j'ai attiré la guerre sur les royaumes ! Je serais seule, peut-être exécutée, et Eroll pourrait prendre le pouvoir avec quelques beaux discours, j'en suis sûre ! Connor, trouver son fils avant lui est notre seul espoir d'éviter la guerre.

- J'espère que tu as raison.

- Fais-moi confiance.

- Comme toujours... fais attention à toi.

S'interdisant de l'embrasser en public, elle s'éclipsa à son tour. Connor resta donc seul dans la salle du trône, ne sachant plus si cette mission était une bonne idée ou non. Et il n'avait même pas le droit de venir. Si c'était un piège...

Il ne voulut pas y penser, c'était trop douloureux. Sanya avait raison, tout se passerait bien. Il devait lui faire confiance.

Il quitta la salle du trône pour gagner l'infirmerie, refusant de penser que cette mission était un piège. Mais il ne pouvait pas rejeter cette désagréable impression qui lui tiraillait le ventre. Comme si inconsciemment, il savait déjà qu'un malheur allait arriver.

Avachi dans sa chaise, Connor regardait les guérisseurs et Faran s'occuper de la blessée. Quand ils avaient retiré son armure et ses vêtements, le jeune homme avait découvert de profondes entailles, et les marques violacées sur sa peau montraient qu'elle avait beaucoup d'os cassés.

- Ses poumons sont remplis de sang, une fois que nous l'aurons enlevé, nous nous occuperons de son cœur, qui a été affaibli par la décharge. Nous réduirons ensuite ses fractures, mais il lui faudra un peu de temps pour se remettre.

- Vous êtes des magiciens, n'est-ce pas ? murmura Connor surpris par l'ampleur de l'intervention.

Les guérisseurs se tournèrent vers lui, terriblement affolés.

- Nous... enfin... Pitié...

- N'ayez crainte, les rassura Connor, comprenant la peur qui les habitait. Je suis un Maître des Ombres, mais je ne hais pas les magiciens, bien au contraire. Je ne vous ferai aucun mal.

- Merci... (Ils avaient du mal à cacher leur soulagement.) C'est une chose que nous n'aimons pas étaler. Beaucoup de soldats le savent, évidemment, mais la reine Sanya leur a fait jurer de garder le secret. Nous ne voulons pas que ça s'ébruite, vous comprenez. La reine nous a promis que nous pourrions vivre en paix, si nous nous consacrions seulement à aider les gens. Nous tenons à ce qu'il en soit ainsi. Nous ne voulons pas être jugés, craints, ou même humiliés et traqués.

- Je ne dirai rien non plus, soyez sans crainte. Et je ne vous ferai rien.

Les guérisseurs inclinèrent la tête, apaisés de leurs craintes. Sans un mot de plus, ils se mirent au travail. Leurs soins durèrent longtemps et furent sans doute laborieux, mais la blessée allait déjà mieux. Son visage se détendait, elle respirait mieux, et elle retrouvait ses couleurs.

- Nous ne sommes pas très puissants depuis que plus personne ne nous forme et nous sommes épuisés..., soupira l'un des guérisseurs en vacillant. Il faut que l'on se repose. Faran, cette jeune femme aura sans doute besoin de vos compétences. Des poussées de fièvre, des douleurs...

- Je m'en occuperai. Merci à vous, vous pouvez aller vous reposer.

Ils s'éclipsèrent sans se faire prier, se retenant les uns aux autres, pris de vertige. Connor crut qu'ils allaient s'effondrer avant de sortir, mais ils parvinrent à quitter la pièce sans encombre. Il eut de la peine en les voyant ainsi. Condamnés à se cacher des autres, à ne pas pouvoir exercer leur art, à être craint des gens du peuple, tout ça à cause de la bêtise de leurs ancêtres. Étaient-ils responsables des crimes d'autres magiciens ?

- Tu as le don pour secourir les pauvres damoiselles en danger, lança Faran.

- Celle-là, je ne compte pas l'épouser.

Son frère sourit avant de redevenir sérieux.

- Elle t'a sauvé la vie ?

Comprenant où il voulait vraiment en venir, Connor lui raconta l'attaque sauvage du village, la façon dont le sorcier l'avait pris pour cible et comment cette femme lui avait sauvé la vie.

Faran ne put s'empêcher de soupirer.

- Un jour, il va vraiment t'arriver quelque chose.
- Ce sont les risques du métier.
- Des risques tout à fait inutiles aujourd'hui.
- Dois-je te rappeler que j'ai sauvé la vie de Kelly et de Darek ?
- Les choses auraient pu être autrement.
- Faran, j'apprécie que tu te soucies de moi, vraiment, mais la guerre est là et je ne vais sûrement pas rester sagement au château tandis que les autres se battront pour ma liberté. J'ai conscience du danger, j'ai conscience que je risque la mort, mais c'est un risque que j'accepte. Alors, accepte-le aussi.

- Je comprends, mais il vaut mieux que tu obéisses à Darek.

- Je sais... Mais il en allait de la vie de Sanya. Je ne peux pas rester sans rien faire tandis qu'elle avance vers le danger.

- Connor, ça va bien se passer.

Le jeune homme n'en était pas si sûr. Il en avait l'estomac retourné. Sachant que son frère avait besoin d'un peu de solitude, Faran se leva, et après lui avoir tapoté l'épaule, il s'éclipsa sans un mot.

Connor soupira et se prit la tête à deux mains. Il était terrifié pour Sanya. Il avait cette terrible impression qu'elle se jetait tête baissée dans un piège et il ne pouvait rien faire pour elle.

Sa protégée poussa un petit gémissement et battit des paupières. Elle grogna en refermant les yeux, les mâchoires serrées.

- Du calme, vous êtes en sécurité. Comment vous sentez-vous ? demanda Connor, plein d'espoir.

- Faible, grommela-t-elle. J'ai connu des jours meilleurs, mais il en faut plus pour me tuer.

Elle ouvrit les yeux et lorsqu'ils s'accommodèrent à la lumière, elle posa son regard sur Connor. Ses yeux étaient d'un vert émeraude magnifique. Elle voulut bouger, mais la douleur la paralysa. Elle grimaça sous la souffrance.

- Ne bougez pas, restez tranquille.

Trempant un linge dans une bassine d'eau, il lui épongea doucement le front.

- Oh, je vous reconnais. L'homme après qui le magicien s'en est pris.

- L'homme qui vous a sauvé la vie, oui.

- Celui à qui j'ai sauvé la vie derrière. Si j'ai bien compris, vous n'aviez pas à être là.

Connor soupira, mais ne releva pas.

La jeune femme voulut de nouveau se redresser, mais elle poussa un cri de douleur, avant de se laisser retomber sur l'oreiller, ruisselante de sueur. Elle mit un moment avant de reprendre son souffle.

- Vous avez de nombreux os cassés, lui expliqua Connor, et votre corps est encore très faible. L'attaque a rempli vos poumons de sang et affaibli votre cœur. Sans parler des autres traumatismes... Votre corps va mettre un peu de temps à s'en remettre. Vous n'êtes plus en danger, mais il vous faudra beaucoup de repos.

- Bah ! ce n'est pas grand-chose.

« Pas grand-chose » était bien en dessous de la réalité, mais Connor ne fit aucune remarque. Pas besoin de rappeler à cette femme qu'elle avait frôlé la mort de très près. Ils restèrent donc un moment silencieux.

- Sans votre armure, il est probable que vous seriez morte, laissa-t-il tomber.

- ·Ça ne fait aucun doute. Elle a été forgée dans un métal très particulier, elle « absorbe » la magie. Seul mon clan en connaît les secrets. Elle vous aurait été bien utile, plaisanta-t-elle.

- En effet.

Elle ferma les yeux, essayant de chasser la douleur.

- Merci, lâcha-t-elle.

- Eh bien, comme vous l'avez dit, vous m'avez sauvé. Je pense qu'on est quitte.

La jeune femme lui adressa alors un sourire complice.

- Vous savez, pour tous les autres, vous n'aviez pas à venir, mais moi je trouve que vous avez bien fait. Il faut être lâche pour laisser les autres se battre à sa place, d'autant plus que vous êtes un homme. Vous m'avez prouvé, en bravant votre chef et en combattant, que vous n'étiez pas un lâche. C'est tout ce qu'il me faut pour apprécier quelqu'un.

Connor lui offrit un sourire reconnaissant.

- Comment vous appelez-vous ?
- Aela. Aela la Guerrière.
- Beau surnom. Je suis Connor.
- Connor... Je sais qui vous êtes. Un Maître des Ombres. Je vous ai vu combattre. Un homme prometteur, qui sera meilleur que les autres un jour, je me trompe ?

Le jeune homme resta sans voix. Comment pouvait-elle savoir ça ?

- Je sélectionne et j'entraîne nos guerriers d'élite, lui annonça-t-elle. Je sais reconnaître un véritable guerrier quand j'en vois un. D'ailleurs, tout à fait entre nous, je parie que vous serez le prochain chef de la confrérie. Mais je ne vois toujours pas pourquoi on veut vous laisser à l'écart des combats...

- Aela, écoutez, la situation est grave, coupa Connor. Il faut que je vous parle de cette attaque, vos réponses pourront sûrement aider ma reine. C'est très urgent.

- Alors, allez-y. Je n'ai que ça à faire, de toute façon.

- Savez-vous pourquoi les soldats d'Aurlandia vous ont attaqué ?

- Par jalousie ? Non, je n'en ai aucune idée. Ces chiens n'ont pas besoin d'excuses pour s'en prendre à des innocents. Mais nous devons être une épine dans leur pied. Des combattants qu'ils craignent par-dessus tout, et trop proches de la frontière. Mon clan a souvent fait la différence dans un combat, Eroll le sait. Et nous avons un très bon réseau de vigiles et d'éclaireurs.

- Un homme de votre village nous a dit que les soldats recherchaient des informations sur le fils enlevé de l'empereur. Il a dit qu'il a interrogé votre chef et qu'ils ont obtenu les réponses attendues.

- Quoi ?!

Aela se releva si brusquement qu'elle cria de douleur. Connor s'empressa de la rallonger.

- Qui vous a dit une telle stupidité ?! souffla-t-elle.
- Un homme du village. Il affirme que votre chef savait des choses...
- Qui ?!
- Je ne sais pas.
- Décrivez-le-moi !
- Eh bien... il était grand, des cheveux noirs. Je n'ai pas bien fait attention, vous agonisiez et...
- Une cicatrice sur la joue ?

Le jeune homme la contempla, surpris. Maintenant qu'elle le lui disait, il se souvenait effectivement qu'il avait une cicatrice sur la joue. Sur le coup, il n'y avait pas prêté attention, concentré sur la femme entre la vie et la mort qui devait rejoindre Sohen au plus vite.

- La main gauche en moins ?
- Je ne sais pas, il avait des gantelets, mais il ne tenait pas les brides de son cheval avec la main gauche.
- Connor, il faut que vous partiez sur-le-champ prévenir votre reine.

L'inquiétude qui rongeait le visage d'Aela glaça les sangs de Connor.

- Pourquoi, que se passe-t-il ?
- Le chef n'a jamais été interrogé, parce qu'il se trouve que le chef du village, c'est moi ! Cette histoire a été montée de toutes pièces, votre reine fonce dans un piège ! Cet homme, qui vous a prévenu, c'est Thorlef, le général en chef de l'armée d'Aurlandia, le bras droit de l'empereur !

*

- Vous êtes sûr qu'ils se sont enfuis par là ? demanda le général Breris, un brin soupçonneux.
- Oui, quand ils ont sonné la retraite, ils se sont enfuis dans cette direction, affirma l'étranger.

Sanya et ses hommes inspectaient les environs à la recherche de traces témoignant du passage des soldats d'Aurlandia. Pour le moment, ils n'avaient rien trouvé, mais la jeune femme gardait espoir.

Le général Breris avait pris une centaine d'hommes avec lui, assez pour donner une raclée à l'unité qui avait sévi dans Bourgfier.

Un des magiciens était encore en vie, il avait dû prendre soin d'effacer les traces, ce qui leur compliquait la tâche.

Darek et ses hommes restaient près de la reine, aux aguets.

- Majesté, je n'aime pas ça, murmura le général Breris en s'approchant de Sanya. Il faut faire demi-tour.

- Non, c'est peut-être notre seule chance d'arrêter la guerre. Je refuse d'abandonner si près du but. On continue.

Déterminée, elle prit le devant pour montrer qu'elle ne renoncerait pas.

Il y eut un bruissement de feuilles non loin d'eux. Sanya s'arrêta et plissa les yeux pour essayer de voir à travers les fourrés. Un frisson la parcourut. Utilisant le peu de magie qui lui restait depuis son bannissement d'Ysthar, elle sonda les environs et tira son épée, prête à se battre. Inquiet, le général Breris fit de même.

- Qui a-t-il ma reine ?
- Général, nous sommes épiés.

Tous les soldats s'arrêtèrent et tirèrent leurs armes, prêts à défendre leur reine sans relâche. À leur tête, Sanya restait immobile, écoutant attentivement, se fiant à ses sens magiques.

Oui, il y avait effectivement du monde dans les bois.

- Nous sommes pris dans une embuscade, souffla-t-elle. Ils sont tapis là, autour de nous. À mon signal, nous foncerons sur eux. Pas question de les laisser refermer leur piège sur nous.

Alors qu'elle s'apprêtait à donner le signal, l'homme qui les guidait fut à son niveau. Tirant son épée avec célérité, il blessa traîtreusement la reine qui hurla de douleur, et la propulsa par terre avant que les soldats ne puissent réagir.

- Désolé Majesté, mais il est trop tard.

Sur ceux, des centaines de soldats jaillirent des fourrées en hurlant pour se jeter sur eux.

7

Connor galopait à brides abattues, ne songeant plus qu'à une chose : tirer sa bien-aimée du piège dans lequel elle s'était fourrée. Rien d'autre ne comptait. Elle ne devait pas avoir trop d'avance sur lui, il la rattraperait vite, il n'en doutait pas.

S'il n'était pas déjà trop tard...

Connor chassa ces sombres pensées et fit claquer les rênes. Alors qu'il avait dépassé Bourgfier et galopait dans la forêt, il découvrit alors le massacre. Encore plus nombreux que lors de l'attaque de Bourgfier, les soldats impériaux avaient pris les hommes de Sanya en embuscade. Les pauvres étaient complètement encerclés et toutes retraites avaient été coupées, ne leur laissant aucune chance. La plupart des chevaux avaient été abattus par des archers, ce qui les pénalisait grandement.

Tandis qu'il se jetait dans la bataille, Connor chercha Sanya du regard. Il la trouva enfin, aux prises avec Thorlef, qui affichait un sourire cruel.

Sanya était blessée à la jambe et tenait à peine debout, mais elle n'était pas près d'abandonner le combat, se battant avec une force décuplée par la peur et la rage.

Alors que le jeune homme se frayait un chemin ensanglanté pour lui venir en aide, Thorlef assena à sa compagne un terrible coup de poing qui la sonna, l'étalant au sol.

Avant qu'il ne puisse l'attraper, Connor bondit de sa selle. S'interposant de toute sa hauteur, il attaqua Thorlef en hurlant de rage. Le général paraît ses coups avec une grande habileté, lançant des répliques précises et mortelles. Sanya n'arrivant toujours pas à se relever, il fut seul face à cette montagne de muscle déchaînée.

Connor parvint à le toucher à la hanche, mais cela décupla la fureur de Thorlef. Poussant un hurlement de guerre, il brandit son épée et frappa de toutes ses forces.

L'impact des lames fut brutal. Connor évita l'épée qui revenait vers sa gorge, avant de frapper à son tour. Ses dagues ne firent qu'érafler les côtes de l'homme qui pivota pour attaquer de nouveau.

Connor se pencha en arrière, mais la lame le toucha, traçant un long sillon le long de sa joue, remontant en direction de son œil.

La douleur explosa en lui et il poussa un cri déchirant en sentant sa paupière arrachée, et il devina que son œil avait été percé. Connor tomba à genoux, aveuglé par le sang qui coulait à flots sur son visage. Le pied de Thorlef fusa et lui percuta les côtes.

S'écroulant dans un râle sourd, Connor resta un moment inerte sur le sol, son visage dégoulinant de sang, le souffle coupé. La douleur était déchirante.

- Je te laisse la vie, le borgne, grogna Thorlef, pour que tu puisses souffrir mille martyres en songeant à ce qu'on réserve à ta fiancée.

Sur ce, il attrapa Sanya par les épaules et la jeta en travers de sa selle.

Complètement dépassés par le nombre, les soldats de la reine ne purent lui venir en aide quand le général lança sa monture au galop, escorté par ses hommes. Quelques-uns arrivèrent à se lancer à sa poursuite, mais ils furent abattus par des archers bien cachés dans les fourrés.

Et les Maîtres des Ombres ne pouvaient rien faire. Ils s'étaient trompés ; ils ne restaient pas qu'un magicien, mais bien cinq ! Aux prises avec ces terribles sorciers qui ne leur laissaient aucun répit, ils ne purent rien faire pour la reine qui se faisait enlever.

Mobilisant tout ce qui lui restait de force, Connor se releva en grognant. Son cheval était toujours vivant, à son grand soulagement, et le protégeait farouchement, empêchant les aurlandiens de s'en prendre à son cavalier resté à terre. Connor ne put s'empêcher de bénir l'animal qui lui avait probablement sauvé la vie. Se tenant le visage d'une main, il se hissa péniblement sur sa selle.

- Merci mon ami.

Talonnant sa monture, ignorant la terrible douleur qui lui arrachait des larmes, il se jeta à la poursuite de Thorlef. Il parvint à percer la lignée adverse sans se faire intercepter par un éclair mortel. Les archers le prirent alors pour cible, mais Connor était trop habile pour eux. Peut-être était-ce dû à la peur, mais le jeune homme anticipait de manière prodigieuse, comme aucun Maître des Ombres ne l'aurait fait.

Reprenant connaissance, Sanya voulut se débattre. Thorlef la frappa rudement pour qu'elle se calme.

- Sanya ! Courage, je vais te sortir de là ! hurla Connor d'une voix vibrante de peur et de colère.

Entendre son amant lui gonfla le cœur d'espoir et luttant contre la douleur, la jeune femme se débattit, essayant de tomber du cheval. Thorlef avait cependant une poigne d'acier et plaquant un poing sur ses reins, il la força à rester immobile en lui arrachant un cri de douleur.

Connor pressa son cheval d'aller plus vite, se baissant pour éviter les flèches de ses poursuivants. Il ne parviendrait jamais à rattraper Sanya à temps !

Il gagnait un peu de terrain, mais des cavaliers s'étaient lancés à ses trousses.

Connor vit alors un pont se dessiner devant lui et Thorlef fonçait droit dessus. Il s'engagea à son tour dessus, brûlant de rage.

Soudain, des soldats apparurent de l'autre côté, lances pointées sur lui pour lui barrer le chemin. Derrière, ses poursuivants s'étaient arrêtés pour lui couper toutes retraites. Il était pris au piège !

Connor tira sur les rênes de son cheval pour s'arrêter. Coincé au milieu du pont, piégé par les soldats, il savait qu'il ne gagnerait pas.

Quand il eut terminé sa traversée, Thorlef s'arrêta pour le contempler. Il força Sanya à faire de même.

- Dis adieu à ta dame ! La prochaine fois que vous vous reverrez, ce sera au royaume des morts !

- Connor ! hurla Sanya. Va-t'en vite ! De l'huile, il y a de l'huile à tes pieds, ils vont tout faire brûler !

Le jeune homme baissa les yeux et une sueur froide coula le

long de son dos. Sanya avait raison, il y avait de l'huile sur toute la longueur du pont. Les aurlandiens allaient le faire brûler vifs ! Et cerné comme il l'était, il ne pourrait aller nulle part !

Des deux côtés, plusieurs archers encochèrent des flèches enflammées, attendant les ordres.

- Thorlef ! rugit Connor. Je te tuerai, je le jure ! Tu mourras de ma lame !
- Si tu étais vivant, je ne dis pas, mais dans quelques minutes, tu seras mort.
- Connor ! Connor fuis, dépêche-toi ! cria Sanya.
- Je ne t'abandonnerai pas !
- Fuis ! Tu ne peux plus rien pour moi. Sauve ta vie, je t'en prie ! Ils ont besoin de toi à Eredhel ! Je t'aime ne l'oublie jamais ! Je t'aime !
- Sanya !

Connor talonna sa monture, décidé à franchir le barrage de soldats et à secourir sa bien-aimée.

Les flèches enflammées fusèrent et soudain, un brasier naquit sur les deux parties du pont, prenant ainsi Connor en tenaille. Les langues de feu se propulsaient vers lui à une vitesse affolante en crépitant. La chaleur se fit suffocante. Paniqué, son cheval hennit en se cabrant.

Alors qu'il ne restait plus que quelques mètres avant que le feu ne soit sur lui, Connor prépara sa monture, le cœur battant la chamade. Il n'avait plus le choix. Peut-être qu'il allait se tuer, mais s'il ne le faisait pas, les flammes le consumeraient !

- Sanya, je t'aime ! cria-t-il une dernière fois. Je t'aime mon amour et je te retrouverai !

Et juste avant que les flammes ne le dévorent, cavalier et cheval se jetèrent du pont.

*

Quand l'occasion se présenta enfin, le général Breris ordonna la retraite. Même s'il refusait d'abandonner sa reine, il fallait bien se rendre à l'évidence qu'il n'avait pas le choix. S'ils se faisaient tous tuer, personne ne pourrait lui venir en aide et prévenir le château. De plus, il ne restait plus beaucoup de soldats, et ils étaient en piteux états.

Voyant que les aurlandiens ne les prenaient pas en chasse, le général ordonna à ses hommes de s'arrêter dans une clairière pour reprendre leur souffle. Son cœur se serra en constatant qu'il ne lui restait qu'une poignée d'hommes, tous mal en point. Et les Maîtres des Ombres étaient en très mauvais état à cause des sorciers qui leur avaient grandement compliqué la tâche.

Darek s'approcha alors du général.

- Un de mes hommes et moi allons voir si nous apercevons la reine et ses ravisseurs, puis nous reviendrons vous faire un rapport. Vous n'êtes pas responsable, général, maintenant, il faut se concentrer sur le moyen de la ramener parmi nous.

- Vous avez raison... Nous allons rentrer au château au plus vite ! Nous allons chercher un moyen de la sortir de là, mais en attendant, je vais envoyer un message à Eroll, savoir ce qu'il veut exactement. Je compte sur vous, maître Darek.

- N'ayez crainte. Foncez faire ce que vous avez à faire ! Et une dernière chose...

Il se pencha pour que seul le général puisse l'entendre :

- Sanya pensait que certains de ses conseillers n'étaient pas vraiment dignes de confiance. J'ignore si votre parole sera entendue, mais si vous pouviez éviter qu'ils ne prennent des décisions... fâcheuses, je vous en serais très reconnaissant.

- Je suis également au courant de la crainte de la reine pour ses conseillers. Elle m'en a déjà fait part. La reine et moi nous connaissons bien, elle me fait confiance, plus qu'en n'importe qui au château. Je vous promets que ces hommes ne feront rien d'irréfléchi et ne causeront pas de trouble.

- Merci.

Tandis que le général Breris ordonnait à ses hommes de reprendre la route jusqu'à Sohen, Darek choisit parmi ses compagnons le plus vaillant. Alors qu'il s'apprêtait à partir avec Jon, Greg le retint par le bras. Il était grièvement blessé et à bout de souffle.

- Darek... J'ai vu Connor...

- Quoi ?! Je lui avais dit de rester au château !

- Peu importe, il s'est lancé à la poursuite de Sanya. Je ne l'ai pas revu.

- Merci Greg. Ramène les autres au repère, ne faites rien sans mon accord. Jon, dépêche-toi, Connor est peut-être en danger !

- Darek, je viens avec toi, s'écria Kelly.

- Oh non, n'y compte même pas ! Les aurlandiens sont peut-être toujours là, toi et... rentre immédiatement.

- Connor est mon élève !

- Et je le retrouverai, sois sans crainte. Tu es blessée, rentre vite. Tu nous ralentirais.

Kelly, n'ayant pas la force de polémiquer davantage, accepta de les laisser partir.

Darek et Jon se mirent aussitôt en route.

Ils n'eurent aucun mal à suivre les traces laissées par les aurlandiens, qui n'étaient plus là depuis longtemps. Ayant obtenu ce qu'ils désiraient, ils avaient dû fuir sans chercher à cacher leurs traces, pressés de prendre la mer. Qu'on les piste ne devait pas être une préoccupation, ils savaient avoir les cartes bien en main.

Alors qu'ils continuaient d'avancer, cherchant Connor, ils virent une fumée noire s'élever au-dessus de la cime des arbres. Le cœur de Darek rata un battement et il ne put s'empêcher d'imaginer le pire. Ils coururent aussi vite que leurs jambes le leur permettaient, le souffle court, terrifiés à l'idée de ce qu'ils allaient découvrir. Un massacre, un incendie visant à les encercler pour les tuer ? Connor était-il là-bas ?

En émergeant de la forêt, ils découvrir un feu qui se rependait sur la totalité d'un pont de pierre. Les flammes ne semblaient pas vouloir mourir et s'élevaient haut dans le ciel, provoquant une vague de chaleur étouffante.

- Que s'est-il passé ici ?! s'écria Jon.

- Ils ont dû tenter de couper l'accès à Connor. C'est le seul moyen de traverser la rivière.

- Je ne le vois pas non plus.

Darek voulut se lancer à sa recherche sans plus tarder, le cœur battant sourdement à l'idée de ce qui avait pu arriver à Connor, quand Jon lui prit le bras.

- Regarde ! Le navire des aurlandiens !

Le bateau en question était déjà très loin, toutes voiles dehors. Le désespoir envahit le cœur des deux Maîtres des Ombres.

- Ils doivent retenir Sanya prisonnière dessus. Ils sont trop loin, on ne peut plus rien faire. Ça va être au tour des stratèges de jouer, si on veut la libérer. (Darek poussa un cri frustré.) Bon sang, j'aurais dû me douter qu'ils voulaient capturer la reine !

- Personne ne pouvait deviner. Leur plan était génial, il faut bien l'avouer... Sanya désirant éviter les combats, ils se sont servis de ça pour l'avoir... Tu crois que Connor est aussi prisonnier ?
- Aucune idée. Cherchons aux alentours, peut-être qu'il est encore là. Sinon, il faudra vite rentrer au Sohen et mettre tout le monde au courant de la situation.

8

Connor avait bien cru que l'impact allait le tuer. Quand il avait percuté la surface de l'eau, ce fut comme sentir tous ses os se briser net. La force du courant l'avait ballotté loin de son cheval, le propulsant contre les rochers, l'empêchant de remonter à la surface. Ses poumons s'étaient enflammés et il avait cru son heure venue.

Alors la vision de Sanya lui était apparue, ramenant à sa mémoire la promesse qu'il lui avait faite. Il avait trouvé la force de dompter la douleur et de refaire surface.

Sentir ses poumons se remplir d'air était un véritable bonheur. Péniblement, il avait réussi à gagner la rive, même s'il était aveuglé par le sang qui jaillissait toujours de sa terrible blessure au visage, et si son corps douloureux lui faisait souffrir le martyre.

Il était à présent étendu sur les cailloux, incapable de bouger, la vision brouillée, pris de tournis et la tête bourdonnante. Il voulut ramper, mais dut admettre que sortir de ce ravin était impossible dans son état. Il essaya de bouger et cria de douleur. Il avait bien des os cassés.

Le désespoir l'envahit. Comment allait-il porter secours à sa bien-aimée, s'il était incapable de se sauver lui-même ? Faiblement, il redressa la tête, essayant de trouver un passage où il pourrait ramper. Il vit un chemin, qui remontait au sommet. Peut-être qu'en se traînant, il pourrait sortir de là. Et après ? Comment gagner Bourgfier ? Il n'avait pas le choix. S'il voulait vivre, c'était sa seule chance.

Son cheval reposait non loin de lui. Le jeune homme n'arrivait pas à déterminer s'il était vivant ou non.

Un cri perçant retentit au-dessus de lui. Connor se sentait dériver de plus en plus, mais il parvint à lever la tête de nouveau, même si ce geste l'affaiblissait. Il découvrit une forme floue, qui décrivait un cercle autour de lui. Celle-ci poussa un autre cri et piqua dans sa direction.

Quand l'aigle se posa près de lui, Connor sentit l'espoir l'envahir.

- Sandre... c'est... toi...

L'aigle s'approcha et ébouriffa les cheveux du jeune homme. Connor savait que ce geste n'avait rien d'anodin. L'animal lui apportait son soutien.

- Sandre... il faut... que tu préviennes Darek...

L'aigle poussa un cri, donna un petit coup de bec amical au jeune homme et s'envola sans tarder. À bout de forces, Connor perdit connaissance.

*

Ce fut les voix qui le tirèrent de sa torpeur. Le jeune homme ouvrit doucement les yeux et découvrit quatre personnes au-dessus de lui. Il'ika était assise sur son épaule. Il avait encore les idées embrouillées et se sentait extrêmement faible. Un moment, il crut qu'il avait rêvé, mais la dure réalité le frappa rapidement quand il remarqua qu'il ne voyait que d'un œil. Affolé, il porta la main à son visage, et découvrit qu'il portait un bandage.

Alors c'était vrai, Sanya, sa compagne, son amante, avait bel et bien été enlevée, et il n'avait réussi qu'à récolter une profonde blessure qui lui avait crevé l'œil, sans lui apporter le moindre soutien.

- Connor, tu m'entends ? murmura son frère.

- Oui..., grogna-t-il en refoulant sa nausée et son mal de crâne.

Un grand sourire illumina les visages de Faran, Il'ika, Darek, Kelly et Aela. Cette dernière n'était pas en grande forme, et avait dû faire un gros effort pour venir à lui. Son front ruisselant de sueur et la grimace qu'elle tirait en témoignaient. Son intention le toucha profondément.

- Où est-ce que...

- Là où tout grand guerrier passe un jour, le taquina Aela.

Connor voulut se redresser, mais la douleur le cloua au lit. Poussant un gémissement, il se força à prendre les plus petites bouffées d'air possible. Ses côtes le mettaient au supplice. Il se massa le front en grognant. Ils savaient qu'on n'utilisait pas la magie pour soigner ce que le corps pouvait faire lui-même, mais le jeune homme était déçu. Il ne pouvait pas rester au lit sans rien faire.

La nausée le prit sans prévenir, et il se pencha au bord du lit pour se vider l'estomac. La douleur fut si horrible que les larmes lui montèrent aux yeux. Il crut qu'il allait perdre de nouveau connaissance. Une main dans son dos, Faran attendit que son mal se calme avant de l'aider à se rallonger. Il transpirait abondamment. Encore une fois, Connor ne put s'empêcher de passer une main sur le bandage qui couvrait son œil, et son cœur se serra.

- Les guérisseurs ont dit que tu devais rester ici pour te reposer, enchaîna Aela. Peut-être accepteront-ils de guérir tes fractures entièrement, mais en attendant, tu ne dois pas bouger. La plaie à ton œil n'était pas très profonde, en donnant toute leur énergie, les guérisseurs ont réussi à sauver ton œil !

- Vraiment ? souffla le jeune homme, ébahi.

- Oui. Tu auras une belle cicatrice, mais il est sauvé. Tu ne seras pas borgne, lança-t-elle avec un clin d'œil complice. Tu as aussi une chance remarquable de t'en sortir, tu sais. La rivière n'est pas connue pour sa clémence, beaucoup sont morts en tombant dedans. Et devine quoi ? Ton cheval s'en est sorti, lui aussi. Une sacrée bête !

Le jeune homme ne put s'empêcher de soupirer de soulagement, une larme coulant le long de sa joue. Oh oui, il l'avait échappé belle, il était bien placé pour le savoir. La mort n'avait jamais été aussi proche de lui, il l'avait presque sentie le frôler.

Kelly posa une main apaisante sur son épaule en sentant le trouble qui l'habitait.

Connor repoussa les couvertures et essaya tant bien que mal de se lever.

- Connor, repose-toi, tu n'es pas en état, le gronda Faran. Attendons un peu.

- Attendre quoi ? s'écria le jeune homme. Que Sanya se fasse tuer ?

- D'avoir un plan. Nous n'allons pas laisser la reine là-bas, c'est évident, mais il nous faut attendre d'avoir une solution. Les stratèges cherchent un moyen de la récupérer, et nos diplomates ont envoyé un message, pour savoir ce qu'exige Eroll.
- Il n'exige rien du tout ! Tout ce qu'il veut, c'est la tuer.
- Alors, laisse les stratèges faire leur boulot, et repose-toi, le réprimanda Darek.

Connor voulut se lever, mais les vertiges l'assaillirent. Avant que ses jambes ne se dérobent sous lui, il retomba sur son lit en gémissant. Kelly l'aida à se rallonger.

Darek s'éclipsa, conscient de ne pas être la bonne personne pour apaiser le jeune homme. De plus, il avait beaucoup à faire.

- Je l'avais prévenu, gémit Connor. Je lui avais dit de ne pas y aller.
- Personne ne pouvait deviner, le réconforta Kelly.
- Si... Je lui avais dit... Si j'étais venu...
- Ça n'aurait rien changé. Le pont t'aurait arrêté de la même manière. Ils avaient un bon plan, l'avantage de la surprise et du terrain.
- Non ! Si j'étais venu, je l'aurais sauvé. Si j'étais un Maître des Ombres et un compagnon digne de ce nom, je ne l'aurais pas abandonné, je l'aurais sauvé.

Il poussa un cri de frustration avant de laisser ses larmes couler le long de ses joues. Son frère en eut le cœur brisé. Kelly s'assit sur le lit, et posa une main bienveillante sur son épaule.

- Ne te sens pas coupable. Eroll est futé, il sait utiliser les points faibles de Sanya. Et les sorciers... Tu n'aurais rien pu faire pour elle. Nous-mêmes avons été incapables de nous lancer à sa poursuite.

Secoué de sanglot, le jeune homme détourna la tête. Aela ne disait rien, luttant pour rester debout et ne pas faillir.

- Sanya..., gémit Connor. Sanya, pardonne-moi...
- Ne désespère pas, souffla Kelly. Les stratèges vont trouver un moyen de la libérer, ne t'en fais pas. Maintenant, repose-toi.

Alors qu'elle, Faran et Aela s'apprêtaient à partir, Connor retint cette dernière par le bras. Elle était encore très faible, il s'en voulut de la forcer à rester alors qu'elle ne désirait que se reposer, mais il devait lui parler immédiatement.

- Il faut que je te demande quelque chose.

- Je t'écoute.
- Tu connaissais le général Thorlef, je me trompe ?
- Ça pour le connaître, je le connais, grogna-t-elle.
- Comment ?
- Mieux vaut ne pas savoir. Où veux-tu en venir ?
- Comment est-il ? Son caractère ?
- Connor, soupira Aela en comprenant les attentes du jeune homme. Tu te fais du mal pour rien.
- Je dois savoir.
- Il ne vaut mieux pas. Ça ne servirait qu'à te rendre fou. Je sais que c'est dur, mais tu ne dois pas penser à ce que pourrait subir Sanya. N'y pense pas un seul instant, ou ta raison te quittera. Ne pense qu'au jour où tu la sauveras.

Les larmes coulèrent de nouveau sur les joues du jeune homme.
- Merci Aela.
- Tu m'as sauvé Connor. Tu avais mieux à faire, mais tu m'as sauvé. Si un jour tu as besoin de moi, sache que je combattrai à tes côtés sans condition.

Elle porta son poing sur sa poitrine et s'inclina laborieusement.
- Merci. Je n'oublierai pas. Tu peux aller te reposer.

Quand la jeune femme retourna se coucher dans son lit, Connor resta seul avec Il'ika. La fée ne disait rien, consciente que rien ne pouvait aider son ami. Elle usa de sa magie pour calmer la douleur qui pulsait en lui et le faire plonger dans un sommeil réparateur. Sommeil en réalité agité par de mauvais rêves, où il ne cessait d'appeler sa bien-aimée.

*

Sanya eut un mal fou à se tirer de sa torpeur. Elle ne sut ce qui l'avait réveillé ; la houle du navire ou le beuglement des soldats sur le pont. La jeune femme grimaça de douleur en relevant la tête. Les coups que lui avait assénés le général Thorlef pour qu'elle cesse de se débattre lui faisaient encore atrocement mal. Surtout la tête et le dos.

Doucement, la jeune femme essaya de voir où elle était. Comme elle s'y attendait, elle était dans une geôle, au fond des cales d'un navire. À première vue, elle était la seule prisonnière, ce qui ne l'étonna pas. Deux soldats étaient installés sur une table un peu plus loin, jouant aux cartes dans de grands éclats de rire, une chope de bière devant eux.

Ne désirant pas montrer qu'elle était réveillée, la jeune femme se contraignit à l'immobilité. Elle observa autour d'elle d'un œil attentif, cherchant quelque chose susceptible de l'aider à s'échapper.

« Ma pauvre fille, tu perds la tête », songea-t-elle. Pour s'échapper d'ici, elle devait déjà mettre la main sur la clé, puis passer au nez et la barbe de tous ces soldats d'élite qui grouillaient sur le navire. Et pour couronner le tout, il y avait des magiciens. Et même, si par un incroyable miracle, et y parvenait, elle était au milieu de l'océan !

Sanya soupira en s'adossant au fond de sa cellule. Il n'y avait rien à faire. Pour le moment. Il fallait attendre que les secours viennent, car elle savait que Connor ne l'abandonnerait pas. Pour ça, fallait-il encore qu'il ait survécu à sa chute...

Non ! Elle ne devait pas douter de lui ! Il était vivant, et il allait venir !

La déesse déchue eut les larmes aux yeux en songeant à ce qui l'attendait à son arrivée à Castel-noir. Pourrait-elle vraiment tenir le coup, si Eroll la torturait ? Elle connaissait certaines de ses méthodes. Elle savait ce qui allait lui arriver. L'espoir que sa raison y résiste était faible...

« Allons, ne te décourage pas, se réprimanda-t-elle. Peut-être a-t-il plus d'intérêt à te garder en vie. »

Cela dit, elle en doutait fortement. Si Eroll avait des intérêts, Baldr n'en avait aucun. Et c'était bien lui qui tirait les ficelles, Eroll n'était qu'un pion. Son sort était déjà scellé.

- Kalwen, mon frère adoré, s'il devait m'arriver quelque chose, je t'en prie, veille sur Connor, pria-t-elle dans un murmure, des larmes coulant sur ses joues. Veille sur lui comme tu veillerais sur moi. S'il te plaît. Pour moi, tu ne peux rien, mais lui, tu peux le sauver.

- Tiens ! Notre chère reine est réveillée !

Les deux gardes venaient de relever la tête et la contemplaient à présent avec une fascination perverse. Ils se levèrent en même temps et s'approchèrent de la geôle de Sanya, faisant rouler leurs muscles.

- Je pensais que l'empereur était devenu fou, quand il nous a appris son plan, enchaîna le deuxième homme. Mais en fait, tu es encore plus stupide que ce qu'il nous racontait.

Les deux hommes ricanèrent.

Sanya les toisa longuement, son regard brûlant de haine. Elle se força pourtant à se taire, ne désirant s'attirer plus d'ennuis qu'elle n'en avait déjà.

- N'empêche, pour une idiote, tu es rudement jolie, tu sais !
- Une catin tu veux dire !

Ils éclatèrent de rire en continuant dans leur lancée. Sanya détourna le regard, serrant les poings, essayant de se maîtriser. Elle avait encore un peu de contrôle sur sa magie, elle pouvait s'en servir contre ces idiots. Fermant les yeux, elle plongea au plus profond d'elle-même pour y trouver le flux de magie qui la parcourait. Ne faire qu'un avec cette force qui l'habitait, qui faisait partie intégrante de son être, la laissait l'envahir et puiser en elle ce dont elle avait besoin.

Alors qu'elle aurait dû sentir ce flux d'énergie, Sanya ne rencontra que du vide ! Hoquetant de stupeur, elle faillit perdre l'équilibre en ouvrant les yeux. Lors de son bannissement, ce flux de magie, cette énergie formidable qui la parcourait avait grandement diminué, mais jamais encore il n'avait complètement disparu ! C'était comme si un trou béant s'ouvrait en elle, comme si on lui arrachait de nouveau une partie d'elle-même.

- Que m'avez-vous fait ? souffla-t-elle.

Les deux hommes éclatèrent de rire.

- Une petite potion, une invention personnelle du sorcier. Très efficace apparemment. Bah, il te l'expliquera mieux que nous.

La jeune femme resta silencieuse tandis qu'ils continuaient de la critiquer. Des millénaires qu'elle ne faisait qu'un avec son pouvoir, et voilà qu'elle n'avait plus rien ! Elle se sentait... incomplète. Et si impuissante ! Le passage d'immortelle à mortelle avait déjà été une expérience atroce à laquelle elle avait failli ne pas survivre, pourquoi fallait-on qu'on s'acharne encore sur elle en lui volant le peu d'identité qu'il lui restait ? Ce flux de magie, si fin soit-il, était son unique lien avec ce qu'elle était réellement, et voilà qu'elle ne l'avait plus.

- Tu ne parles plus ? demanda un des soldats sur un ton ironique.

- Elle est impressionnée, s'amusa le deuxième. Elle n'a pas l'habitude d'être en cage, comme la catin qu'elle est.
- Ou alors, elle n'a jamais vu de vrai homme.
- Ah ! oui, ça doit être ça. Viens Roy, on va lui montrer ce qu'est un homme.

Sur ceux, l'un d'eux tira son trousseau de clés et ouvrit la porte de la cellule. Lorsqu'ils furent entrés, ils refermèrent derrière eux. Sanya trembla, se sentant alors bien vulnérable et prise au piège. Elle ne pouvait rien faire contre deux soldats d'élite. Mais si elle ne pouvait pas se défendre, au moins pouvait-elle encore parler.

- Mes pauvres amis, vous n'arrivez même pas à la cheville de Connor, grinça-t-elle avec un rictus mauvais.
- Quoi ? L'abruti qui s'est lancé à ta poursuite ?

Les deux hommes échangèrent un regard avant d'éclater de rire !

- Tu parles ! Il n'a même pas réussi à te sauve ! Non, il a préféré se jeter dans une rivière complètement déchaînée ! Il n'a pas survécu, moi je te le dis, ma reine.

Les soldats gloussèrent de nouveau en voyant les mâchoires serrées de la jeune femme et ses yeux humides.

- Il va vous retrouver, souffla-t-elle. Oui, il va venir. Vous ne le verrez pas arriver, vous ne le sentirez pas, et la mort vous tombera dessus sans prévenir. Il prendra vos misérables vies, et vous n'aurez toujours rien compris de ce qui vous arrive ! Et ce jour-là... j'espère pour vous qu'il sera de bonne humeur, mais j'en doute. Allons mes amis, ne me dites pas que vous vous croyiez assez forts pour résister à un Maître des Ombres en fureur, si ?

Les soldats hésitèrent un moment, livides. Mais ils se reprirent rapidement.

- Tu parles, la rivière a dû lui remettre les idées en place, à ton « homme ». Maintenant, à nous de jouer.

Avec un regard mauvais, l'un des soldats la frappa violemment à la tempe avant de la plaquer au sol. Sanya voulut se débattre, mais son dos douloureux la fit crier de douleur. L'autre homme commençait à débouter son pantalon, savourant déjà ce qu'il allait faire.

Morte de peur, incapable de se libérer, Sanya se cabra dans un espoir vain, mais l'homme la cloua solidement au sol.

Alors que le soldat baissait son pantalon et se plaçait au-dessus d'elle, la reine crut qu'elle allait s'évanouir.

— Roy ! tonna une voix dans leur dos.

Les deux soudards se tétanisèrent, blancs, puis celui qui s'apprêtait à violer Sanya se rhabilla en hâte, soudain rouge de confusion. Ils la lâchèrent maladroitement et se tournèrent vers le nouveau venu, tremblants comme des enfants pris en flagrant délit.

Un homme se tenait devant la grille de la cellule, vêtu d'une ample tunique à capuchon qui recouvrait presque entièrement son visage. Ses longs cheveux bruns s'en échappaient, aussi sec et droit que de la paille. Un rictus pas commode étirait ses lèvres, glaçant les sangs de Sanya.

— Que faisiez-vous ? lança-t-il d'une voix mortellement calme.

— Eh bien... On... enfin...

— Déguerpissez, tas d'incapables ! Ce trophée appartient à l'empereur, et lui seul a le droit de disposer d'elle comme bon lui semble, compris ?

— Oui...

— Ne vous avisez plus de souiller son présent, où vous le paierez de votre vie. Reprenez votre travail !

La voix du sorcier était si terrifiante qu'elle fit frissonner la jeune femme et les deux soldats. Ces derniers s'empressèrent de sortir, la tête baissée, laissant entrer leur supérieur dans la cellule.

Sanya redressa la tête pour le toiser, ne désirant pas s'écraser comme une esclave devant lui.

— Que m'avez-vous fait ? grinça-t-elle. Quel poison m'avez-vous fait boire ?!

— Pas de poison, rassure-toi. Juste une petite potion, toute simple, que j'ai inventée moi-même grâce à mes expériences. Ce breuvage magique parvint à faire obstacle entre la conscience du sujet et son flux de magie. Tant que je te la ferais boire, tu seras incapable de sentir en toi le flot d'énergie qui te parcourt. Et sans énergie, sans magie, pas de sortilèges. Une brillante invention, tu ne crois pas ? Il m'a fallu beaucoup de temps pour la réaliser, et je doutais qu'elle fonctionne sur une déesse. Pourtant, les résultats sont plus que satisfaisants.

— Tu es pathétique. Avoir besoin d'une potion pour maîtriser une déesse déchue, une femme dépourvue de son pouvoir... Tu ne dois pas être si brillant que ça, alors.

— Ne crois pas t'en sortir si facilement, ma reine, siffla le sorcier en plongeant un regard noir dans celui de la jeune femme. Pour le moment, il ne t'arrivera pas grand-chose, parce que tu dois être en forme pour te présenter à mon seigneur. Pour répondre à ses questions. Profite bien de ces jours en mer, Sanya, déesse du vent et des tempêtes, car ensuite, tu ne connaîtras plus jamais le repos. Tu souffriras tellement, que tu nous supplieras de te tuer. La mort te paraîtra comme une libération, tu l'attendras avec impatience, tu ne reverras plus que d'elle. Et l'empereur sera plus que ravi de profiter un peu de toi, entre nos « entretiens », s'il ne te confie pas à ses hommes. Thorlef, en particulier, serait ravi de t'avoir. Et on dit qu'il est très partageur avec ses hommes... Oh ! j'oubliais. Nous avons reçu un nouvel arrivage d'instruments de torture. Je compte sur toi pour me donner ton avis. Et j'ai des expériences à faire, je serais heureux que tu « m'assistes », si tu vois ce que je veux dire.

- Un jour, vous me le paierez tous, j'en fais le serment.

Sans crier gare, le sorcier lui assena un terrible coup de poing qui lui percuta les côtes. Criant de douleur, Sanya s'écroula au sol. Le pied du sorcier la cueillit alors au niveau du ventre, lui vidant les poumons. La jeune femme se recroquevilla pour se protéger des coups qui pleuvaient sur elle, des larmes plein les yeux.

- Ne me manque pas de respect. Que dit-on ?

Comme Sanya ne répondait pas, il matérialisa un bâton de métal et la frappa rudement sans se soucier de ses cris déchirants.

- J'attends.

Sanya ne voulait pas s'abaisser à ça. Quand les coups commencèrent à lui briser les os, elle cria à s'en briser les cordes vocales. Mais comme aucun mot d'excuse ne sortait de sa bouche, son bourreau la frappa plus violemment durant ce qui lui sembla être des heures de souffrances. Il n'arrêta que lorsqu'elle manqua de perdre connaissance.

- Tu n'apprends pas très vite, tu n'es pas encore décidée à oublier ta fierté, cracha-t-il en la retournant sur le dos. Mais j'y remédierais.

Couverte de sang, immobile, Sanya ne dit rien. Sa vision était brouillée, et il lui semblait que le monde n'était que souffrance. Elle voulut crier dans l'espoir futile de se libérer de toute cette souffrance, mais aucun son ne sortit de sa bouche. Elle cracha le sang qui manquait de l'étouffer, mais une vague de douleur la submergea. À bout, elle essaya de reprendre son souffle. Aucune bouffée d'air ne voulant rentrer dans ses poumons, elle fut prise de panique, toussant, crachant, essayant de respirer. Seul un horrible gargouillis sortait de ses lèvres. La douleur était si intenable, transperçant tout son corps pour s'y répandre, qu'elle pleura sans retenue, mais ses pleurs l'empêchaient davantage de reprendre son souffle. Ses côtes avaient dû percer ses poumons, elle allait mourir asphyxiée par son propre sang !

Elle aurait tout donné pour perdre connaissance et être libérée de cette torture.

Alors qu'elle se battait pour respirer, terrorisée, le sorcier se pencha et posa une main sur sa poitrine. Sanya ne s'en rendit à peine compte, son esprit dérivant déjà vers un monde inconnu.

Elle sentit alors une magie curative infiltrer son corps. Ses poumons se vidèrent de tout ce sang, les côtes se replacèrent et les tissus pulmonaires cicatrisèrent. Elle reprit bruyamment son souffle, toussant et pleurant, heureuse et terrifiée à la fois. En à peine dix minutes, la plupart de ses fractures étaient ressoudées et la douleur s'était un peu estompée. Au moins elle parvenait de nouveau à réfléchir et à respirer !

Elle resta immobile, couchée sur le sol, tremblante.

- Comme je te l'ai dit, tu dois arriver intact. Considère ce petit entrevu comme un aperçu de ce qui t'attend réellement. Bien sûr, comme je peux te soigner, ne crois pas que cette balade en mer sera de tout repos. On ne te violera pas, mais si tu manques de respect, mes hommes pourront te rosser impunément. Je te soignerai, n'en doute pas, mais juste pour que tu puisses souffrir de nouveau.

Avec un rictus malsain, il la laissa étaler par terre, couverte de sang.

Quand il fut parti, Sanya sanglota silencieusement.

9

Alors que les jours, puis les semaines s'éternisaient, personne n'avait encore trouvé de plan pour secourir la reine. Quand son enlèvement avait été annoncé au château, la panique avait gagné les conseillers et les généraux, et il avait fallu l'intervention du général Breris et de Darek pour ramener le calme parmi eux, afin de se concentrer sur la seule tâche qui comptait à leurs yeux : sauver Sanya.

En l'absence de la reine, Damian dirigeait le royaume, même si les autres conseillers avaient toujours leur mot à dire dans les décisions qui se prenaient. Chaque jour, Connor craignait que ces derniers finissent par s'accaparer le pouvoir, mais Darek et Breris veillaient au grain. Aucune décision n'était prise sans leur accord, et Damian parvenait à maintenir l'ordre. Hélas, Connor savait que cela ne durait pas éternellement. Les conseillers finiraient bien par prendre le pouvoir, si Eroll ne s'en chargeait pas pour eux. Comme l'avait dit Sanya, si l'empereur leur faisait une promesse de pouvoir, ils pouvaient très bien éliminer Damian, virer ou tuer les fidèles de Sanya grâce au soutien de l'empereur, et Eredhel serait perdu. Ils le feraient, ce n'était qu'une question de temps. Ces hommes n'étaient qu'animés par la soif de pouvoir et de richesse. L'honneur et la dignité ne comptaient pas parmi leurs qualités. L'unique espoir de sauver le royaume était de ramener la reine.

Connor ne dormait pratiquement plus. Devant l'urgence de la situation, les guérisseurs avaient accepté de soigner toutes ses fractures, ainsi que celles d'Aela, si bien que le jeune homme pouvait passer son temps en compagnie des stratèges, des généraux et des conseillers pour trouver le moyen de ramener Sanya. La plupart des Maîtres des Ombres était également présent, mais la situation ne s'arrangeait pas. En dépit des efforts de chacun, aucune solution n'avait encore été trouvée, et Connor s'impatientait.

Plus d'une fois il avait laissé libre cours à sa fureur, terrorisant les conseillers. Kelly et Aela étaient les seules capables de le calmer, car même son frère n'arrivait pas à l'apaiser, ce qui le faisait souffrir terriblement. Voir Connor dans un tel état de détresse, une sorte de mort-vivant, lui brisait le cœur. Le jeune homme n'était plus lui-même, il mangeait et dormait peu, les sentiments qui l'habitaient se réduisaient désormais à la détresse et la fureur. Certaines fois, il n'entendait et ne voyait même pas ce qui se passait autour de lui. Son cœur semblait avoir disparu, laissant un vide effrayant dans sa poitrine. Il y avait des jours où il semblait ne même plus se rappeler qu'il avait une famille et des amis. Il oubliait qu'il avait une vie...

Et ces jours-là, Faran priait pour que Sanya revienne, sinon son frère deviendrait complètement fou et mourrait lui aussi. Mais avant, nul doute qu'il deviendrait le plus imprévisible et le plus dangereux de tous les hommes, car sa vie n'avait plus aucune valeur et qu'il lui arrivait de ne plus se rappeler vers qui allait sa fureur. Faran se demandait parfois s'il n'aurait pas été capable de massacrer tout le peuple aurlandien si on lui apprenait que Sanya était morte...

- Non, c'est bien trop risqué, affirma un général, tirant ainsi le jeune homme de ses rêveries.

Connor redressa la tête et se massa les tempes.

- Pour une fois je suis d'accord, souffla-t-il. Cette idée est insensée.

- Que proposez-vous de mieux ? répliqua Isaac, peu aimable.

Connor le fusilla du regard, ce qui le réduisit au silence. La cicatrice encore fraîche du jeune homme avait le don d'intimider les conseillers, et ces derniers n'osaient plus le contredire quand il les regardait de la sorte. Il n'osait pas non plus l'approcher.

- Envoyer l'armée serait un suicide, enchaîna le jeune homme. L'armée d'Eroll est bien plus grande que la nôtre, nous nous ferions massacrer, et les chances de sauver les quatre royaumes mouraient avec nous. Est-ce là ce que vous voulez ?

Isaac se tripota les mains.

L'homme qui entra précipitamment dans la salle l'empêcha de justifier sa position.

- Il y a un messager pour vous, annonça le garde. Il attend dans la salle de réception.
- Eroll ? demanda Connor sans détour.
- Oui.
- Faite le venir, annonça Damian.

Sans plus attendre, le soldat s'exécuta. Le cœur de Connor tambourinait dans sa poitrine et il avait la gorge nouée. Le sang afflua dans ses tempes.

Quand le soldat revint avec le messager, celui-ci se tenait droit, en digne représentant de son seigneur. Lorsqu'il découvrit ses hôtes, il ne peut empêcher un sourire venimeux de fendre son visage.

- Qu'avez-vous à nous dire ? lança froidement Damian.
- Ne nous emballons pas, je ne suis qu'un humble messager.
- Délivrez ce message, qu'on en finisse, grogna Breris, une main sur le pommeau de son épée.

L'homme se racla la gorge avant de parler.

- Notre grand empereur Eroll m'a chargé de vous dire qu'il n'a pas capturé la reine en quête d'une éventuelle rançon. Il avait des raisons personnelles de la capturer, et il vous saurait gré de le laisser réparer les affronts que la reine a commis, à savoir, kidnapper son fils.
- Ce n'est que..., commença Connor, rouge de colère.

Darek l'empêcha d'aller plus loin et l'immobilisa pour qu'il ne commette pas d'incident.

- Continuez, grinça-t-il.
- Il m'a chargé de vous dire que si vous voulez revoir votre reine en vie, lorsqu'il aura réglé son problème, il ordonne la reddition du royaume d'Eredhel. Si vous voulez revoir votre reine en vie, déposez les armes, et laissez notre saint empereur s'emparer du royaume. L'armée que vous avez vue n'était qu'un vulgaire bataillon. Ses forces sont bien plus grandes et plus destructrices. Si vous ne vous rendez pas, il reviendra, alors même que vous ne vous y attendez pas, et il fera tomber cette misérable ville. Vous pouvez éviter beaucoup de morts, sauver votre reine et votre

peuple. Vous pouvez encore sauver votre royaume du chaos. Renoncez à vous battre, et vous ne serez pas écrasés, votre peuple sera sauf. Renoncez, et votre reine vous reviendra en vie.

Connor sentit son monde s'écrouler autour de lui. Alors on en était là. À n'en pas douter, Eroll était un fin stratège. Il savait que sans reine pour maintenir l'ordre, les conseillers seraient tentés de livrer le royaume. Il était si simple de les terrifier, de les corrompre. Et même si certains restaient fidèles à Sanya, ils n'oseraient jamais engager le royaume dans une guerre qui pourrait bien se révéler désastreuse. Jamais ils n'oseraient se battre si elle n'était pas là pour les pousser. Et bien sûr, les conflits entre ces deux camps risquaient de miner le royaume, l'empereur n'aurait aucun mal à s'en emparer !

Sans reine, Eredhel était perdu.

La fureur s'empara alors de Connor ! Non, ça ne finirait pas comme ça !

- Nous ne nous plierons pas, siffla-t-il entre ses dents serrées.

Ses yeux brûlant de haine, il s'avança vers le messager, tirant à demi sa dague. Kelly fut plus rapide et plaqua une main sur son torse pour l'arrêter.

- Connor, calme-toi. Garde tes forces je t'en prie. Je sais que c'est dur pour toi, que tu t'en veux, mais la fureur n'arrangera rien. Essaye de comprendre. Le tuer ne t'aidera pas à la ramener.

Ses mâchoires se crispèrent et elle sut qu'il comprenait. Il hocha doucement la tête, résigné. Se tournant vers le messager, elle planta sur lui un regard glacé.

- Nous ne...

Connor l'empêcha d'aller plus loin d'une simple pression sur le bras. Il venait de penser à quelque chose. En croisant le regard de Darek, le jeune homme sut que ce dernier pensait la même chose que lui, et Damian alla même jusqu'à hocher la tête, voyant visiblement où les deux hommes voulaient en venir.

- Nous allons réfléchir à sa proposition, vous conviendrez que ce n'est pas une décision facile, annonça ce dernier.

- L'empereur vous laisse jusqu'à l'équinoxe d'automne pour vous décider.

Damian inclina la tête. N'ayant rien à ajouter, il fit signe à deux gardes de conduire le messager hors du château. Puis il inclina la tête en guise remerciement à Connor, et Darek lui serra l'épaule.

- Bien vu, souffla-t-il. Réfléchir à cette proposition nous offre une trêve qui nous permettra de nous consacrer à la reine.

- Le tuer n'aurait servi à rien, j'en conviens, mais ça m'aurait fait du bien.

- Je sais.

Quand l'aurlandien fut sorti, un concert d'indignation éclata.

- Jamais nous ne rendrons les armes ! s'exclamaient certains.

- C'est peut-être notre seule chance !

Connor suivit l'avancée du débat, la peur au ventre. Si les conseillers devenaient trop nombreux à vouloir abandonner le royaume aux mains d'Eroll, il était fort possible qu'ils finissent par établir un accord avec l'empereur. Leur soutien et la soumission d'Eredhel, en échange d'une promesse de pouvoir. Il fallait enrayer ce qui était en train de se jouer, et vite. Et seule Sanya en était capable.

D'un signe discret, Connor fit signe à Aela de le suivre, et ensemble, ils sortirent dans la cour sans se faire remarquer.

- Aela, il n'y a plus de temps à perdre. Si nous attendons trop longtemps, les conseillers risquent de trouver un moyen de s'accaparer le pouvoir, et ils vont livrer le royaume à Eroll.

- Tu crois vraiment qu'ils en seraient capables ?

- Oui. Si Sanya ne revient pas vite, le royaume est perdu, crois-moi. Et elle le sera tout autant, si je ne fais rien...

- Alors, que proposes-tu ?

- Tu as bien dit que tu combattrais pour moi sans condition ?

Aela lui adressa un sourire entendu.

- Je te suis, mon ami.

Les deux jeunes gens se hâtèrent de remonter dans le bâtiment résidentiel, où ils s'équipèrent pour le long voyage qui les attendait. Ils rangèrent dans des sacs couvertures, vêtements, vivre, or et carte. Puis Connor se glissa silencieusement dans la chambre de son frère pour lui prendre des potions et des herbes médicinales. Sanya risquait d'en avoir grand besoin.

Alors qu'il s'apprêtait à sortir, il tomba nez à nez avec Faran et Breris.

- Je vous avais bien dit que nous le trouverions là, lança l'herboriste au général. (Il reporta son attention sur Connor.) Tu es bien sûr de ce que tu fais ?

- Sûr et certain. Je t'en prie, ne m'empêche pas d'y aller.

- Je ne t'en empêcherai pas. Nous allons venir avec toi.
- Tous les deux ?
- Eh oui ! s'écria Breris, ravi. Vous n'y couperez pas.
- Général, on a besoin de vous pour contenir les conseillers.
- J'ai expliqué la situation à un homme de confiance. Il se chargera de ce travail pour moi, je peux vous le garantir.

Connor resta perplexe un moment.

- Je ne suis pas sûr. Je serais plus rassuré si quelqu'un de ma connaissance restait ici.

Faran grommela.

- Je vois où tu veux en venir...
- Je suis vraiment désolé, non pas que je ne veux pas de toi, mais les voyages ne sont pas ton fort, et je préférerais que tu t'occupes des affaires importantes, ici. Savoir que tu es là pour veiller sur ce que Sanya a bâti me rassurait.

Le jeune homme hésita. Visiblement, il lui en coûtait de rester. Pour la première fois, il comprit ce qu'avait vraiment ressenti Connor, quand Darek lui avait interdit de venir avec lui.

- Bon... Je veux bien faire ça pour toi. Je ne te garantis rien, ma voix n'a pas beaucoup de valeur, mais je vais tout faire pour empêcher une catastrophe, tu peux compter sur moi.
- Merci mon frère. Je ne te remercierai jamais assez.
- Remercie-moi en revenant vivant.

Ils se prirent dans les bras l'un de l'autre. Aela revint quelques minutes plus tard, son sac sur le dos.

- J'ai pensé que l'aide d'un soldat ne serait pas de refus, lança-t-elle avec un clin d'œil en désignant Breris.
- Merci.
- Bien, je vais préparer les chevaux, annonça le général. Retrouvez-moi dans la cour quand vous serez prêts. Évitez de vous faire remarquer, ça vaudrait mieux pour nous.

Connor hocha la tête, serrant une dernière fois son frère dans ses bras. Il ne l'abandonnerait pas, il se le promit. Essuyant ses larmes, l'herboriste lui fit jurer de revenir en vie. Puis Connor retourna dans sa chambre vérifier qu'il n'avait rien oublié.

- Tu pars sans me prévenir ?

Connor redressa la tête pour découvrir Kelly dans l'encadrement de la porte.

- Kelly, je...

- Inutile de t'expliquer.

Elle s'approcha et s'assit à côté de lui.

- Tu as été plus long que je ne le pensais.
- Tu savais que je partirais ?
- Évidemment.
- Je suis désolé, vraiment, mais je dois le faire.
- Je sais. C'est pourquoi je viens avec toi.

Connor la contempla sans masquer sa surprise.

- Mais tu...
- Tu es mon élève, tu n'es pas encore prêt, alors je me dois de t'accompagner, Connor. Et Sanya est également mon amie, elle m'a déjà sauvé la vie par le passé, je lui dois bien ça.
- Darek va nous tuer tous les deux.
- Je sais. Je lui laisserais un mot.
- Kelly, tu es enceinte !
- Eh bien, dans ce cas, je te laisserai infiltrer le château tout seul. Moi je resterais en dehors, pour chercher du secours et te garantir une échappatoire si les choses devaient mal tourner. Je ne m'expose pas aux magiciens ni à Eroll, mais je t'assure une chance de sortir vivant du château. Un marché honorable, tu ne crois pas ?

Connor sourit.

- Je serais ravi de t'avoir avec moi. Je veillerai à ce que tu ne prennes pas de risques.

Kelly lui tapota l'épaule avant de se redresser.

- Dépêche toi un peu, veux-tu ?
- Tu n'as pas encore fait tes bagages, que je sache, répliqua-t-il.
- Oh que si ! Depuis longtemps, jeune homme.

10

Sanya fut réveillée à coup de pied dans le ventre, comme tous les matins. Refoulant la douleur et son envie de tuer le soldat qui ricanait, elle se leva tant bien que mal, peu désireuse de se faire de nouveau rosser. Plus d'une fois, alors qu'elle souffrait encore de ses blessures, on l'avait battu parce qu'elle ne s'était pas levée assez vite ou parce qu'elle avait osé râler.

La jeune femme avait perdu le compte des jours. Elle ne songeait plus qu'à la douleur et à la fatigue qui l'assaillaient sans cesse. Peut-être cela faisait-il que trois semaines, mais la reine avait l'impression que des années s'étaient écoulées depuis sa capture. Elle avait le visage blafard et cerné, marqué par la fatigue et la souffrance. Elle avait même maigri, et son corps ainsi que sa robe portaient encore les traces des blessures qu'on lui infligeait sans relâche tous les jours.

- Bouge-toi un peu, on est arrivé, beugla le soldat en l'empoignant fermement pour la jeter hors de la cellule.

Avant que l'idée de s'échapper ne lui effleure l'esprit, on lui tordit violemment les bras dans le dos, et Sanya se retrouva les mains liées, gémissante de douleur.

- Allez, avance !

Essayant de conserver un peu de dignité, la jeune femme redressa la tête, carra les épaules, et refoula la douleur pour avancer comme une reine.

Une reine... L'était-elle encore ? Elle avait l'impression de n'être rien du tout. Que sa vie n'avait plus de sens.

« Non ! se réprimanda-t-elle. Ne te laisse pas abattre, ou Eroll aura vraiment gagné. Souviens-toi de qui tu es! »

Cette pensée lui donna un peu d'espoir, et elle sortit à l'air libre la tête haute. Ce salaud de sorcier l'attendait là, un sourire ravi aux lèvres. Sanya n'avait rien appris de lui, rien qu'elle puisse utiliser, hormis son nom. Hilmar. Et que malgré son corps frêle, il frappait avec une violence sans nom. Chaque jour il la forçait à boire sa potion immonde, la gavant de force si nécessaire, pour la priver de son pouvoir.

- Nous sommes enfin arrivés, annonça-t-il. J'espère que notre chère reine a fait un agréable voyage. Je t'avais dit que tu serais en pleine forme à ton arrivée.

Sanya ne répondit rien, son regard s'abîmant sur l'horizon. Elle avait appris à ne pas entrer dans le jeu du sorcier. Pour le moment, c'était lui qui dictait les règles, et il était toujours gagnant.

Les autres soldats contemplaient avidement la reine, qui les ignorait superbement.

Hilmar s'approcha alors d'elle et saisit son menton pour la forcer à le regarder. Pinçant les lèvres pour ne pas gémir, la reine soutint son regard.

- J'ai quelques petites choses à régler, je ne pourrais pas t'accompagner. Mais ne t'en fais pas, je te laisse entre de bonnes mains. Crois-moi, je suis navré, mais on se reverra bientôt ma chère. Et qui sait ce que j'aurais le droit de te faire, ajouta-t-il en fixant son décolleté.

La jeune femme essaya d'arranger ses vêtements qui donnaient un aperçu troublant sur sa poitrine digne de ce nom, mais le seul résultat qu'elle obtient fut un large sourire d'Hilmar. Elle vit alors son ravisseur arriver, le général Thorlef. Elle devint livide et ses jambes vacillèrent.

Le général était un homme effroyable, qui la déshabillait toujours du regard et adorait la bombarder de propos lubriques.

- Allez, ma beauté, c'est moi qui vais prendre soin de toi. Ne t'en fais pas, l'empereur, Hilmar et moi allons te chouchouter, tu verras.

Plaçant une main sur ses reins, il la poussa en avant, sans violence, mais avec fermeté pour qu'elle comprenne qu'elle ne pouvait pas lutter.

Guidée par la poussée de Thorlef dans son dos, Sanya traversa les quais et entra dans la ville de Castel-noir, le fief d'Eroll.

Au détour d'une ruelle, elle découvrit un homme en longue robe, qui parlait à une pauvre femme. Sanya sut que c'était un prêtre et elle serra les poings. Il lui demanda son pain, ce qu'elle refusa dans un premier temps. Il insista alors sur son devoir d'aider l'Église si elle ne voulait pas être châtiée par les dieux. La femme capitula donc, ce qui lui valut la bénédiction du prêtre. Mais son regard était sans équivoque ; elle se fichait bien de la bénédiction, tout ce qui comptait était de ne pas se faire attraper par l'Église.

Thorlef poussa Sanya dans les rues de Castel-noir. La peur était partout présente. La peur de mal faire et d'être envoyé aux enfers. Les gens étaient endoctrinés, on les empêchait de réfléchir, les fanatiques pouvaient alors prendre le contrôle. Il était si facile de commander des ignorants. Il suffisait de leur donner un dieu à adorer.

Les nobles, les religieux et l'empereur se fichaient bien de la misère. Tout ce qui comptait, c'était leur bonheur à eux, et grâce à la religion, ils pouvaient s'octroyer tout ce qu'ils voulaient sans se justifier.

Perdue dans ses pensées, Sanya ne remarqua qu'au dernier moment qu'elle avait gravi la colline menant au château de l'empereur, franchie les remparts, et qu'elle se trouvait à présent dans la cour du château.

- Bienvenue au Fort Impérial, s'exclama le général Thorlef. (Il se tourna vers ses hommes.) Laissez-nous.

Les soldats acquiescèrent et s'éloignèrent. Sanya n'y prêta aucune attention, contemplant la lourde porte du Fort, les entrailles nouées et la bouche sèche.

- L'empereur a hâte de te rencontrer, tu sais.
- Pas autant que moi, grommela Sanya.

Thorlef frappa lourdement. Deux yeux apparurent au guichet pour les observer avant de disparaître. La porte pivota sur ses gonds en grondant.

Sanya avait le cœur qui battait si fort qu'elle crut que quelqu'un allait l'entendre. D'une pression sur les reins, le général lui fit savoir qu'elle devait avancer.

Son regard était irrévocablement attiré par le trône. Dessus, le coude sur le rebord du siège et le menton dans la main, se tenait l'empereur Eroll, « l'envoyé » des dieux, pour apporter la paix au monde entier. Il avait de longs cheveux noirs et grisés, parsemés de petites tresses, et des yeux couleur glace. Quelques cicatrices couraient sur son visage, mais comparées à la balafre de Thorlef, elles semblaient insignifiantes. L'empereur portait de riches vêtements piqués de pierres précieuses, et une épée, pas moins magnifique, pendait à sa ceinture. L'homme aurait pu être assez beau, si une lueur malveillante ne brillait pas en permanence dans son regard de prédateur.

Plusieurs gardes surveillaient la scène et l'homme qui se tenait à ses côtés était un sorcier, à n'en pas douter.

Quand Sanya gravit quelques marches pour être au niveau du trône, elle bomba le torse et s'efforça de soutenir le regard d'Eroll. Qu'il voit donc qu'elle ne plierait jamais !

Le général posa sa main sur son épaule, lui faisant comprendre qu'elle devait s'agenouiller, mais la jeune femme se dégagea d'un mouvement souple.

- Tu voulais me voir, Eroll, et me voici, lança-t-elle en appuyant sur le tutoiement.

- En effet, si je t'ai fait venir ici, c'est que j'avais des petites choses à te demander. As-tu fait bon voyage ? enchaîna-t-il avec un rictus amer.

- La mer était agitée, je me demande bien pourquoi. Pour ce qui est de vos hommes, parce que je suppose que c'est le sens réel de la question, eh bien... comment dire. Je m'attendais à mieux. Après avoir maintes fois entendu parler de votre cruauté, j'ai été déçue.

Sanya ne manqua pas de voir le coup d'œil échangé entre l'empereur et le général. Visiblement, Eroll l'avait cru, et la jeune femme s'en félicita. Elle allait au-devant de graves ennuis, elle le savait, mais elle ne pouvait s'empêcher d'insinuer le doute dans l'esprit de l'empereur.

Elle vit alors une femme, assise sur un minuscule trône, une chaise pour être exact. Elle avait les yeux baissés et fuyait le regard de Sanya. Obnubilée par l'empereur, la jeune femme ne l'avait pas remarquée.

L'impératrice, songea-t-elle. La pauvre semblait vraiment malheureuse.

- Je vois que tu n'as pas ta langue dans ta poche, ricana Eroll. C'est une bonne chose, ce sera beaucoup plus amusant.

Cette fois-ci, Sanya préféra garder le silence, se bornant à fixer l'empereur. Eroll se leva et s'approcha de sa prisonnière, l'étudiant sans détour. Il n'était pas plus grand qu'elle, mais il compensait par la puissance de ses muscles, et Sanya serra les dents en songeant à ce qu'il pouvait lui faire subir.

- Eh bien, Thorlef, qu'en pensez-vous ?
- Un beau brin de femme, mon seigneur, pour sûr.
- C'est ce que je me disais aussi. Je n'avais encore jamais vu de beauté qui vaille ce titre.

Tout en disant ces mots, il lorgnait le décolleté de la reine qui ne put s'empêcher de rougir.

- Ça me donne des frissons, rien que de t'imaginer nue, souffla l'empereur en touchant son visage. Un corps magnifique... Tu as dû souffrir, mon brave Thorlef.
- Et pas qu'un peu, mon seigneur.

Eroll plongea son regard glacé dans celui de Sanya.

- Alors, qu'est-ce que ça vous fait d'être ici, déesse du vent ?
- Un déchaînement de mes pouvoirs ne ferait pas de mal à ce Fort.
- Si tu le dis. Mais tu n'es plus en mesure d'exécuter tes menaces, ma belle. Je suis au courant de ta situation. Bannie, rejetée des tiens, condamnée à errer en ce monde en simple mortelle, privée de ton pouvoir, de ton âme. Ça ne doit pas être facile.
- On s'habitue.

L'empereur s'écarta.

- Alors j'espère que tu t'habitueras vite à ta nouvelle vie. (Il se racla la gorge, et son sourire s'effaça, ne laissant qu'une sombre colère sur son visage.) Maintenant, nous allons entrer dans le vif du sujet.

Sans crier gare, son poing vola et s'abattit sur le visage de la jeune femme. Elle s'écroula en arrière dans un gémissement, du sang goûtant sur son visage.

- Ça me démangeait depuis ton arrivée. Alors, déesse du vent, qu'as-tu fait de mon fils, Céodred ?!
- Pauvre idiot, tu es manipulé...

La reine se redressait tout juste qu'un autre coup s'abattit sur elle, dans les côtes. Elle s'effondra de nouveau, la vue brouillée, le visage en feu.

- Réponds, chienne !
- C'est à Baldr que tu devrais poser cette question.

L'empereur l'empoigna par la gorge et la souleva du sol, écrasant sa trachée-artère. Agrippée à sa main pour essayer de desserrer l'étau, Sanya eut peine à entendre ses paroles, concentrée à respirer.

- Le Seigneur Baldr, le Grand dieu, nous a prévenus. Il est venu à nous, alors que nous cherchions désespérément mon fils disparu depuis trois jours. Et là, il nous a dit que la déesse déchue l'avait enlevé, à des fins funestes. Toi ! Et qui est venu nous rendre visite quelque temps plus tard ? Tes stupides diplomates !

Il la jeta violemment au sol.

- Le Grand Baldr m'a dit qui tu étais vraiment, reine d'Eredhel. Il m'a tout raconté ! Et il m'a dit que si je ne faisais rien, tu tuerais mon fils, et tu marcherais sur mon empire pour l'asservir. Pour que ton seigneur, Abel, puisse régner en maître !
- Je ne sers plus Abel...
- Non ? Alors tu es là pour régner seule. Bannir nos cultes, pour que toi, tu puisses régner seule sur la totalité du monde ! Pour que tous ne vénèrent plus que toi, l'Unique déesse !
- Ton jugement est un peu poussé. À quoi m'aurait servi ton fils, dans cette histoire ?
- Ça, ma beauté, c'est toi qui vas me le dire. Tu vas parler, tu peux me croire. Tu vas tout me révéler, ce que tu comptes faire, et ce que tu as fait à mon fils. Puis je ferais tomber les royaumes, un à un, pour les libérer de ton joug et celui d'Abel. Pour leur apporter la paix, le bonheur et la connaissance. Je te garderai en vie, sois sans crainte, pour que tu puisses voir tes amis tomber un à un. Pour que tu puisses voir ta ville en flammes, et ceux qui te sont fidèles mourir à petit feu ! Tu seras très, très mal en point Sanya. Peut-être même que tu auras perdu la raison. Tu ne seras plus rien. Mais tu seras en vie. Pour que tu puisses voir ce que je réserve à ces stupides Maîtres des Ombres. Ils se feront massacrer comme ils le méritent depuis la nuit des temps ! Mais je vais garder ce Connor en vie. Comme ça, ma belle, tu le verras mourir devant toi, rongé par une souffrance sans nom. Et tu ne pourras rien faire pour lui, quand tu entendras ses os se briser, quand tu verras sa raison, puis son âme s'éteindre juste devant toi. Il te haïra, juste avant de mourir. Parce que tout ça, c'est uniquement de ta faute !

11

Connor et ses compagnons avaient galopé loin de Sohen sans aucun regret, ne cessant de jeter des regards en arrière pour voir s'ils étaient suivis. Tous savaient que les conseillers, et même les généraux, les empêcheraient d'aller plus loin s'ils se faisaient attraper. Et Connor n'avait aucune envie de perdre davantage de temps. Sanya était en grand danger, et aucun de ces fichus stratèges n'avait un plan digne de ce nom.

Aela leur avait dit connaître un pécheur, à quelques heures de Sohen seulement. Ils pourraient sûrement se payer un voyage pour Aurlandia, et personne ne saurait qu'ils avaient eu affaire avec lui.

Connor s'inquiétait tout de même au sujet de Darek. Il le connaissait assez bien pour savoir qu'il pouvait les retrouver en un rien de temps s'il le voulait. Kelly avait beau lui affirmer que tout irait bien, le jeune homme n'en était pas certain.

Ils chevauchaient en silence depuis une paire d'heures, tous aussi soucieux pour la reine. Eroll n'était pas un tendre, et bien qu'Aela ne l'ait pas dit directement, Connor savait que Thorlef ne l'était pas non plus. Il refusait de penser à ce que Sanya avait déjà bien pu subir, mais chaque nuit, il ne pouvait s'empêcher de faire d'horribles cauchemars dans lesquels il voyait sa bien-aimée se faire battre à mort sous ses yeux.

Quand il était petit, il considérait que les gens exagéraient toujours, lorsqu'ils disaient vouloir la mort d'un ennemi. Il pensait même que ce n'était pas possible d'avoir d'ennemi juré, de haïr une personne à ce point. Aujourd'hui, il savait que c'était faux. Il était vraiment possible de détester une personne au point de souhaiter mille fois sa mort. Une personne pour laquelle on irait au bout du monde et même aux enfers pour la tuer.

Ils arrivèrent enfin dans le petit village dont leur avait parlé Aela. Les rues sentaient le poisson, et un peu plus loin, les bateaux des pêcheurs étaient arrimés à quais, se soulevant et s'abaissant au rythme de la houle. Des hommes rafistolaient leurs filets tandis que d'autres déchargeaient leurs cargaisons.

- Suivez-moi, lança Aela.

Elle les mena vers un quai où un petit homme au crâne dégarni travaillait, accompagné de quelques marins.

- Toujours en train de faire ta sale besogne, Alvin ? cria Aela en mettant pied à terre.

L'homme dégarni se retourna et un sourire fendit son visage.

- Aela, sacrebleu, il n'y a que toi pour ne montrer aucun respect pour les vieux pêcheurs que nous sommes !

Ils se donnèrent une grosse accolade en rigolant.

- Qu'est-ce que tu fais là, saleté de guerrière ? la taquina Alvin.

- Voir où tu en es avec tes poissons.

- Ils puent toujours autant, mais c'est les meilleurs ! (Il devint alors sérieux.) Une sacrée escorte que tu as là. Dans quel pétrin t'es-tu encore fourrée ?

- Ton « encore » me vexe, Alvin, mais je n'ai pas le temps pour une leçon. La situation est grave, j'ai besoin de ton aide.

Il jeta un coup d'œil inquiet au groupe et son regard s'arrêta sur Connor et Kelly.

- Des Maîtres des Ombres, hein ? La situation doit être plus que grave. (Il reporta son attention sur la jeune femme.) Je t'écoute.

- Alvin, on est en guerre, tu le sais j'espère ?

- Tu me prends vraiment pour un idiot ?

- Eroll nous a tendu un piège, enchaîna Aela sans se soucier de la remarque. Il a capturé la reine.

Alvin écarquilla les yeux.

- Tu n'es pas sérieuse ?

- Si, malheureusement. Eroll est persuadé que Sanya a enlevé son fils. Il lui a tendu un piège, et maintenant, il la retient prisonnière à Castel-noir pour la torturer.

Alvin devint livide.

- Oh non, je sais ce que tu vas me demander. Aela, je ne peux pas te mener là-bas !

- Alvin ! Nous avons vraiment besoin de toi ! La reine a besoin de toi ! Tu ne comprends pas, Eroll a ordonné la reddition du royaume, et si la reine n'est pas bientôt sur le trône, je crains que les conseillers finissent par livrer le royaume sur un plateau d'argent !

- Je comprends, mais je ne peux pas y aller ! S'il s'agit de la reine, pourquoi ne pas avoir pris les bateaux de l'armée, les soldats n'y auraient vu aucun inconvénient.

Cette fois, ce fut le général Breris qui prit la parole.

- Les stratèges débattent encore pour trouver une solution pour libérer la reine. Ils n'ont encore rien trouvé de « brillant », si bien qu'aucune expédition ne peut être lancée. Notre plan est jugé trop dangereux, il ne sera jamais accepté, mais nous ne pouvions plus attendre, nous sommes donc partis la chercher, sans aucune autorisation. C'est pourquoi nous ne pouvons pas utiliser les bateaux de l'armée. Il faut nous aider, la reine et le royaume sont en grand danger !

- Peut-être feriez-vous mieux d'écouter vos stratèges, au lieu de foncer tête baissée. Je ne peux pas vous amener à Castel-noir, les côtes sont surveillées, on se ferait prendre.

- Non.

Connor s'était approché. Alvin vit la terrible cicatrice sur le visage du jeune homme, ce qui lui donna un frisson. Il était d'un calme serein, mais le pêcheur savait qu'il ne valait mieux pas l'énerver.

- Nous avons peut-être une solution pour franchir les défenses, et accoster au port de Castel-noir. S'il y a du grabuge, vous serez libre de partir, les soldats ne sauront même pas que nous venions de votre bateau. Vous serez libre de rentrer chez vous, avec votre bateau en parfait état. Nous nous occupons des ennuis, vous n'aurez absolument rien à craindre.

- Avec ces aurlandiens, on ne peut rien prévoir.

- Dans ce cas, nous vous dédommagerons. La reine ne manquera pas de remercier son sauveur, et elle n'est pas avare.

Alvin réfléchit un moment, se tripotant nerveusement les doigts.

- Le trajet jusqu'en Aurlandia est dangereux. Entre les pirates qui peuplent ces eaux, les tempêtes et les tourbillons, vous mettez votre vie en danger. Mon bateau n'est pas fait pour naviguer dans ces intempéries.

- Mais il est parfait pour notre plan. Écoutez Alvin, nous avons vraiment besoin de votre aide. Notre reine est en grand danger, et nous le sommes tous. Sans elle, Aurlandia aura vite fait de nous massacrer, et alors rien ne garantira votre survie. Les soldats impériaux vous tueront, vous et vos familles, et s'empareront de tout ce que vous possédez. Il faut nous aider. Pour éviter ce sort. Des hommes de confiance maintiennent l'ordre au château, et vous savez aussi bien que moi qu'on ne peut pas faire confiance aux nobles. Les conseillers finiront par nous trahirent pour de l'or, c'est une certitude. Sans Sanya, nous sommes perdus. Aidez-nous, pour la sauver elle, mais aussi pour sauver votre famille.

Voyant que l'homme hésitait encore, Connor se décida à faire intervenir les sentiments.

- Alvin... Sanya n'est pas que ma reine.

Le pêcheur le contempla avec surprise, comme Aela et le général Breris.

- Nous sommes ensemble, en secret, avoua le jeune homme. Je l'aime plus que tout, sans elle je ne suis rien. Je ne peux supporter l'idée qu'on la retienne prisonnière, qu'on la torture... S'il vous plaît. Aela m'a dit que vous aviez une femme. Que feriez-vous, si elle était entre les mains de ces chiens ? Vous feriez comme moi, j'en suis sûr. Vous risqueriez tout, pour sauver celle qui vous ait le plus cher. Parce que vous l'aimez, et que l'amour n'a pas de prix. Je l'aime, je l'aime tellement... Aidez-moi, je vous prie. Pensez à ce que serait votre vie si on vous avait volé votre femme, qu'on la torturait et qu'on la violait.

Alvin avait à présent les larmes aux yeux et Connor ne cachait pas les siennes. Le pêcheur pouvait lire sur son visage toute sa détresse.

- Laissez-moi préparer mes affaires et prévenir ma femme, souffla-t-il.

Connor posa une main sur son épaule.

- Je ne vous remercierai jamais assez.

Alvin hocha la tête et les entraîna à sa suite vers le petit village.

- Que vous faut-il ?

- Tu as toujours ta charrette, celle que tu embarquais à bord de ton bateau pour ensuite décharger les poissons ?

- Et toi, tu as toujours ton épée ? répliqua Alvin avec un sourire.

Aela lui donna une tape sur l'épaule.

- Il nous la faut. Ainsi que des barriques de poissons.
- Très bien. Autre chose ?
- Oui. Je vais avoir besoin de ta femme. Il faut qu'elle nous confectionne le pavillon des marchands aurlandiens.
- Oh, je n'aime pas beaucoup ce plan, il ne sent pas bon. Je comprends que vos stratèges l'ont réfuté. Mais je vous aiderais, comme promis. Encore autre chose ?

Aela échangea un regard avec ses amis.

- Non, ça suffira, répondit le général Breris. Les marchands ne possèdent pas grand-chose de plus.
- Vous aurez ce que vous désirez. Nous allons prendre des rations de nourriture à la maison, ça ne fera pas de mal, et je vous suggère d'aller en acheter à l'épicerie.
- Il y a une épicerie ici ? le taquina Aela.

L'homme ne répondit rien, se contentant de la bousculer avec un sourire.

Lorsqu'ils arrivèrent à la maison du vieil homme, sa femme et sa fille furent surprises et impressionnées par la nature des visiteurs.

- Messieurs-dames, soufflèrent-elles en s'inclinant.

Elles furent néanmoins soulagées de voir un visage familier.

- Aela ! Ça faisait longtemps, comment te portes-tu ?
- À merveille. Et vous ?
- Toujours entourée de poissons puants, plaisanta la fille d'Alvin en la serrant dans ses bras. J'avais hâte de te revoir, tu sais.
- Navrée ma belle, je ne reste pas.
- À ton retour alors. J'ai plein de choses à te dire, et à te demander.
- Promis, dès mon retour, je t'arrache à ce trou.
- Prends garde à tes paroles, jeune femme, la taquina la mère avec un sourire entendu.

Quand le pêcheur leur eut annoncé la situation, les deux femmes hochèrent la tête. Même si l'inquiétude les rongeait, elles ne le montrèrent pas, s'empressant d'aider aux préparatifs. Elles ne posèrent aucune question, ne cherchèrent pas à les retenir, mais

Connor se doutait que malgré leur peur, leur bénédiction les accompagnerait.

Quand ils eurent tout chargé sur le navire, quelques matelots les rejoignirent et la femme et la fille d'Alvin leur souhaitèrent bonne chance.

- Sois prudente, souffla Alvin.
- Toi, sois prudent. Je veux te retrouver en un seul morceau.
- Je reviens vite, et avec la reine en prime.

Ils montèrent tous sur le navire et les matelots s'empressèrent de faire leur boulot. Le pont grouillait d'activité et de bruit, tandis que tous œuvraient pour prendre le large.

Bientôt, les voiles se gonflèrent et le bateau s'éloigna vers l'horizon. Accoudés au bastingage, Connor et Kelly contemplaient les côtes d'Eredhel qui s'éloignaient de plus en plus. Une sensation particulière, de se retrouver ainsi au milieu d'une vaste étendue d'eau. L'océan était calme et le ciel dégagé. Au moins n'auraient-ils pas de tempêtes pour le moment.

Ils voyageaient déjà depuis plusieurs heures, le navire fendant gracieusement les flots. Connor et Breris se tenaient perchés à la proue du navire, à contempler les vagues qui s'écrasaient sur la coque. Quelques éclaboussures leur cinglaient le visage, mais ils trouvaient cette expérience merveilleuse.

- Alors comme ça, vous et la reine..., souffla enfin le général.
- Oui, mais nous n'avons rien dit.

Un éclat de rire les fit se retourner, coupant cours à toute discussion.

Aela était penchée au bastingage, blanche comme un linge. Kelly se tenait près d'elle, une main dans son dos, murmurant quelque chose à son oreille. Alvin restait en arrière, se moquant ouvertement.

- Aela la Guerrière ayant le mal de mer ! C'est quelque chose de vraiment comique ! Tu cachais bien ton jeu, mon amie. Crois-moi, tu ne vas pas t'en tirer comme ça !

Aela grommela, énervée d'avoir dû dévoiler sa faiblesse, mais elle n'ajouta rien. Kelly se garda bien de rire, se contentant de lui apporter son soutien.

Voir la guerrière aussi mal en point fit sourire Connor, et Breris rit lui aussi. Le général osa la charrier un peu avec Alvin, jusqu'à ce que Kelly finisse par les faire déguerpir tous les deux. Alors que la jeune femme descendait dans les cales récupérer quelques herbes pouvant aider Aela, Connor s'approcha d'elle, passant une main dans son dos.

- Kelly va te trouver quelque chose, ne t'en fais pas.
- J'espère... C'est intenable.
- Est-ce que je peux te poser une question ?
- Vas-y...
- Pourquoi Thorlef s'en est pris à ton village ? Pourquoi le tien et pas un autre ?
- Pour la bonne et simple raison que nous ne sommes pas qu'un village, mais un clan, unique survivant des clans de jadis. Nous sommes indépendants du royaume et des ordres de la reine, même si je me suis engagée à être son allié et à lui obéir. Dans le passé, d'autres chefs ont fait valoir leur indépendance, l'un d'eux s'est même allié à l'empire. C'était beaucoup plus plausible que mon clan puisse rejoindre l'empire, qu'un simple village, tu vois ce que je veux dire ?
- Oui.

Alvin s'approcha alors d'eux, toute envie de se moquer s'étant envolée.

- Ça me fait penser que j'aimerais beaucoup connaître votre plan.

Ce fut Breris qui répondit, avec toute l'éloquence d'un général.

- Nous allons nous faire passer pour un navire marchand, d'où le pavillon aurlandien. Si tout se passe bien, nous serons autorisés à accoster. Nous irons ensuite livrer nos marchandises, comme de simples marchands. C'est pourquoi nous cherchons un pêcheur, car les aurlandiens raffolent du poisson, c'est l'aliment de base. Pendant que je vendrais nos marchandises, Aela entrera dans le Fort, déguisée en soldat, et créera une diversion auprès du sorcier chargé de surveiller Sanya. Car il y en aura un, c'est obligé. Connor en profitera pour se glisser dans le Fort, et libérera la reine. Ils se déguiseront en soldats pour revenir. Nous la cacherons dans le chariot et nous reviendrons au bateau.
- Pourquoi ne pas la faire monter en tant que soldat ?
- D'après des rapports de nos espions, les quais forment la zone la plus sécurisée, après les parties privées du Fort. Si les soldats en voient deux autres arriver, alors qu'ils ne sont pas au courant d'un

roulement, ils comprendront immédiatement la supercherie.

- Pas mal raisonné. Extrêmement risqué, mais audacieux. Pourquoi vos stratèges l'ont désapprouvé ?

- Justement parce qu'il est trop risqué et audacieux, et qu'il leur semble impossible de réussir. Trop peu d'espoir et trop de risques. Ils refusent de gaspiller un Maître des Ombres dans une entreprise qui n'a presque aucune chance de réussir, selon eux.

- Il est vrai que je comprends leur point de vue, moi-même n'aurais pas voulu sacrifier de précieux éléments dans une entreprise aussi... pardonnez-moi, mais dont la probabilité de réussite est très faible. Mais comme on dit, les meilleurs plans sont parfois les plus audacieux.

- Kelly restera à bord avec vous, reprit Breris. Si les choses tournent mal, vous décamperez aussitôt.

- L'idée n'est pas mauvaise, confessa Alvin. Simple et efficace. Le seul problème, c'est pour entrer dans le château. Je ne doute pas de vos talents, jeune homme, lança-t-il à Connor, mais d'après ce que je sais, Eroll s'entoure de sorciers.

- Je sais. C'est en partie à cause de ça que tous les plans des stratèges ont été annulés.Mais il faudra passer devant les sorciers un jour ou l'autre.

- J'aime votre détermination et votre raisonnement. Il faut bien se jeter à l'eau un moment, de toute façon. Et le plus tôt serait le mieux, vu que le temps n'arrangera rien. J'aime votre plan. Il est simple, ce qui le rend efficace. Pourquoi se méfier de marchand et de soldats, alors qu'ils abondent à Castel-noir ?

L'optimiste du pêcheur fit sourire Connor, mais il ne se leurrait pas. Comme chacun de ses compagnons. Le jeune homme savait que ses chances de libérer Sanya étaient minces, voire inexistantes. Mais il refusait de ne rien faire. Peut-être qu'étant prisonnier, une occasion se présenterait pour la sauver. Au moins, il aurait essayé.

Et puis il préférait mourir pour elle, que de vivre sans elle.

12

Le bateau fendait les vagues à une vitesse constante depuis maintenant une semaine, et Connor et ses compagnons n'avaient pas encore subi d'intempéries majeures. Alvin leur affirmait cependant qu'ils ne devaient pas se réjouir trop vite.

L'état d'Aela ne s'était pas beaucoup amélioré, ni sa mauvaise humeur. Alvin avait beau lui fournir des conseils pour faire passer son mal de mer, rien ne semblait faire effet, au grand dépit de la jeune femme. Pour penser à autre chose, elle contemplait Connor qui poursuivait ses entraînements avec Kelly.

La jeune femme profitait du navire pour perfectionner sa souplesse et Connor passait ses journées à grimper aux mâts, à exécuter des sauts périlleux et à se battre dans les cordages du bateau avec Kelly.

- Je doute avoir souvent l'occasion de me battre dans des endroits aussi... inappropriés.

- C'est pour ça que je te l'enseigne, répliqua Kelly en abattant sa dague sur lui. Pour t'apprendre à te battre, même quand ton environnement ne te le permet pas. Crois-moi, ça te sera utile, et un jour, tu me remercieras. Maintenant, concentre-toi.

Ils s'attaquèrent sans relâche, comme des écureuils jouant dans des branches. Connor avait fait des progrès et Kelly ne cachait pas son admiration. Elle lui faisait également travailler son lancer de couteau et Aela s'était jointe à eux. Elle s'était d'ailleurs révélée être une redoutable lanceuse.

Et tous les soirs, Kelly enseignait à son élève comment sentir l'Onde, bien que cette partie de l'entraînement soit encore un échec. Les inquiétudes de Connor, au sujet de Sanya et du royaume, ne l'aidaient pas beaucoup à se concentrer.

Cet après-midi-là, Kelly lui avait laissé un peu de temps libre. Une fine pluie tombait, et ayant des nausées, elle n'avait guère envie de s'attarder sur les cordages mouillés du navire. Non pas qu'elle avait peur pour elle, mais Darek l'aurait tué sur place si du mal avait été fait à son enfant.

Le général Breris et la Maîtresse des Ombres s'étaient donc réfugiés dans la cabine du capitaine, préférant jouer aux cartes plutôt que de se mouiller dehors. Alvin les avait rejoint, laissant les commandes à ses hommes qui ne craignaient nullement la pluie.

Toujours souffrante du mal de mer, Aela préférait rester dehors, ne se souciant nullement de ses cheveux dégoulinants qui lui collaient au visage. Elle était toujours aussi blanche, mais les remèdes que lui avait fournis Alvin semblaient lui faire un peu de bien. Connor était accoudé au bastingage à côté d'elle.

- Il y a des fois où je me demande si tu n'aurais pas dû me laisser mourir, plaisanta Aela en sentant qu'elle avait des nouveaux haut-le-cœur.

Connor lui frotta le dos de manière apaisante. Aela posa sa tête sur son épaule.

- Courage, ce n'est qu'un mauvais moment à passer.
- Je te rappelle qu'il y a le retour !
- Tu pourrais rester, et tenir compagnie à Eroll, plaisanta le jeune homme.
- Hum... non merci.

Ils restèrent silencieux, écoutant le doux clapotis de l'eau.

- Ça fait combien de temps que tu es avec Sanya ?
- Un peu plus de deux mois. Mais je l'aimais bien avant, depuis que je l'ai rencontrée à Jahama.
- Qui ne l'aimerait pas ? le taquina Aela. Elle est magnifique. Et c'est une femme remarquable. Une femme qui n'a pas besoin d'un roi pour diriger son royaume. J'aime ça.
- Tu parles en connaisseuse de cause ?
- Un peu ! Je n'ai jamais eu besoin d'homme pour diriger mon clan.
- Dis plutôt que tu les fais fuir !

Aela voulut répliquer, mais Connor lui intima brusquement le silence.

— Tu as vu ? souffla-t-il en désignant l'eau sous le navire.

— Vu quoi ?

— Une chose vient de passer.

— Connor, il y a au moins autant d'espèces animales dans l'eau que sur terre. Voir plus.

— Ça semblait énorme !

— Oui, bah tu as vu une baleine. Réjouis-toi, on n'en voit pas souvent.

Aela s'apprêtait à lancer une moquerie quand elle remarqua que les matelots contemplaient également l'océan avec inquiétude.

— Ou pas..., souffla-t-elle. Enfin, qu'est-ce qui se passe ?

— Chut ! s'écria un matelot. Pas un bruit et écartez-vous du bastingage, lentement.

— Mais...

L'homme lui fit signe de se taire, l'air pas commode du tout. Capitulant, Aela attrapa le poignet de Connor et ils se reculèrent pas après pas, sans un bruit.

Une ombre se mouva sous l'eau, secouant le navire au passage. Elle tourna un moment avant de sombrer dans les eaux profondes. Connor avait du mal à estimer la taille exacte de cette créature, mais elle semblait énorme.

— Toi, murmura Helgi, le second d'Alvin en désignant l'un des matelots. Préviens le capitaine. Pas de mouvement brusque. (Il se tourna vers les autres.) Vous, ramenez les armes ici. Pas un bruit, en douceur, c'est clair ?

Les matelots acquiescèrent, avant de descendre dans les cales à pas de loup, le souffle court.

— Enfin que se passe-t-il ? s'impatienta Aela.

— Un serpent de mer, répondit calmement Helgi. Et celui-ci ne doit pas être un petit. Ce n'est pas rare qu'ils attaquent les navires marchands. Ils sont attirés par le bruit et le mouvement.

— Un serpent de mer... ça n'existe que dans les légendes ! répliqua Aela.

— Ma foi, j'aimerais que ce soit le cas.

Aela se décomposa. Visiblement, les dangers de l'océan n'étaient pas son fort.

L'ombre réapparut, tournant autour du navire, passant aussi dessous pour l'ébranler. Aela agrippa le bras de Connor, très inquiète. Alvin sortit de sa cabine, talonné par Kelly et Breris, puis les matelots chargés de récupérer les armes débarquèrent sur le pont à leur tour.

Alvin voulut parler, mais se ravisa en voyant le serpent fendre l'eau, dévoilant un dos vert écaillé, hérissé de petites piques.

- Par la barbe de mon grand-père, j'ai passé vingt ans de ma vie sans jamais en voir, et voilà qu'il débarque aujourd'hui celui-là ! gémit le capitaine.

- À vos armes, ordonna le second. En ligne de chaque côté du navire, et tenez-vous prêts.

Tandis que tous les hommes s'armaient et se plaçaient à leur poste, Connor et ses compagnons tirèrent également leurs armes.

- Restez au milieu du pont, les avertit Helgi. J'ai déjà affronté un serpent. Ils se crochètent au bastingage pour faire rouler le navire, et ils attaquent généralement ceux qui sont le plus près. Faites attention, leurs crocs sont fins, mais remplis de venin, ainsi que leurs épines.

La créature fendit une fois de plus l'eau, plus longtemps cette fois-ci, laissant le temps aux humains d'admirer ses épines gorgées de venin.

Puis elle sombra.

- Il... il est parti ? souffla Aela.

Le second n'eut pas le temps de répondre que la créature jaillissait déjà de l'eau en poussant un cri, se dressant de toute sa taille devant les matelots terrorisés.

Connor n'avait vu de créatures semblables que dans les contes pour enfants. La bête faisait presque dix mètres de haut - bien qu'une partie de son imposant corps restât encore immergée – et un mètre de largeur. Sa tête ressemblait fortement à celle d'un lézard, avec une petite collerette hérissée en plus. Sa gueule était légèrement ouverte, de quoi révéler ses crocs pointus et tranchants. Et ses yeux jaunes brillaient d'une étrange intelligence.

Le serpent de mer resta un moment immobile, à contempler les humains d'un œil attentif. Il poussa une série de cris gutturaux et Connor songea vaguement qu'ils ressemblaient à un avertissement.

Il n'eut pas le temps d'analyser ces cris que Helgi brandissait son harpon.

- Allez ! Montrez-lui qui est le plus fort !

En réponse aux hurlements de guerre des matelots, le serpent rugit à son tour, arrosant de bave ceux qui étaient le plus près.

Les harpons fusèrent et le serpent plongea pour les éviter. Quelques secondes plus tard, il jaillit de nouveau, et projeta son immense tête vers l'un des matelots. Sa gueule se referma sur lui dans un craquement écœurant et la créature goba sa proie sous les regards horrifiés de ses camarades.

- Bougez-vous, bande de ramollis ! Il faut tuer cette bête !

Poussant un cri de rage, Aela et Breris se joignirent aux matelots, et attrapant des harpons, ils les lancèrent sur le serpent de mer. Plusieurs s'ancrèrent solidement dans sa peau écaillée et la créature rugit de douleur et de frustration. Sa queue surgit de l'eau et s'abattit sur le pont du navire, éparpillant les matelots sur les côtés.

Alors que le bateau tremblait, Connor agrippa les épaules de Kelly.

- Va t'abriter, et vite !

Pour une fois, la jeune femme ne rechigna pas et s'empressa de gagner la cabine, une main sur son ventre. Connor se tourna ensuite vers le serpent qui venait d'attraper un autre matelot, lui arrachant à moitié le bras. Une lance envoyée par le général Breris lui fit lâcher prise, et le malheureux s'écroula par terre en hurlant de douleur, le bras à moitié disloqué, les muscles et les tendons arrachés.

Le serpent se recula alors et sa queue fouetta l'air pour s'abattre sur le bastingage, dont une partie vola en éclat. Il raffermit sa prise et le bateau commença à tanguer.

- Il va nous faire couler ! Tuez-le ! beugla Alvin.

Les matelots tirèrent leurs épées et tentèrent de décrocher le serpent, mais celui-ci revenait toujours, non sans avoir attaqué avant. Le pont était couvert de débris de bois, de sang et de venin fumants.

Connor restait paralysé. Il ne savait que ce qui le prenait, mais il répugnait à tuer le reptile. Quelque chose en lui, lui criait de ne pas le faire.

Le serpent tourna alors la tête vers lui.

Leurs regards se croisèrent.

Figé, Connor n'esquissa aucun geste, les yeux dans celui de la bête. Il y vit alors une foule d'émotion qu'il n'aurait jamais cru voir chez un animal. Et un sentiment qu'il connaissait. Qu'il avait déjà vu...

La bête arrêta un instant d'attaquer, les yeux rivés dans ceux de cet étrange humain.

- Attendez, souffla Connor, d'une voix étrangement faible.

Helgi ne l'écouta même pas. Profitant du calme soudain du serpent, il brandit sa lance et écarta violemment Connor de son chemin pour attaquer. Le reptile rugit de rage et propulsa son énorme tête vers le second qui lança son arme aussi fort que possible. Elle ricocha sur la peau écaillée et retomba sur le pont.

Avant que les terribles mâchoires de la bête ne se referment sur lui, Connor se jeta sur l'homme et le plaqua au sol. Il n'eut pas le temps de se redresser que le serpent s'enroulait de nouveau autour du navire, écrasant un des matelots sous sa masse. Avec plus de force, il tenta de le faire rouler, ce qui causa de nombreux craquements inquiétants. Tous les hommes, incapables de conserver leur équilibre tant la secousse était forte, s'écrasèrent au sol en poussant des cris terrifiés.

Trop près du bastingage, Aela ne parvint pas à se raccrocher et tomba dans l'eau en hurlant.

- Aela !

Ignorant le serpent qui cherchait toujours à faire sombrer le navire en attaquant les matelots, Connor courut là où son amie était tombée.

La jeune femme battait frénétiquement des bras, essayant de maintenir sa tête hors de l'eau, mais les secousses du serpent, tout près d'elle, la ballottaient dans tous les sens, lui faisant boire la tasse à s'en étouffer.

- Je ne sais pas nager... glapit-elle désespérément.

Le reste de sa phrase mourut quand un mouvement du serpent la fit couler. N'écoutant que son courage, Connor plongea à son tour.

Trop inquiet pour son amie qui se noyait sous ses yeux, il ne se rendit à peine compte du froid saisissant de l'eau et il n'entendit que vaguement les hommes hurler sur le bateau. Le sel lui brûlait les yeux, mais il s'en moquait.

Il repéra vaguement Aela qui se démenait pour garder la tête hors de l'eau, submergée par les remous du serpent. Il parvint à la rejoindre et l'attrapa par la taille. Aela s'accrocha à lui comme à une bouée de sauvetage, les faisant tous deux couler.

Le jeune homme n'eut pas le temps de lui crier d'arrêter de se débattre, que le serpent, dans un hurlement de douleur, s'effondra sur eux.

Les poumons vidés, à moitié sonné par l'impact, Connor sombra dans l'océan, incapable de remonter à la surface, ballotté dans tous les sens. Le corps du serpent l'avait entraîné loin sous l'eau, l'empêchant de bouger, le sonnant, et quand il s'était retiré après un temps infini, le jeune homme n'avait pas réussi à remonter à la surface. L'eau salée lui brûlait les yeux. Ses poumons étaient en feu, ses pensées s'embrouillaient. Et Aela l'avait lâché.

Il avait si mal, il avait envie de respirer, très fort, mais il ne le pouvait pas. Ses bras battaient mollement l'eau pour remonter, mais la surface lui semblait loin, très loin... Et il avait froid. Un froid intense qui l'engourdissait, l'empêchait de nager, de réfléchir...

Il aurait voulu crier, demander pardon à Sanya, mais il ne le put pas.

Soudain, quelque chose frôla son dos. Il se sentit pousser vers le haut, délicatement, et la surface s'approcha, comme un mirage. Connor crut qu'il était mort, mais la poussée dans son dos était trop réelle.

Il creva alors la surface et inspira bruyamment en toussant, la vision brouillée, tout son corps endolori et ankylosé par le froid.

- Connor !

C'était Aela. Avant que le jeune homme ne puisse se tourner vers elle, il remarqua quelque chose qui le sidéra.

Ils étaient sur le dos d'un serpent de mer ! L'animal, bien plus petit que celui qui avait entrepris d'attaquer l'autre côté du navire, tourna la tête et contempla le jeune homme. Ses petits yeux jaunes étaient adorables, et il poussa un cri qui ressemblait fortement à celui d'un chaton.

- Un bébé, souffla Connor, incapable d'y croire. Un bébé serpent.

L'animal piaffa de joie et toucha les cheveux du jeune homme du bout du museau. Connor sentit alors les bras d'Aela se refermer sur sa taille.

- Il nous a sauvés, souffla-t-elle.

En réponse, l'animal poussa un autre cri de joie.

Connor tourna alors la tête vers le navire. Le combat se

déroulait de l'autre côté, si bien que personne ne pouvait les voir. Hurlant de rage, les matelots continuaient d'attaquer le serpent qui s'accrochait au navire pour le briser. Le bateau était très mal en point, une dizaine de minutes de plus et il sombrerait dans l'océan. Et les hommes n'étaient pas en meilleure forme.

Le jeune homme caressa alors le dos écaillé du serpent.

- Ramène-nous, s'il te plaît.

Le bébé frotta son museau contre son visage et se propulsa vers le navire. Il se cala contre la coque et baissa la tête pour que les deux jeunes gens puissent monter dessus. Chancelants, agrippés l'un à l'autre, Connor et Aela se firent monter jusqu'au bastingage. Ils s'y accrochèrent et se laissèrent lourdement tomber sur le pont.

En dessous, le serpent poussa un cri avant de plonger dans l'eau.

- Viens, il faut les arrêter ! cria Connor en aidant Aela à se redresser.

Main dans la main, pas très assurés sur leurs jambes, ils coururent vers les matelots qui continuaient de lancer leurs harpons sur la bête enragée. Du sang ruisselait sur les plaies de l'animal, ce qui le rendait encore plus furieux.

- Arrêtez !

Les deux jeunes gens s'interposèrent, levant les bras pour empêcher les hommes d'attaquer. Surpris, ils se pétrifièrent, tout comme le serpent qui redressa la tête. Les pauvres matelots survivants étaient mal en point, blessés, couverts de sang. Certains avaient déjà la peau rongée par le venin. D'autres agonisaient par terre. Et les cadavres gisaient dans une flaque de sang.

- Ça suffit ! tonna Connor. Arrêtez ça !

- Vous êtes malade ! rugit Helgi. Écartez-vous, cette bête va nous tuer !

- Elle ne nous attaquera pas si nous la laissons en paix ! C'est une mère ! Nous sommes sur leur territoire, elle protège simplement son petit !

Les matelots échangèrent des regards surpris.

- Il nous a sauvés, enchaîna Aela. Alors que nous sombrions dans l'eau, le petit nous a ramenés au navire. Ils ne nous veulent aucun mal.

- C'est n'importe quoi, ces bêtes sont sans scrupules !

- Laissez-moi vous prouver que vous avez tort, répliqua

calmement Connor.

- Non ! J'ai vu mes hommes mourir à cause d'un serpent, il a cinq ans ! La bête a détruit mon navire, elle les a massacrés, ainsi que mon fils !

Fou de rage, il se jeta seul sur le serpent qui contemplait la scène avec intérêt.

Il ne vit pas le coup venir. Sans même l'avoir vu bouger, le poing de Connor lui percuta le ventre. Ses poumons se vidèrent, et avant qu'il puisse réagir, Connor lui faucha les jambes et le maintient solidement au sol.

- Les attaques des serpents ne sont qu'un malentendu, tonna-t-il les yeux rivés dans les siens. Le premier navire qui en a croisé un n'a pas dû chercher à comprendre, il l'a tué. Et tous font de même depuis, hantés par l'histoire des premiers marins à avoir rencontré un serpent. On vous prétend depuis toujours que les serpents sont mauvais, alors que c'est faux. Quand ils jaillissent de l'eau, ils nous avertissent seulement que nous ne devrions pas être là. Et entêtés et incompréhensifs comme ils sont, les humains les attaquent, croyant déjà tout savoir sur le monde. Si vous n'attaquiez pas, si vous parliez avec calme à ces bêtes, vous verriez que vous pourriez vous entendre. Et je vais le prouver.

Le second resta un moment incrédule. Sentant qu'il ne ferait rien, Connor se redressa et se tourna vers le serpent qui n'avait pas bougé. Il mit ses mains en évidence et parla d'une voix douce.

- Ne nous attaque pas, je t'en prie. Je ne te veux pas de mal. Ces gens se trompent depuis longtemps, mais comment leur en vouloir ? Je t'en prie, pardonne-nous, nous ne te voulons pas de mal. Nous voulons juste passer.

Le serpent inclina la tête et s'approcha. Il renifla les cheveux de Connor qui trouva son odeur agréable, contrairement à ce qu'il aurait pu penser.

Alors l'animal frotta son énorme tête contre les cheveux du jeune homme et poussa un cri étonnamment doux pour une bête aussi grande.

Les matelots lâchèrent leurs armes, stupéfaits. Certains crurent qu'ils rêvaient et se pinçaient la peau pour s'en convaincre.

- Nous allons partir, promit Connor. Peut-être repasserons-nous, mais ce n'est pas pour vous faire du mal, à toi et à ton petit. Ce sera juste pour rentrer chez nous. Encore toutes mes excuses.

L'animal hocha la tête et Connor était persuadé qu'il l'avait compris. Puis il appuya sur sa poitrine, au niveau du cœur, et frotta de nouveau ses cheveux.

Amis.

Sans savoir comment, Connor savait que c'était le message que tentait de lui faire passer le serpent. Il en avait l'intime conviction, comme s'il pouvait réellement entendre les pensées de l'animal. Il le comprenait, sans même échanger un mot. Une curieuse sensation.

Le petit serpent émergea à son tour de l'eau et piaffa joyeusement. Sa mère lui donna un coup de tête, et après un dernier regard, ils sombrèrent tous les deux.

Stupéfait par ce qu'il avait fait lui-même, Connor sursauta quand Aela lui posa la main sur l'épaule.

- C'était incroyable. Tu as un don, cela va de soi. Et merci de m'avoir sauvé la vie. D'avoir sauté à l'eau pour moi. C'est un geste que je n'oublierai pas.

Elle l'embrassa sur la joue.

- Il faut que je me repose, avoua-t-elle. Je ne me sens pas très bien.

- Vas-y.

Peu certain d'être remis de ses propres émotions, Connor s'accouda au bastingage sous les regards ébahis des matelots. Ses jambes tremblaient, il avait le souffle court. Même Alvin et son second n'en revenaient pas, et pourtant, ils en avaient vu des choses, durant toutes ces années.

- Eh bien, qu'attendez-vous ? s'écria le capitaine. Réparez les dégâts, occupez-vous des blessés ! Et mettez les voiles bon sang !

13

Pour penser à autre chose qu'à la douleur, Sanya se demandait vaguement si on pouvait faire pire que sa prison actuelle. Creusée dans les profondeurs du Fort, il n'y avait aucune fenêtre, et l'air glacial s'infiltrait entre les pierres. Pourquoi fallait-il que toutes les saisons soient froides en Aurlandia ? La jeune femme dormait à même le sol, dans une terre dégoûtante, avec comme seul instrument de luxe une couverture miteuse. L'air était si humide qu'elle ne parvenait même pas à dormir au sec. Et l'odeur, mieux valait ne pas y songer. Une odeur âcre, une odeur de mort, d'urine, de décomposition et de peur.

La reine se recroquevilla au fond de sa cellule, ramenant ses genoux contre sa poitrine pour se réchauffer, serrant sa couverture moite sur ses épaules.

Une porte claqua quelque part au-dessus d'elle et la jeune femme sursauta violemment. Folle, elle allait devenir folle, à n'en pas douter.

Elle ne savait plus depuis combien de temps elle était là, mais les jours s'éternisaient toujours, de façon à prolonger sa souffrance. Quand Hilmar ne lui brisait pas les os, l'étouffait avec son pouvoir, ou faisait sur elle des expériences sans nom, Thorlef s'occupait d'elle. Il la frappait peu, mais les paroles, ses yeux, et ses actes, suffisaient à la pousser au bout de ses limites. Combien de fois il avait invité ses amis à jouer aux cartes dans sa cellule, pour que le vainqueur de chaque partie puisse dénuder une partie du corps de Sanya ? Et quand elle était entièrement nue devant eux, ils se disputaient les parties à peloter, à mordre, et à n'en plus finir.

Thorlef ne l'avait encore jamais violé. Il attendait son heure, disait-il. Et Sanya savait que cette heure ne tarderait pas.

Même si Sanya se répétait qu'un jour, tous ces hommes seraient hautement châtiés, qu'elle était une déesse, aussi indomptable que le vent, sa peur grandissait quand elle entendait un éclat de rire, ou des pas dans l'escalier. Et en entendant les soldats arriver, elle retenait de plus en plus difficilement son envie de pleurer.

Hilmar et Thorlef se réjouissaient de sa douleur, ils riaient, tandis qu'elle agonisait par terre dans son sang, gémissant comme une folle. Dans ces moments, la folie s'emparait d'elle, et elle ne se souvenait plus de rien, rien du tout. Elle oubliait son nom. Un seul lui restait en mémoire, même si dans ces moments-là, elle ne savait plus qui il était.

Connor.

Puis le sorcier la contemplait agonisant par terre, luttant pour respirer. Il lui laissait le temps d'avoir peur, de paniquer, de pleurer, en voyant la fin approcher. Il laissait la crise de panique atteindre son summum. Et au tout dernier moment, il la soignait, pour qu'elle ne meure pas et que la raison ne la quitte pas trop vite.

La jeune femme releva la tête quand des bruits de pas se firent entendre dans l'escalier. Son ventre se noua. Elle aurait voulu hurler au monde entier qu'on la laisse enfin en paix !

Ce ne fut pas Hilmar qui arriva, mais Thorlef. Lui aussi était extrêmement doué pour la tourmenter.

- Ma belle déesse est réveillée, s'exclama-t-il en la découvrant recroquevillée dans sa cellule.

Sanya ne répondit pas. Elle n'avait pas envie de parler, et même si ça énervait Thorlef, elle s'en fichait éperdument. De toute façon, elle n'en avait pas la force.

Thorlef entra dans la cellule et referma derrière lui.

- Ça faisait un moment que je ne t'avais pas vu.

- Comme le temps passe vite, railla Sanya d'une voix trop faible à son goût.

- En effet, mais il porte conseil. Tu sais, la nuit dernière, j'ai rêvé de toi, ma beauté. (Il caressa son visage, mais elle se dégagea.) Et là, je me suis dit que je ne pouvais plus attendre. J'ai eu une envie subite de toi, une envie incontrôlable, mais tu étais déjà avec le sorcier. Il m'a fallu attendre. Les pauvres serviteurs ont dû avoir du mal à nettoyer ma chambre.

Avec des gestes lents, le général commença à retirer sa chemise, dévoilant un torse puissant recouvert de poils. Sanya se détourna, serrant les dents. Alors ça y est, la fameuse heure était venue.

- Ça fait un moment déjà que je ne te fais rien, pour laisser monter en moi l'envie. Aujourd'hui, il est temps de laisser parler mon amour.

- Tes couilles tu veux dire ?

- Allons, ma reine, un tel langage ne vous va pas.

- C'est le seul que tu comprennes.

- Oh non. Il y a le langage du corps.

Sur ceux, il retira son pantalon, et fit face à la jeune femme dans toute sa nudité virile.

- Tourne-toi.

- Non.

Sanya s'était redressée tant bien que mal pour lui faire face, même si ses jambes étaient très douloureuses. Hilmar avait beau la rafistoler, il ne faisait que le minimum. Mais il fallait être forte. Ne pas se laisser vaincre. Elle lutterait toujours pour sa vie, pour sa liberté.

- Comme tu veux.

Elle lui assena un terrible coup de genou dans l'entrejambe, ce qui le plia en deux. Avant qu'elle ne puisse tenter autre chose, il la frappa si fort qu'elle s'écroula, le nez dans le pantalon du général.

Elle vit alors la dague.

Thorlef voulut l'empoigner avant qu'elle ne l'atteigne, mais ce fut trop tard.

Sanya se retourna à la vitesse de l'éclair, abattit sa lame sur le bras de l'homme pour l'écarter.

- Garde ! tonna-t-il.

Deux soldats arrivèrent en renfort, se précipitant sur Sanya qui se débattait avec le général.

Vaincue, la jeune femme donna un ultime coup.

Thorlef rugit de douleur, complètement livide. Les soldats se jetèrent sur la reine pour la rouer de coup, mais celle-ci s'en fichait.

Un large sourire, elle acceptait ce châtiment.

Car les deux testicules de Thorlef gisait à présent au sol dans une flaque de sang.

Adossée au mur, Sanya inspira en grimaçant, les yeux clos, incapable de bouger. Le calme était revenu, et elle était enfin seule dans sa cellule. Chaque inspiration lui était douloureuse, et son corps ne lui répondait presque plus, tant elle avait mal.

Pourtant Sanya était heureuse. Malgré que Thorlef se soit acharné sur elle, la satisfaction de l'avoir humilié de la sorte était plus grande encore. Il saurait maintenant ce qu'il en coûte de s'en prendre à elle.

Il y eut un froissement de tissu. Sanya n'ouvrit pas les yeux quand le serviteur chargé de lui apporter de l'eau entra. Elle n'en avait pas la force. Elle avait trop mal pour réagir, parler.

Sentant qu'il s'attardait, la reine ouvrit doucement un œil pour le contempler, curieuse.

Quelle ne fut pas sa surprise de découvrir l'impératrice en personne !

La femme aux courts cheveux noirs, menue et craintive, désigna timidement les linges qu'elle portait au bras, ainsi que les flacons d'onguents, une potion et la bassine d'eau.

- Pour vous nettoyer, et faire passer la douleur, souffla-t-elle.

Sanya en revenait à peine. Cela ressemblait à un rêve. Elle ne bougea pas, se contentant de regarder.

L'impératrice trempa son linge dans l'eau fraîche, lui nettoya doucement le visage, fuyant son regard.

- C'est Eroll qui vous envoie ? souffla Sanya.

Sa voix était douce et rassurante. La femme leva les yeux vers elle.

- Non. Il... il ne sait pas que je suis là.
- Alors vous ne devriez pas traîner.
- Je sais... mais j'ai un peu de temps.

Sanya tendit faiblement la main pour récupérer le linge. L'impératrice se détourna pour lui laisser un peu d'intimité.

Puis, voyant ses difficultés à bouger, elle s'approcha et l'aida à se laver entièrement, la soulevant avec douceur pour nettoyer son dos de la crasse, de la sueur et du sang. Sanya se laissa faire docilement, soulagée qu'on veuille s'occuper d'elle de cette manière.

Quand elle fut relativement propre, l'impératrice sortit les flacons d'onguents. Avec une douceur presque enfantine, elle lui appliqua la pommade sur les zones les plus endolories, jusqu'à ce que le flacon soit vide. Sanya gémit, mais ça lui fit un bien fou.

- Comment vous appelez-vous ? souffla Sanya.
- Corra, ma Dame.
- Ravie de vous rencontrer, Corra... et appelez-moi Sanya.
- Merci, ma... Sanya.
- Pourquoi m'aider ? demanda la jeune femme tandis que Corra débouchait la potion.

L'impératrice hésita. Elle fit boire son remède à Sanya avant de répondre.

- Je... Je le devais.
- Pour éviter les enfers ?

Corra tressaillit.

- Non... Je voulais... Je suis sûre que mon mari a tort... (S'avisant de ce qu'elle venait dire, elle secoua la tête comme une folle.) Non ! Je ne dois pas dire du mal de mon mari. Tout ce qu'il entreprend est fondé, il est bon, c'est lui qui a raison, pas moi.
- Que pensez-vous ? Sincèrement ? Eroll n'est pas là, et je serais bien mal placé pour rapporter vos paroles. Que pensez-vous de tout ça ?
- Eroll a...
- Je ne veux pas savoir ce que pense Eroll. Je veux savoir ce que vous pensez. *Vous.*

Corra secoua la tête.

- Non, non, non... Il me battra, si je dis du mal...

La gorge de Sanya se serra. La pauvre impératrice était terrorisée par son mari.

- Je n'ai pas enlevé votre fils, Corra. Jamais. Vous me croyiez, n'est-ce pas ? Vous savez que j'ai raison.

La femme hésita, ses yeux emplis de folie. Elle finit par acquiescer.

- Corra, il faut m'aider.
- Non ! Je ne peux pas... il ne faut pas contredire Eroll. Ni Baldr. Baldr a raison, je ne dois pas me dresser devant lui.
- Baldr a menti à votre mari, vous en avez conscience ?

Corra acquiesça de nouveau, se balançant d'avant en arrière.

- Je ne trahirai pas, gémit-elle. Non, pas le trahir. Pas lui.
- Trahir qui ? Corra, de quoi parlez-vous ?
- Je dois y aller.

S'empressant de ranger ses affaires, elle quitta la cellule.
- Corra ! l'appela Sanya d'une voix faible. Reviendrez-vous ? J'ai besoin de quelqu'un. D'une amie.
L'impératrice hésita encore une fois.
- Je viendrai.
Et elle s'en fut sans un regard en arrière.
Sanya était encore troublée par cette rencontre. L'impératrice la croyait. Elle savait qu'elle n'avait pas enlevé son fils, que Baldr mentait. Mais Eroll l'avait tellement traumatisé qu'elle vivait à présent dans la peur d'être châtiée. Elle n'osait plus contredire la parole de Baldr ni celle de son mari. Elle avait tellement peur.
Pourtant, elle cachait quelque chose, à n'en pas douter.

14

Connor n'arrivait pas à oublier les serpents de mer tandis qu'il jouait aux cartes avec Alvin. Il voyait encore leur regard, la façon dont ils le contemplaient. La façon dont ils s'étaient compris l'un l'autre.

Les paroles de Kelly ne cessaient de résonner dans sa tête : l'*Onde permet aux animaux de te comprendre. Elle s'insinue dans l'esprit de l'animal, vous liant ainsi du plus profond de vos êtres. Vous vous comprenez, vous ne faites plus qu'un. Aucun mot n'est nécessaire. Ce que tu vois dans les yeux de ton compagnon est ton reflet, tandis qu'il voit le sien dans les tiens. Nos aigles ne sont pas « dressés », tu le comprends à présent. Nos âmes sont seulement liées par l'Onde, et nous nous comprenons, nous formons une paire.*

Elle l'avait alors contemplé avec une fascination non feinte. *Impressionnant. Je savais que tu en serais capable, dès que j'ai vu la façon dont tu regardais le serpent, mais c'est bien la première fois que je vois une telle chose. Faire appel à l'Onde pour parler aux animaux, sans pour autant la contrôler ni la sentir, n'est pas phénomène courant. D'ailleurs, tu dois bien être le seul à avoir réussi cet exploit.*

Connor était tout aussi sidéré que l'était Kelly. Il n'avait jamais cru possible de se lier à un animal, et maintenant qu'il avait réalisé cet exploit, il trouvait cette expérience fascinante. Le pouvoir qui brûlait en lui ne cessait de l'étonner.

- Bon, tu joues ou tu rêves toute la journée ? ronchonna Alvin.

Le jeune homme contempla le capitaine avec amusement.

- Si tu tiens tant que ça à ce que je joue...

Il aplatit ses cartes sur la table avec un sourire victorieux.

- On dirait que je rafle encore la mise !
- Mouais..., grogna Alvin en poussant les pièces vers lui. Tu triches, je n'en doute pas.
- Il est simplement plus doué que toi, vieillard, répliqua Aela en faisant son apparition. (Elle contempla les cartes de Connor.) Eh bien, il t'a mis une belle correction, l'ami !
- Ce n'est pas parce que tu as une dette envers lui que tu dois lui cirer les bottes à tout bout de champ.
- Je ne cire les bottes de personne, vieux pêcheur. Je suis le chef de mon clan, c'est à moi qu'on cire les bottes !
- Oh ! madame aurait besoin d'étaler son autorité ?

Connor ne put s'empêcher de rire devant leur joute verbale, ce qu'il n'avait pas fait depuis longtemps. Le voyage était long, et il se demandait comment il l'aurait supporté sans les taquineries incessantes des deux amis.

Des pas précipités se firent entendre dans l'escalier et Helgi apparut, essoufflé et terriblement inquiet.

- Capitaine, des pirates !

Alvin se leva d'un bond et se précipita sur le pont, Connor et Aela sur les talons. Tous les matelots, ainsi que Kelly et Breris se tenaient aux bastingages, contemplant le navire-pirate qui s'approchait à vive allure.

- Barre à bâbord ! rugit Alvin. Bordez toutes les voiles, nous devons semer ce navire ! Dépêchez-vous, tas de feignants, ou vous finirez esclave avant d'avoir vidé votre chope de bière !

Les matelots s'activèrent et le navire prit rapidement de la vitesse en virant de bord.

Penché au bastingage, Connor contemplait le bâtiment des pirates fendre les eaux à leur poursuite. Alvin avait déjà dû avoir affaire à eux, pour les reconnaître à une telle distance.

- Bougez-vous ! s'égosilla Alvin. Ils gagnent du terrain !

Les matelots avaient beau s'activer et trimer fort, le navire-pirate fut rapidement derrière eux et il n'y avait nulle part où les semer.

- Capitaine ! s'exclama Helgi. Nous ne les distancerons pas, il faut se préparer à se battre !

Alvin secoua la tête, les yeux humides.

- Nous nous ferons massacrer. Je ne veux pas voir mes hommes mourir. Nous perdrons, de toute manière.

- C'est ça ou la vie d'esclave ! cria le général Breris. Choisissez, et vite !

Le capitaine hésita.

- Armez-vous ! tonna-t-il.

Le vacarme de caisse qu'on ouvre précipitamment, ainsi que le fracas du métal et le beuglement des hommes résonnèrent aux oreilles de Connor. Il ne cessait de fixer le navire ennemi qui était pratiquement sur eux avec une froideur à glacer les sangs. Il rabattit son capuchon sur sa tête. On lui avait pris Sanya, et il tuerait quiconque l'empêcherait de la retrouver.

Kelly se retrouva alors à côté de lui, son capuchon dissimulant son visage, ses deux dagues en mains.

- Ne fais preuve d'aucune pitié, grinça-t-elle, car eux n'en auront aucune pour nous.

Le ton qu'elle mettait dans sa voix faisait ressortir une certaine expérience de la situation, mais ce n'était pas l'heure des questions. Les pirates étaient là et les archers avaient encoché des flèches enflammées.

Les yeux d'Alvin s'agrandirent de terreur. Il n'eut pas le temps de crier d'ordres : les flèches fusèrent sur eux en sifflant. Alors qu'elles touchaient les voiles, celles-ci s'enflammèrent aussitôt comme des torches. Les matelots poussèrent des cris terrifiés.

Et le navire-pirate fut là, son pavillon à tête de mort claquant au vent. L'équipage était révulsant. Les hommes criaient, hurlaient comme des bêtes, riant de la peur de leurs victimes, entrechoquant leurs armes. Leurs visages étaient effrayants, couturés de cicatrices, pleins de crasse. Certains étaient même tatoués.

Sur un ordre de leur capitaine, ils lancèrent leurs grappins qui s'accrochèrent aux cordages du navire. Criant leur victoire, ils empoignèrent les cordes et se balancèrent dans le vide. Connor et

Breris les accueillirent aussitôt avec une volée de flèches, mais cela ne fut pas suffisant.

Les matelots se battirent avec hargne, défendant leur vie comme ils le pouvaient, mais les pirates étaient plus forts et plus expérimentés. Kelly se jeta dans la bataille, ses dagues virevoltant avec une telle vitesse que l'œil n'aurait pas pu les suivre. Connor tirait flèche après flèche avec une mortelle précision. Breris faisait autant de victimes, et l'épée d'Aela décapitait avec une force inouïe.

Les pirates n'avaient pas l'air de vouloir les tuer, mais plusieurs matelots tombèrent par terre, éventrés, leurs vêtements imbibés de sang. Les autres furent désarmés et neutralisés.

Alors qu'il défendait ses amis avec rage, Connor comprit qu'ils ne gagneraient pas. La plupart des matelots étaient morts ou prisonniers, et ceux qui restaient debout ne leur seraient d'aucune utilité. Les pirates étaient trop nombreux.

Breris fut mis à terre et plusieurs archers encerclèrent Aela. Kelly et Connor se placèrent dos à dos, cernés par tous les pirates qui ricanaient. La jeune femme se fendit et tua deux de ses ennemis en quelques secondes.

Tout Maître des Ombres qu'ils étaient, ils ne pouvaient pas tenir à deux contre tous ces pirates déchaînés. Quand une dizaine d'hommes se jeta sur lui, il ne put lutter. Un coup puissant le désarma, et les pirates le jetèrent au sol, le maintenant solidement sous leurs poids. On lui retourna les bras dans le dos.

Kelly poussa un cri. L'un des pirates avait réussi à lui casser le bras et la maintenait à présent prisonnière dans ses bras.

La bataille se termina rapidement. Les pirates regroupèrent les survivants au milieu du pont et les ligotèrent solidement avec des cordes. Cinq matelots avaient survécu sur les dix, dont Helgi. Alvin était encore en vie et reposait inconscient sur le sol. Breris et Aela se débattaient avec leurs chaînes, couverts de sang, mais légèrement blessés. Sur le pont en revanche gisaient des dizaines de cadavres de pirates.

Connor se tourna vers Kelly, blanche comme un linge, son bras pressé contre elle. Elle lui tourna un regard rassurant avant de reporter son attention sur les pirates.

De près, ils étaient encore plus hideux. Ils avaient des dents en moins, le visage sale, et ils puaient la transpiration et la crasse. Ils étaient tous de solides gaillards, pourtant ils n'avaient vraiment rien d'attirant. Ils s'écartèrent alors, et un homme apparut, grand et bien bâti. Un bandeau cachait son œil et plusieurs balafres zébraient son visage. Il portait un long manteau noir et un chapeau, comme tout capitaine qui se respecte.

- Un joli petit butin, s'exclama-t-il.

Il passa devant chacun des prisonniers, les étudiant d'un œil attentif comme s'ils n'étaient que de vulgaires marchandises.

- Oui, oui... on pourra en tirer un bon prix.

Il s'arrêta devant Kelly.

- Sacrebleu, celle-là est une beauté !

Il prit son visage dans ses mains, mais la jeune femme lui cracha dessus.

- Et elle a du caractère ! Elle fera un malheur, j'en suis persuadé. Je vais en tirer un très bon prix avec Mäbrog.

À ce nom, Connor vit son amie tressaillir légèrement.

- On devrait le croiser dans quelques jours. Je pense qu'il appréciera mon butin. Je ne sais pas encore ce qu'il va faire de vous, mais vous pouvez dire adieu à votre liberté !

- Capitaine, que fait-on pour les blessés ?

- Soignez-les. En meilleure forme ils seront, plus le prix sera gros. Et surtout la femme. Grâce à elle, on va être riche les gars ! Oh, et n'oubliez pas de détruire leur bateau. (Il se tourna vers les prisonniers, un sourire carnassier aux lèvres.) Bienvenu à bord, camarades. Je suis le capitaine Azamir, et je vous souhaite un très bon voyage !

Un tonnerre d'exclamation et de rires retentit, et les pirates les empoignèrent solidement. Ils les firent traverser les passerelles pour les embarquer sur leur propre navire, et on les jeta aux fers sans autre forme de procès.

Quand une terrible explosion retentit, Alvin laissa couler une larme sur sa joue.

15

- Je ne boirai pas ça ! râla Aela.

Elle reposa le seau crasseux rempli d'eau. Des petites particules flottaient sur la surface, elle ne tenait pas du tout à savoir ce que c'était. L'eau semblait noire, à cause du fond écœurant du seau.

- Ne te fais pas d'illusion, soupira Kelly. C'est tout ce que nous aurons. Si tu ne veux pas mourir déshydratée, tu ferais mieux de boire avant qu'ils nous reprennent le seau.

Sur ces mots, elle l'attrapa et but plusieurs rasades sous les regards dégoûtés de ses amis.

- Ça ne vous tuera pas. Vous aurez sûrement mal au ventre, mais il vaut mieux ça que de mourir, non ?

Les autres grognèrent de mécontentement. Seul Connor eut le courage de boire. Puis il s'adossa au fond de sa cellule et contempla ce qui les entourait.

Les cales du navire étaient immondes. Il y régnait une forte odeur de crasse, de transpiration et d'urine, et le sol était dégoûtant. Un des pirates le nettoyait, mais le produit qu'il utilisait semblait encore plus sale que le sol.

Au moins étaient-ils tous ensemble. Et les blessés avaient eu de quoi se soigner, même si les soins n'avaient pas été très poussés. On leur avait pris leurs armes et armures, ne leur laissant que des haillons pour tous vêtements.

Trois pirates s'approchèrent alors de la cellule.

- On va prendre ceux-là, lança le premier en désignant Connor, Breris, Alvin et Helgi. (Il réfléchit en étudiant les matelots.) Et

puis les deux là-bas, ceux qui ne sont pas blessés.
- Pas de problème.
La voix des deux hommes était assez désagréable à entendre. Ils tirèrent leurs épées et entrèrent dans la cellule, faisant signe aux choisis d'avancer sans mouvement brusque. Ainsi menacés, les prisonniers ne purent rien entreprendre.
- Qu'est-ce que vous faites, vermines répugnantes ? tonna Aela.
- Tu ferais mieux de tenir ta langue, femme, ou tu finiras entre nos mains !

Aela, même enragée, était loin d'être dupe. Ayant compris qu'on ne leur ferait rien – le capitaine voulant des produits de qualité – elle ne se démontait pas, et continua d'incendier les pirates des pires termes existants. Connor ne put s'empêcher de sourire alors qu'on l'entraînait hors de la cellule avec les autres, le poussant rudement, la pointe d'une épée piquant son dos.

Même quand ils débarquèrent en chancelant sur le pont, la voix d'Aela qui vociférait s'entendait encore.
- Allez, bande de feignants ! cria l'un des pirates. Vous allez vous rendre utile.

Connor et les autres prisonniers furent conduits au milieu du pont, où des seaux d'eau et des vieux torchons les attendaient.
- Vous allez me laver tout ça, et je ne veux pas une tache, compris ? Si l'un de vous tente de s'enfuir ou de nous tuer, vous le regretterez. De plus, vous ne pourrez allez nulle part !

Les matelots, peu désireux de se faire rosser, courbèrent l'échine et s'empressèrent de se mettre au travail. Les autres restèrent debout. Alvin, Helgi et Breris contemplaient Connor avec inquiétude, attendant visiblement qu'il leur dise ce qu'ils devaient faire.

Le futur Maître des Ombres les regarda à peine, étudiant avec attention tout ce qui l'entourait. Puis son regard se porta de nouveau sur le pirate, dur et froid.

L'homme hésita, mais se reprit rapidement.
- Tu es sourd ou quoi ?! Lave-moi tout ça, fils de putain !

Connor s'accroupit calmement et commença à nettoyer le pont, sans un mot, sans un regard pour les pirates. Il bouillonnait de se battre, de montrer à ces monstres qu'ils ne pouvaient pas l'asservir, mais ce n'était pas le moment de faire preuve d'héroïsme. Il devait sauver Sanya. S'il commençait déjà à chercher les ennuis avec les pirates et qu'ils les trouvaient, il ne serait sûrement plus en état de lui venir en aide.

Il devait être patient. Courber le dos bien gentiment, obéir sans se faire remarquer, pour mieux les tuer tous quand le moment se présenterait.

Et à ce moment, les pirates comprendraient trop tard ce qu'il en coûtait de défier un Maître des Ombres.

Les jours s'écoulèrent, tous aussi longs et identiques. Ceux qui n'étaient pas blessés devaient servir les pirates, à nettoyer le pont, apporter la nourriture et la bière, ou encore laver leurs habits sales et puants, tandis qu'Aela et Kelly restaient dans les geôles en compagnie des blessés. Le capitaine ne voulait pas les « user », ne désirant pas les préparer à ce qui les attendait, semblables à des vierges qu'on allait livrer à des mâles en manque. Kelly avait droit à des soins particuliers pour son bras. Connor en venait souvent à penser que la jeune femme n'était pas une inconnue des pirates.

Quant à lui, il faisait son travail sans broncher, sans émettre le moindre soupir ni le moindre mot. Cela énervait d'ailleurs les pirates, qui adoraient pouvoir battre un gars trop têtu, ou accabler de travail un homme montrant des signes d'épuisement. Mais avec Connor, il ne savait jamais comment s'y prendre ni quoi faire de lui.

Le jeune homme étudiait avec attention tout ce qui l'entourait, notant les failles de chaque pirate, étudiant leurs habitudes. Il essayait déjà de trouver un moyen de sortir d'ici, même si ses chances étaient minces, pour le moment. Les pirates n'avaient aucun honneur, il ne pouvait pas prendre le second pour otage, par exemple. Le capitaine n'en aurait que faire et aurait tôt fait d'en choisir un autre. Connor l'avait déjà vu faire. Il ne savait si le matelot avait pesté trop fort contre son capitaine, ou s'il n'était qu'un bon à rien, toujours est-il que sans un avertissement, le capitaine était sorti de sa cabine, lui avait passé l'épée au travers du corps, et l'avait jeté par-dessus bord. Personne n'avait rien dit, se contentant de reprendre son travail.

Et puis même s'ils se libéraient tous, comment venir à bout d'une cinquantaine de pirates ? Kelly et trois autres matelots étaient blessés, ils n'arriveraient à rien. Les pirates le savaient bien, c'est pourquoi ils ne leur liaient jamais les poignets pour travailler.

Les prisonniers ne pouvaient rien contre eux. Non, la seule solution était le marchandage. Chaque jour qui passait, Connor et Kelly cherchaient un moyen d'appâter le capitaine, mais rien ne semblait digne de marcher.

Une gifle le cueillit alors à l'arrière du crâne.

- Le nœud ! tonna un pirate. Tu es complètement stupide ou quoi ? Refais-le correctement !

Avec une lenteur désinvolte, Connor défit le nœud avant de le refaire sans un mot. Depuis que le navire avait été nettoyé de fond en comble, les pirates les formaient dans le métier de marins, même s'ils leur confiaient souvent les tâches les plus ingrates. Le capitaine affirmait qu'ils auraient plus de valeur, s'ils savaient faire plus de choses.

- Ce n'est pas compliqué, grogna le pirate en lui donnant une autre taloche. Maintenant, va t'occuper de ces autres cordages.

Alors qu'il se mettait au travail, le hurlement d'un des pirates fit tourner la tête de Connor. Un de prisonnier venait de renverser plusieurs pichets de bière en s'étalant au sol. Le brigand, trempé de bière, martelait le pauvre homme de coups de pied.

- Espèce d'ordure, je vais t'apprendre !

Il le redressa d'une main pour mieux le cogner ensuite. Les autres pirates s'attroupèrent autour de lui pour assister à la scène, ricanant sinistrement et criant des encouragements.

- Bas-toi, mauviette !

Le prisonnier, un des matelots d'Alvin, était jeune et frêle, sans doute guère habitué aux ennuis, et encore moins à se battre. Il leva maladroitement les poings pour faire face, mais une droite le cueillait déjà au niveau de la tempe.

Il s'écroula en gémissant, du sang chaud coulant sur son visage.

- Allez, lève-toi, minable, que je te rosse comme il faut !

Les autres pirates tapèrent du pied en rigolant, traitant le pauvre garçon de tous les noms. L'homme arma son bras et frappa de toutes ses forces. Deux mains l'attrapèrent alors au vol, et se servant de sa vitesse, lui retournèrent le bras dans le dos. Il poussa un cri de rage et de douleur... et se retrouva face à Connor.

Le visage impassible, détendu, le jeune homme le dominait de sa taille et sa carrure. Fou furieux, le pirate tenta de battre cet importun qui osait le défier de la sorte. Son poing fendit l'air, mais ne rencontra que du vide. Connor esquivait souplement, bougeant à peine, un sourire narquois aux lèvres. Le pirate, rouge de colère et de honte, s'acharna comme une bête, frappant de toutes ses forces sans prendre la peine de calculer ses coups. Et Connor évitait, aussi intouchable qu'un fantôme.

Puis il attaqua à son tour. Son poing fusa et percuta le pirate aux côtes. L'homme grogna en frappant de nouveau. Connor se décala, saisit son poignet et le tordit dans un craquement sourd. Le pirate voulut hurler de douleur, mais un solide coup de poing sous le menton le fit taire. Il n'eut pas le temps de réagir ; Connor le frappait déjà deux autres fois. Deux coups secs et précis qui lui brisèrent une côte et la rotule.

Le brigand s'écroula par terre en gémissant de douleur, du sang coulant sur son visage. Ses compagnons se ruèrent alors sur Connor, poussant des cris indignés ! Le jeune homme n'était pas assez fort pour résister à des dizaines de pirates enragés. Il fut bientôt mis à terre, et on s'empressa de le rouer de coups. Sa vision s'assombrit, et bientôt, des points lumineux dansèrent devant ses yeux tandis que la douleur explosait dans tout son corps et qu'un liquide chaud coulait sous ses vêtements.

- Suffit ! tonna une voix.

Les coups cessèrent et les bandits s'écartèrent, laissant place au second qui s'avançait d'une démarche fière. Du coin de l'œil, Connor vit que ses compagnons étaient immobilisés. Personne ne pourrait lui venir en aide.

- On ne doit pas l'abîmer, rappela le pirate. En revanche, le capitaine n'a pas interdit le fouet !

Ses hommes hurlèrent de joie.

- Attachez-le au mât, et qu'on m'apporte mon fouet.

Des mains agrippèrent les épaules de Connor, le mettant sur pied, et on le traîna près du mat où on l'agenouilla de force. Le jeune homme serra les dents, essayant de cacher sa douleur. Au moins, il n'avait rien de cassé, c'était déjà ça.

On lui arracha sa chemise, le laissant torse nu, son dos exposé au fouet.

- Cinq coups devraient suffire ! lança le second.

Le pirate leva son fouet. Connor détourna la tête, serrant fort les dents pour ne pas crier quand le coup surviendrait. Son cœur battait à tout rompre, il haletait, tremblant.

Quand la lanière de cuir s'abattit sur son dos, arrachant sa chair, le jeune homme dut rassembler toutes ses forces pour ne pas crier. La brûlure était déjà insoutenable, et ce n'était que le premier coup.

Le fouet s'abattit, encore et encore, laissant de profondes marques suintantes de sang sur le dos de Connor. Le monde semblait tourner autour de lui, comme s'il était complètement ivre. Sa vision se brouillait, la douleur le brûlait. Il sentait le sang chaud sur son dos, la lanière de cuir arracher sa peau, mais tout ce qui comptait, était de ne pas crier. De ne pas faiblir.

Le dernier coup tomba, et le jeune homme relâcha son souffle. Chaque inspiration lui faisait mal, mais c'était fini. Combattant contre la douleur, il parvint à redresser la tête quand on le retourna pour l'asseoir par terre.

- Ligotez-le.

Lui tirant les bras en arrière, on l'attacha solidement. Le second se pencha alors sur lui.

- Tu vas rester ici jusqu'à ce qu'on arrive. Nous ne te donnerons qu'un peu d'eau chaque soir.

Sur ce, il le laissa avachi contre le mât, et tous les pirates retournèrent à leur travail en ricanant. Plus loin, les autres prisonniers lui jetaient des regards pleins d'empathie.

Ivre de douleur, Connor n'en pouvait plus. Il aurait voulu perdre connaissance, mais il ne le put pas. Car malgré la souffrance, il était satisfait. Un prisonnier bâillonné comme lui, qui avait rossé un pirate puis subit un lourd châtiment, serait le centre d'attention pendant quelque temps.

Et le capitaine, à n'en pas douter, finirait bien par lui rendre une petite visite. Connor tenait enfin sa chance de marchander avec son geôlier.

Il ne sut quelle heure il était, quand des pas se firent entendre près de lui. Les yeux fermés, Connor ne réagit pas. Les deux veilleurs avaient l'habitude de marcher un peu non loin de lui.

Son dos le faisait souffrir. On n'avait même pas pris la peine de lui remettre sa chemise, si bien que ses plaies frottaient le bois. Connor évitait de bouger le plus possible, mais ce n'était pas possible. Sa position était trop inconfortable, il avait mal partout.

- Réveil-toi.

Une botte le secoua.

- Allez, ouvre les yeux.

Connor prit son temps pour s'exécuter. Le capitaine lui faisait face. Il eut du mal à ne pas sourire. Deux jours qu'il était enchaîné là, sa peau exposée au soleil, le dos brûlant, et son ventre criant famine, à attendre que le capitaine daigne enfin venir le voir.

Et il était là !

Une dague brilla, et en peu de temps, les cordes qui le maintenaient attaché tombèrent autour de lui.

- Suis- moi.

Ramassant ce qui restait de sa chemise, Connor se leva en grimaçant, essayant de refouler la douleur de son dos. Le jeune homme enfila sa chemise pour le protéger, mais ne put la refermer. Azamir le mena jusqu'à sa cabine, où il le fit entrer sans aucun commentaire.

La pièce était spacieuse et luxueuse. Devant lui, il y avait une grande table, qui devait servir aussi bien de table à manger que de bureau. Au fond de la pièce, sur sa gauche, il put voir que le lit était de première qualité, ainsi que les couvertures et les coussins. Partout, il y avait des étagères, des petits meubles de rangement finement sculptés, qui accueillaient des bibelots sans doute inutiles, mais d'une très grande richesse.

Le capitaine tira une chaise devant sa table, et fit signe à Connor de s'installer tandis qu'il prenait place en face de lui. Sans un mot, il attrapa deux verres et les remplis de rhum.

- J'ai déjà été fouetté, lança-t-il en tendant un verre à Connor. Ce sera vite guéri. Et tu ne conserveras que quelques cicatrices à peine visibles.

Comme son invité ne répondait pas, se contentant de boire un peu de rhum, le pirate sourit.

- Mes hommes m'ont beaucoup parlé de toi. Un guerrier des plus redoutables... et un homme étrange. On m'a dit que tu ne parlais pas beaucoup, mais que tu avais le don d'inquiéter.

- Peut-être.

Azamir but plusieurs rasades.

- Il paraît aussi que rien ne te fait réagir. Ni le travail ni les insultes.

- Je devrais ?

- La plupart de tes camarades le font. Soupir, grognement, insultes.

- Est-ce que râler m'apportera quelque chose ?

- Non.

- Alors, pourquoi m'embêter à le faire ? La placidité inquiète vos hommes, plus que de râler.

- Ma foi, tu parles bien. Quel âge as-tu ?

- En quoi mon âge vous regarde-t-il ?

Connor n'avait pas élevé la voix, mais le pirate sut qu'il ne valait mieux pas insister. Le jeune homme attendait visiblement qu'il entre dans le vif du sujet, et c'est ce qu'il allait faire.

- Que me voulez-vous ? le devança Connor. Vous n'êtes pas le genre d'homme à papoter avec les marchandises.

- Je veux la vérité. Qui êtes-vous, toi et tes amis ? Vous formez une drôle de bande, pour des pêcheurs.

- Et pourtant.

- De plus, pour des aurlandiens, vous naviguez plutôt loin des zones habituelles de pêches.

Connor but de nouveau.

- Des soucis avec des pêcheurs du coin, alors on a changé de coin.

- Ne me prend pas pour un idiot. Je reconnais les personnes qui portent de lourds secrets. J'ai vu un bateau aurlandien passer, armé jusqu'aux dents. Et peu de temps après, vous voilà, toi et ton drôle d'équipage. Toi et cette fille, vous êtes des combattants prodigieux, je tiens à le dire. L'autre a le mal de mer, ça doit être la première fois qu'elle met les pieds sur un bateau. Vous n'êtes pas des pêcheurs. Alors voilà ma question, qui êtes-vous, et que faisiez-vous ?

Connor reposa son verre, et planta son regard vert dans celui du capitaine.

- En quoi tout ceci vous regarde-t-il ?

- La vérité sur ton petit groupe pourrait me rapporter beaucoup d'argent.

- C'est censé m'encourager à parler ?

- Non. Mais *ça,* oui. Si tu me dis tout, je veillerai personnellement à vous vendre à des gens recommandables. Votre vie ne sera pas un enfer, vous vivrez dans le confort, je vous le garantis.

- Confort ou non, nous serons toujours des esclaves. Votre marché ne me convient pas, et j'ai d'autres chats à fouetter.

- Lesquels ?

Azamir était debout à présent, toisant sévèrement le jeune homme qui ne cillait pas.

- Je cherche quelqu'un, que des aurlandiens ont capturé. Je suis en route pour sauver cette personne. Relâchez-nous, et je vous dirai tout.

Le pirate éclata de rire.

- Mon ami, tu n'as pas le don du marchandage.

- Aucun besoin, j'obtiens toujours ce que je veux. J'irai sauver cette personne, et rien ne m'en empêchera. Si vous m'aidez, je vous promets que vous serez plus riches qu'en nous vendant.

L'homme réfléchit.

- Qu'est-ce qui me prouve que vous tiendrez parole ?

- Alors, disons un instant que la personne que vous sauvez est la reine d'Eredhel.

Le pirate écarquilla les yeux de stupéfaction.

- La reine...

- L'or coulera à flots pour vous si vous aidiez une reine.

- Non.

La voix ferme du capitaine surprit Connor, qui ne s'attendait pas à un tel refus.

- Vous trempez dans des affaires sérieuses. Très sérieuses. En guerre contre l'empire... Les pirates ne se mêlent jamais des guerres, c'est mauvais. Quand on est neutre, on gagne plus, tu peux me croire. Et tu sais pourquoi les îles des pirates sont si proches d'Aurlandia ? Parce que l'empereur accepte de nous laisser tranquilles, en échange de notre obéissance. Si je vous aide, tous les miens seront massacrés pour trahison.

- Alors, livrez-nous à l'empereur. Moi j'arrive à destination, et vous empochez vos gains pour avoir livré l'ennemi sur un plateau d'argent.

- Un marché tentant, je te l'accorde. Mais je ne suis pas fou. Tu n'es pas un guerrier comme les autres. Tu vas causer du grabuge à Castel-noir, et moi et mes frères, on va trinquer pour toi, tu peux me croire. Je tiens à ma vie, et à mon argent. Je te livrais à Mäbrog comme promis.

Connor se leva. Rien ne trahissait ses émotions.

- Je te propose un dernier marché. (Sa voix était aussi froide que la mort.) Laisse-nous partir, et tu auras la vie sauve. Sinon... je te tuerai quand je m'échapperai.

Azamir se décomposa devant l'air mortellement sérieux du jeune homme, avant de virer au rouge cramoisi.

- Jetez-le aux fers ! hurla-t-il.

Deux pirates entrèrent, saisissant rudement Connor par les épaules, et l'entraînèrent vers les prisons.

16

Faran serra les dents en s'éveillant. Le stresse et la peur lui donnaient pas mal de migraines depuis quelque temps. Damian ayant insisté pour qu'il assiste à toutes les réunions, l'herboriste voyait très bien que tout ne se passait pas comme prévu. Pour l'instant, Damian et les généraux freinaient les idées suicidaires des conseillers, mais pour combien de temps ?

Les jours passaient, et ils n'avaient pas d'idée digne de ce nom pour sauver la reine. La présence des sorciers dans Castel-noir était dangereuse pour tous leurs plans. Tous savaient que Connor et les autres étaient partis sauver la reine, mais personne n'avait d'espoir qu'ils réussissent. Faran lui-même doutait, mais son frère était décidé, et rien ne l'aurait empêché de partir.

L'herboriste se leva paresseusement et s'empressa de préparer quelque chose pour son mal de crâne. Il'ika, qui ne le quittait à aucun moment, l'aida comme elle le put. Même si la politique la répugnait, elle savait pertinemment que les conseillers étaient prêts à livrer le royaume, et un jour ou l'autre, les généraux finiraient par se ranger derrière eux.

C'était inévitable.

Le seul espoir reposait en Connor, et il n'était pas gros...

Faran mangea lentement ce qu'un domestique avait dû lui apporter une heure plus tôt, l'esprit perdu dans la vague.

Il avait à peine terminé qu'on frappa à la porte.

- Entrez.

Il'ika se cacha dans la poche de Faran, juste au moment où une femme entrait dans la chambre.

- Navrée de vous déranger, mais mon mari aimerait vous voir avant la réunion. Il vous attend dans les jardins.

- Merci, Carina, je viens immédiatement.

La femme hocha la tête avant de refermer la porte. Carina était l'épouse de Damian et Faran avait beaucoup de respect pour elle. Elle était une des rares à ne pas chercher les faveurs des autres hommes et à ne pas faire valoir son statut de noble. Elle appréciait la simplicité et n'était pas cupide à l'instar de tous les autres. Elle était toujours très gentille et serviable avec le jeune homme, et jamais elle n'avait fait de remarque sur son statut social. La femme idéale pour Damian, se disait souvent Faran, lui qui était si gentil et intentionné. D'ailleurs, ils formaient un très beau couple, et ils n'avaient jamais caché leur amour l'un pour l'autre, toujours présent pour se soutenir l'un l'autre.

Faran savait que Sanya aurait aimé nommer Carina conseillère, mais la jeune femme n'aimait pas la politique. De plus, être la seule femme parmi tous ses hommes ne lui disait rien.

Ne désirant pas faire attendre le seul homme qui appréciait sa compagnie et qui lui faisait confiance, Faran s'empressa de s'habiller, de terminer son petit déjeuner et de descendre dans les jardins.

Il trouva Damian accoudé aux créneaux, l'air las et déprimé. Sa femme lui caressait tendrement la nuque pour le réconforter, murmurant quelque chose à son oreille.

Le jeune homme se tourna alors à l'approche of Faran et toute trace de malaise s'effaça de son visage.

- Faran, je vous attendais.

- Vous vouliez me parler.

- En effet. Nous n'avons pas beaucoup de temps, alors je vais faire court. J'ai besoin de savoir si je peux compter sur vous.

- Compter sur moi ? Tout dépend pour quoi.

- Les conseillers aspirent à livrer le royaume, comme vous le savez. Ils sont lâches et cupides, si Eroll accepte un marché avec eux, ils accepteraient la reddition du royaume. Et je crains qu'ils n'arrivent à leurs fins, au bout du compte. Ce sont d'habiles orateurs, et ils ont l'art de comploter. J'ai besoin de savoir si le moment venu, je pourrais compter sur vous. Si vous m'épaulerez face à eux.

- Ma voix n'aura pas beaucoup de valeur, mais je vous le promets, je vous aiderai autant que possible.
- Merci Faran. J'avais besoin de l'entendre...
- Damian, Faran, vous feriez mieux d'y aller, avant que la réunion ne commence sans vous, intervint Carina.
- Pour ce qui va se dire, soupira Damian.
- Justement, mieux vaut que vous soyez présent, si jamais les choses qui se disent ne sont pas recommandables.

Les deux hommes approuvèrent et descendirent jusqu'en salle de réunion. Les généraux et conseillers étaient déjà présents, ainsi que deux Maîtres des Ombres dont Faran ignorait les noms. S'asseyant autour de la grande table en bois, ils attendirent en silence que le reste des conseillers arrive.

Faran eut un pincement au cœur en contemplant le grand fauteuil vide de Sanya. Il ne cessait de s'inquiéter pour elle. Et il se sentait tellement démuni et vulnérable face à la noblesse, sans son soutien. Faran avait appris à se méfier de tous ces nobles qui ne cessaient de lui jeter des regards noirs et de lui faire des remarques désobligeantes comme s'il n'était rien d'autre qu'un esclave à leur service.

Les conseillers manquants ne tardèrent pas à arriver, et ils entrèrent dans le vif du sujet sans plus de cérémonie.

- Les stratèges n'ont toujours pas trouvé de solution ? demanda Isaac.
- Toujours rien, soupira un général. C'est le même souci à chaque fois, les magiciens nous empêcheraient de sortir la reine de la prison.
- Il y a toujours une chance que Connor et les autres y parviennent, rappela Damian.
- Il n'est qu'apprenti Maître des Ombres, répliqua Urik.
- Et il sera meilleur que nous tous réunis, rétorqua un des Maîtres des Ombres. Il a quelque chose, qu'aucun de nous n'a. Si quelqu'un doit réussir, c'est lui. Et n'oublions pas que la reine est pleine de ressources, elle aussi.
- Certes, mais après la torture, un homme ou une femme perd ses capacités à raisonner ou réfléchir.
- Il faut leur faire confiance.
- Et après ? répliqua Isaac. Si aucun d'eux ne réussit ? Eroll viendra et nous massacrera.

- Qu'il vienne ! tonna un général.

- Ça va être un massacre ! répliqua un des conseillers nommé Björn. Voulez-vous voir tous ces gens mourir sous vos yeux général ? Si nous livrons le royaume, des milliers d'hommes seront épargnés ! Nos terres seront épargnées. Nous serons tous sauvés, les familles ne seront pas décimées et les horreurs de la guerre n'auront pas lieu.

- Vous avez peur de vous battre, surtout ! Je ne me rendrai pas sans combattre.

- Si Eroll met la main sur le royaume, la mort sera sûrement préférable que la vie ! coupa Faran en sentant la colère monter chez les conseillers. Certes les horreurs de la guerre n'auront pas lieu, mais ce sera pire ! Nous serons des esclaves, forcés d'abandonner nos convictions et nos croyances. Nous ne travaillerons que pour garantir la fortune de l'empereur et des siens ! On nous tuera à la tâche, ceux qui protesteront seront exécutés, et ceux qui croiront encore à nos croyances seront massacrés. La famine frappera, quoiqu'il arrive, on nous endoctrinera, on nous privera de notre liberté. J'ai déjà eu affaire aux fanatiques, je sais de quoi je parle. Nous ne serons rien d'autre que des coquilles vides, si nous les laissons faire. Avec pour seul but : servir Baldr et l'empereur qui n'hésiteront pas à nous massacrer si notre façon de penser leur déplaît. Il n'y aura pas de paix, juste un calvaire sans fin. Est-ce ça que vous voulez ? Renoncer aussi facilement à nos vies, à notre liberté, à notre existence ? Par ailleurs, rien ne nous dit que son armée est aussi imposante qu'il le dit !

Plusieurs conseillers hochèrent la tête, convaincus par les paroles du jeune homme.

- Le messager nous a...

- Arrêtez de croire bêtement ce qu'on vous dit ! répliqua le général. Rien n'est prouvé ! Mes hommes et moi ne nous rendrons pas, nous ne livrerons pas le royaume.

Alors qu'un concert de protestations allait exploser, Damian prit la parole.

- Écoutez, ce que dit Faran n'est pas faux. Nous ignorons tout de l'armée d'Eroll. Allons-nous livrer nos familles et nos terres à des barbares, alors que ses soldats sont peu nombreux ? Certainement pas. En tant que plus proche conseiller de la reine, c'est à moi que revient la décision finale, et je dis que nous n'abandonnerons pas Eredhel pour rien. Laissons une chance à Connor, laissons à nos espions le temps de découvrir des choses, et ensuite, nous aviserons. Le sujet est clos. Tandis que les stratèges font leur boulot, nous allons faire le nôtre, et faire en sorte de gérer ce royaume correctement par ces temps troublés.

La réunion dura ainsi longtemps, à chercher des mesures à prendre pour aider la population, et résoudre des problèmes et préparer une nouvelle attaque. Certains conseillers essayaient toujours de ramener la conversation sur la nécessité de livrer le royaume, mais Damian ne voulait rien entendre.

Quand enfin tout se termina, Faran fut heureux de pouvoir partir. Depuis son discours, les conseillers lui jetaient des regards de plus en plus courroucés, et il n'était pas impossible qu'on le réduise au silence s'il continuait ainsi. Épuisé, aussi bien physiquement que moralement, il traîna des pieds dans les escaliers pour rejoindre sa chambre. Il n'avait plus qu'une hâte, s'éloigner de la cour et de ces nobles cupides et abrutis. Une belle bande de lâches qui ne pensaient qu'à l'argent et au pouvoir, et qui avaient peur de se battre pour leur propre vie...

Une main le saisit alors durement par l'épaule, le plaquant solidement au mur.

Un jeune homme lui faisait face, cheveux mi-longs et ondulés, un air menaçant sur le visage. Faran reconnut Béomer, le fils de Björn.

- Écoute-moi bien le paysan, tu vas arrêter de te mêler de la vie politique. Ce n'est pas pour toi, tout ça.

- Je m'y mêle parce que vous ne me laissez pas le choix. Vous allez signer l'arrêt de mort du royaume.

- Mêle-toi de tes affaires, tu ne sais rien, tu ne comprends rien ! Nous agissons pour le bien de tous.

- Pour votre bien ! Vous êtes prêts à livrer le royaume à l'empereur pour quelques titres, richesses ou je ne sais quoi encore !

L'autre main du jeune homme lui enserra la gorge.

- Je te déconseille vivement de nous accuser à tort et à travers, paysan. Cherche encore à nous nuire, et on risque bien de te retrouver dans les égouts.

- Je ferais... ce qu'il faut pour le royaume... pour Sanya.

Béomer lui serra un peu plus la gorge. Des étoiles scintillèrent devant les yeux de l'herboriste et ses poumons commençaient à le brûler. De son autre main, le jeune idiot fit jaillir un poignard et appuya la lame sur le ventre de Faran.

- Tu ne feras rien. Tu vas nous laisser gérer tout ça. Sanya n'est plus là, ce royaume n'est déjà plus le sien. Si je te prends à fouiner là où il ne faut pas, ou à parler contre nous, crois-moi, cette lame sera trouver le chemin jusqu'à ton cœur. Personne ne se souciera de ta mort, et elle pourra même nous servir.

Faran ne répondit pas, cherchant à respirer. Sa tête tournait et sa vision était brouillée par des points lumineux. La lame s'enfonça un peu plus au creux de son ventre et le sang perla.

- Autre chose. Si ton idiot de frère revient avec la reine, dis-lui bien de ne plus tourner autour d'elle. Elle m'appartient, et s'il l'approche encore, je le tuerai.

Là-dessus, il jeta Faran sur les marches et s'enfuit à grandes enjambées. L'herboriste s'écrasa de tout son long. Il reprit bruyamment son souffle, se retenant pour ne pas hurler de désespoir. Il ne pouvait rien dire ou il était mort. Mais il ne pouvait pas laisser le royaume sombrer.

À présent, il réalisait à quel point les conseillers étaient vicieux, et terriblement doués pour arriver à leurs fins.

*

Damian se promenait dans les jardins, attendant que sa femme le rejoigne, quand Björn s'approcha de lui.

- Damian, je te cherchais.
- Un problème ?
- Plus ou moins.

Björn se racla la gorge, essayant d'adopter un ton calme et posé.

- Damian, je n'ai rien à redire à ton titre de proche conseiller. Vraiment. Mais tu es jeune. Tu ne connais pas la guerre et ses horreurs. Moi je les ai vus. Des gens mutilés, des familles décimées, des villes détruites, des innocents massacrés... Tu ne voudrais pas de ça pour ton royaume ?

- Bien sûr que non, mais...
- Livrer le royaume nous l'éviterait.

- Björn, nous ne savons même pas si l'armée est vraiment à craindre à ce point...

- Elle l'est. Eroll est un fourbe. Quand il attaque, c'est qu'il est sûr de gagner, crois-moi. Tu aurais vu la façon dont il a conquis les royaumes, bien au nord d'Aurlandia... Écoute, je sais que tu veux sauver ton royaume, mais les meilleures choses ne résultent pas toujours des bons choix.

- Je ne peux pas livrer le royaume.

- Nous vivrons mieux, les citoyens t'en remercieront. Pas de guerre...

- Juste de l'esclavagiste.

Le bras de Björn s'enroula autour du cou de Damian. La pression n'était pas forte, mais menaçante.

- Écoute Damian. Je suis conseiller depuis plus longtemps que toi. La reddition du royaume est la meilleure option que nous ayons. Je ferais tout pour sauver d'innombrables familles. C'est ce qu'il y a de mieux. S'il devait t'arriver quelque chose Damian, c'est moi qui prendrais ta place, et c'est cette décision qui serait prise. Réfléchis-y.

Sans rien n'ajouter, Björn s'en alla. Damian resta tremblant, immobile. Alors on en était là.

Les conseillers étaient prêts à le tuer et à trahir leur royaume, juste pour un peu de pouvoir et de richesse.

17

Ils ne savaient combien de temps s'étaient écoulés quand on vint les chercher dans leur cellule. Les pirates ne les avaient pas fait travailler, pour les ménager, leur apportant de quoi se nourrir et se laver. Les trois matelots blessés étaient pratiquement guéris, et seul le bras de Kelly ne s'était pas encore remis. Le capitaine en était d'ailleurs très mécontent.

On leur avait également fait apporter de beaux vêtements, pour les mettre en valeur. Les hommes portaient des chemises courtes et plutôt serrées qui mettaient en valeur leur musculature, tandis que les deux femmes portaient des robes aux larges décolletés, avec ouverture dans le dos et sur la jambe droite. Kelly, plus que les autres, avait été gâtée. Si le but n'avait pas été de la rendre plus attirante pour la vendre, Connor l'aurait trouvé d'une beauté à couper le souffle.

- Allez bande de fainéants, il est temps de passer aux ventes ! s'exclama le pirate en ouvrant la cellule.

Un autre entra pour leur attacher les poignets avec de solides cordes, puis on les tira de force sur le pont. Alors qu'on les alignait bien correctement, Connor découvrit qu'un autre navire avait jeté l'encre, non loin d'eux. Des chaloupes arrivaient déjà sur eux.

Connor sentit Alvin se crisper à côté de lui, et il comprit pourquoi.

Les pirates qui montèrent alors à bord n'avaient rien de simples brigands. Ils étaient tous grands et puissamment bâtis avec un regard d'acier, à glacer les sangs de n'importe qui. Ils affichaient tous des rictus mauvais et s'amusaient à terrifier les hommes d'Azamir. Connor comprit qu'ils étaient sûrement les plus puissants pirates dans toutes ces eaux, les plus redoutés, et tous les autres s'écrasaient devant eux, se recroquevillant, penauds. Même s'ils n'étaient pas aussi sales, ils étaient cent fois plus terrifiants. Plusieurs cicatrices couraient sur leur visage et leurs bras ainsi que des tatouages. Personne n'aurait eu l'idée de se retrouver seul avec eux. Ou alors, il fallait être suicidaires.

Et Mäbrog fut là.

Le seigneur des pirates.

Plus grand que ses hommes, sa carrure à elle seule le rendait terrifiant. Une montagne de muscle ! Le haut de son visage était quelque peu caché par son large chapeau, tandis que le bas était mangé par une grosse barbe tressée. Il avait une jambe de bois et le bras droit semblait lui manquer. Il portait un épais manteau noir et une panoplie d'armes était visible dessous. Personne n'osait le regarder dans les yeux, pas même ses propres pirates.

- Mäbrog ! s'écria Azamir. Contentant de te voir. Comment te portes-tu ?

- C'est ça, ta marchandise ? répliqua l'autre d'une voix rocailleuse qui glaça les sangs des pauvres prisonniers.

- Eh bien... oui. (Azamir était blanc.) Certains ne payent pas de mine, mais ils sont efficaces, et il y en deux trois qui valent de l'or mon ami, je peux te l'assurer.

L'écartant d'un geste dédaigneux, Mäbrog commença son inspection d'un œil critique. Les matelots tremblaient devant lui, serrant les dents. Connor vit qu'Azamir faisait de même. Le pauvre bougre devait avoir déjà eu des ennuis, c'était certain. Ses hommes aussi évitaient de croiser le regard des autres pirates, qui contemplaient la marchandise en ricanant sinistrement, cherchant déjà ce qu'ils pourraient faire subir à ces malheureux.

En s'arrêtant devant Connor, Mäbrog le toisa longuement. Le jeune homme ne cilla pas, lui renvoyant son regard avec pas moins de froideur. S'il était un peu plus petit que le capitaine, le futur Maître des Ombres n'en était pas moins imposant, lui aussi. Face au pirate, il n'avait rien d'un pauvre homme menu et démuni...

- Celui-là semble particulier.

- Il l'est ! s'empressa d'expliquer Azamir. Il a tué une dizaine de mes gars à lui tout seul, sans aucune égratignure. Et il en mit un autre au tapis en quelques mouvements.

Un sourire cruel fendit le visage de Mäbrog.

- L'Arène lui conviendra à merveille. La gloire et une dizaine de femmes si tu deviens un héros, la mort si tu es complètement nul. Tes combats promettent d'être mémorables. Et qui sait, peut-être qu'un jour tu deviendras un des plus grands pirates de ces eaux, tu en as déjà la carrure.

Connor ne répondit pas, son visage ne trahissant aucune émotion. Mäbrog en fut surpris.

- Un gars étrange. Vraiment. Qui est-il ?
- Il refuse de le dire, capitaine, souffla Azamir. Je l'ai trouvé dans un bateau de pêcheurs, mais il n'en est pas un. En mission, et l'empereur serait la cible.
- Tiens, tiens. Intéressant.

Sans poser plus de questions, il passa au reste de la « marchandise ».

Mäbrog s'arrêta alors devant Kelly et un sourire éclata sur ses lèvres.

- Kelly ! Quelle bonne surprise ! Je ne pensais pas te remettre la main dessus de sitôt.
- Ravi de te revoir, grinça la jeune femme.
- Allons, ne sois pas désobligeante. Tu m'as manqué, tu égayais mes affaires, je n'avais jamais eu autant de clients et d'argent qu'avec toi. Je n'ai pas franchement aimé la façon dont tu t'es éclipsée, et j'ai juré de te retrouver. Et te voilà ! On a beaucoup de temps à rattraper, des amis seront ravis de te revoir, jeune femme. À commencer par mes hommes.

Ces derniers émirent des rires de gorge qui en disaient long.

- Je meurs d'impatience, grinça Kelly.

Mäbrog éclata de rire.

- Azamir, finalement je crois que tu vas être un homme comblé ! Viens donc dans ma cabine, que l'on négocie, j'ai de l'alcool de qualité. Laisse donc tes prisonniers ici, je n'ai pas encore terminé mon choix.

Azamir tressaillit, avant de sourire.

- J'en serais ravi. (Se tournant vers son second, il ordonna) Qu'ils ne s'échappent pas, ou vous le paierez de votre vie.
- Bien capitaine.

Les hommes de Mäbrog et les deux capitaines descendirent

dans les chaloupes sans un regard pour les prisonniers, commençant déjà à parler affaires.

Quand ils furent remontés à bord de l'autre navire, et qu'Azamir et Mäbrog disparurent dans la cabine, Connor fouilla le pont à la recherche d'un plan de secours. Il fallait qu'il trouve quelque chose, et très vite, sinon c'était la fin assurée. Il n'avait pas le temps de jouer les héros dans l'Arène, et il n'avait aucune envie de savoir ce qu'on réservait à Kelly, ni même aux autres. La jeune femme ne laissait rien paraître de ses sentiments, faisant comme lui, cherchant un moyen de s'enfuir.

Connor vit alors ce qui allait changer toute la donne. Une chance inespérée. Il n'arrivait à peine à y croire. La joie l'envahit si subitement qu'il eut du mal à se contenir. Saisissant Aela par le bras, il se pencha à son oreille.

- Préparez-vous, souffla-t-il. Quand ça aura commencé, nous nous libérerons et nous nous enfuirons avec le navire. Breris, Kelly, toi et moi, on se battra tandis que les marins mettront les voiles.

- De quoi tu parles ?

- Tu verras, répliqua-t-il avec un clin d'œil. Mets les autres au courant.

Aela s'exécuta. Qu'avait donc prévu Connor ? Quand tout le monde fut mis au courant, ils attendirent avec une certaine hâte et angoisse. Les pirates les observaient d'un œil attentif, et le second s'approcha même d'eux.

- Qu'est-ce que vous complotez ?

Connor sourit. Une ombre passait de nouveau sous le navire.

- Ta mort.

Le second n'eut pas le temps de comprendre qu'un immense serpent jaillissait de l'eau entre les deux navires. Il poussa un terrible rugissement de colère. Beuglant de peur et de rage, les pirates s'empressèrent de s'armer de harpons et de lances. Sur les deux navires, ils tentaient de tuer la bête en poussant des cris de guerre, mais le serpent était trop vif, esquivant souplement les lances et les harpons qui fendaient l'air avant de répliquer. Les cris d'agonie montèrent dans les airs, et les cadavres retombèrent sur le pont.

- Vite ! cria Aela. Levez l'ancre, et libérez-vous !

Tandis que les marins s'activaient, Connor, Aela, Kelly et

Breris récupérèrent des armes et s'en servirent pour trancher leurs liens avant de commencer à nettoyer le pont de la vermine à coups d'épée. Se battant avec acharnement, ils protégeaient les matelots qui grimpaient dans les cordages pour border les voiles tandis qu'Alvin prenait la barre. Se frayant un chemin ensanglanté, Connor banda tous ses muscles et parvint à remonter l'encre, Aela couvrant ses arrières.

Sur l'autre navire, Mäbrog et Azamir criaient de rage en voyant leurs prisonniers se faire la malle, mais le serpent les couvrait, happant tous les pirates qui tentaient de rejoindre le navire de ses amis, et tuant ceux qui les attaquaient.

Quelque chose percuta la coque, et s'ensuivit une formidable poussée qui les écarta du bateau de Mäbrog. Alvin vira de bord tandis que cette force inconnue aidait le navire à prendre de la vitesse.

Le bébé serpent, songea Connor en souriant.

Les quatre guerriers s'empressèrent d'éliminer les pirates restants, et le serpent leur fournissait une aide considérable. Sans lui, nul doute qu'ils n'auraient pas réussi à vaincre tout l'équipage. Et malgré son bras blessé, Kelly n'en était pas moins dangereuse.

Les pirates de Mäbrog continuaient d'attaquer la bête, se lançant à la poursuite du navire qui prenait la suite, les arrosant de volées de flèches. Mais le serpent veillait au grain. Voyant que ses amis ne couraient plus de danger, il attaqua sans relâche l'équipage de Mäbrog, s'enroulant autour du navire pour le briser.

Quand il n'eut plus aucun pirate en vie sur son bâtiment, Connor banda de nouveau son arc.

- Azamir ! appela-t-il.

Se tournant vers lui, le pirate écarquilla les yeux.

- Je tiens toujours mes promesses.

La flèche fusa pour transpercer la gorge du pirate qui bascula par-dessus bord en poussant un gargouillis immonde.

Le navire prenait de l'avance, le serpent ralentissant considérablement celui de Mäbrog. En revanche, les pirates étaient bien plus armés que l'avaient été les simples matelots. Le serpent fut grièvement blessé et du sang vert commença à couler sur ses écailles.

- Fuis ! s'écria Connor, espérant que sa voix porterait au loin. Fuis mon ami, sauve-toi ! Nous allons nous en sortir.

Le serpent plongea un regard intense dans le sien avant de hocher sa large tête. Après avoir happé un dernier pirate, rejetant la tête en arrière pour l'avaler, il sombra dans l'océan en poussant un cri.

Je suis avec toi, Ami-Des-Serpents. L'Homme de l'océan vient pour toi.

- Connor ! tonna Helgi. Tu es fou, maintenant qu'il est parti, comment semer les pirates ?!

Le jeune homme n'eut pas le temps de s'expliquer qu'un des matelots se mit à beugler :

- Maelstrom !

Le jeune homme se tourna et blêmit en découvrant l'immense tourbillon qui leur faisait face, aspirant l'eau dans un trou profond, dont nul ne pouvait sortir. Le spectacle était saisissant et terrifiant.

- Virez de bord ! s'écria Alvin, livide.

- Non !

Connor songea qu'il était complètement fou, mais il s'en fichait. Poussant Alvin, il prit la barre et fonça droit dans le maelstrom, les phalanges blanchies à force de serrer la barre. Le navire de Mäbrog était derrière eux, bien plus rapide, et franchir le maelstrom était le seul moyen de leur échapper.

Il ne craignait rien. Le serpent lui avait dit que l'homme de l'océan venait l'aider, et il savait que ce tourbillon était là pour le sauver. Enfin, il l'espérait...

- Espèce de fou, tu vas nous faire tuer ! rugit Alvin en essayant de reprendre la barre.

Connor le repoussa sans ménagement.

- Fais-moi confiance !

Blême, Alvin se tourna vers l'avant, contemplant ce terrible tourbillon qui commençait déjà à les aspirer. Derrière, les pirates n'hésitèrent pas et leur emboîtèrent le pas.

Le navire piqua alors du nez et un frisson parcourut le corps de Connor quand il découvrit la profondeur du tourbillon, et ce qui ne manquerait pas d'arriver s'il s'était trompé.

Je t'en prie, sois avec moi...

Agrippé à la barre, il contempla le navire se faire engloutir par le maelstrom. Tous les matelots ne purent s'empêcher de pousser un cri en s'accrochant à ce qu'ils pouvaient.

Alors, une formidable poussée venant du fond de l'océan les

propulsa vers l'avant. Ils remontèrent de l'autre côté avant de jaillir du maelstrom dans un immense fracas et de retomber lourdement dans l'eau. Les matelots restèrent sidérés. Tout s'était déroulé si vite qu'ils ne comprenaient plus rien.

Derrière eux, le navire-pirate n'eut pas cette chance. Le maelstrom, trop puissant pour eux, les aspira vers les ténèbres. Le navire se brisa dans de terribles craquements, tournant follement vers le fond. Les pirates hurlèrent de peur en essayant de sauver leur vie, mais tous furent engloutis corps et âme dans les eaux déchaînées pour disparaître à jamais. Mäbrog poussa un hurlement de guerre, avant que son bateau ne sombre dans les abysses, réduit à de simples planches, emportant avec lui son capitaine.

Et le maelstrom disparut à son tour.

Sidérés, tous contemplèrent l'eau calme qui s'étendait autour d'eux. Connor n'en revenait pas. C'était impossible. Quelqu'un lui agrippa alors le bras. Aela, tremblante de peur, le contemplait avec un regard assassin.

- Refais-moi une frousse de ce genre, et je te balance par-dessus bord sans aucun état d'âme !

Connor ne put s'en empêcher : il éclata de rire, tellement heureux de s'en être sorti vivant et la serra dans ses bras !

- Il n'y a rien de drôle !
- Comment as-tu su ?

Tous se tournèrent vers Kelly qui ne semblait pas effrayée le moins du monde.

- Eh bien... (Connor se passa une main dans les cheveux.) Le serpent m'a dit que l'Homme-des-océans venait nous aider. Comment dire... cet homme, c'est...

- C'est moi, coupa une voix sans âge.

Le cœur de Connor rata un battement. Il fut partagé entre l'envie d'accueillir à bras ouverts le nouveau venu, et de pleurer parce que sa ressemblance avec Sanya lui rappelait trop à quel point elle lui manquait.

- Kalwen...

Sa voix se brisa. Le voir, si beau avec ses cheveux argentés et ses yeux d'un bleu profond, lui rappelait la propre beauté de Sanya. On ne pouvait nier qu'il soit son jumeau. Ils se ressemblaient trop. Mêmes traits du visage, même expression, même voix douce où résonnait une sagesse sans âge.

Les matelots, qui comme tous bons marins vénéraient le dieu des océans, tombèrent à genoux devant lui. Kalwen les fit relever d'un signe de la main, sans pour autant lâcher Connor du regard.

Sans un bruit et en une fraction de seconde, il fut devant lui. On aurait dit qu'il venait de franchir le voile du temps.

- Tu la retrouveras.
- Sauvez-la, je vous en supplie, gémit Connor.
- Je ne peux pas. Baldr m'en empêcherait, et quand bien même j'y parviendrais, les représailles seraient terribles. Je ne peux pas intervenir dans les affaires des dieux sans vous faire tous courir de gros risques. Je désire plus que tout l'aider, mais voudrais-tu voir ton village réduit en cendre et ses habitants massacrés ?
- Non...
- Il te faut la secourir par tes propres moyens. Elle m'a demandé de veiller sur toi, et c'est ce que je ferais.
- Comment... comment va-t-elle ?
- Elle tient le coup.
- Est-ce que...
- Tu n'as pas besoin de savoir. Remplis ta mission, c'est tout ce qui compte. Sauve ma sœur. Aide-la à rétablir la paix entre les dieux. Tu es son champion, Connor, elle compte sur toi.

Des cris surpris retentirent à la mention de « sœur ». Connor n'y prêta aucune attention.

- Son champion ?
- Un dieu a souvent besoin d'un humain pour accomplir une mission sur terre. Sanya le sait. Quand elle fut bannie, elle savait que même humaine, elle aurait besoin d'un champion. Toi. Elle savait qui tu étais, bien avant de te rencontrer. Tu as toujours cru que votre rencontre n'était qu'un hasard. Il n'en est rien. Sanya ne devait pas aller à Jahama elle-même, pourtant elle l'a fait. Pour toi. Elle est passée par Ebènel, a bravé le Ddraig pour te rencontrer. Tu n'en as pas encore conscience, mais tu es au centre des événements, Connor.
- Mais, est-ce que...
- Son amour pour toi n'a rien à voir avec ton rôle envers elle, si c'est ce qui te trouble. Tu es son champion, ton destin est de l'aider dans son entreprise, mais elle ne t'aime pas pour ça. Elle t'aime parce que tu as fait chavirer son cœur alors que personne n'avait réussi avant toi ; elle t'aime parce que tu lui fais oublier ses soucis,

parce qu'avec toi, elle aime de nouveau la vie et elle retrouve l'espoir.

Connor avait les joues ruisselantes de larmes.

- Je t'ai sauvé Connor, pour te remercier de la joie que tu lui apportes. Et parce que tu dois sauver ma sœur, et ensemble, accomplir votre destinée. Vous êtes plus étroitement liés qu'il n'y paraît, Connor. Vos cœurs sont peut-être unis, mais vos âmes l'étaient bien avant que vous vous rencontriez. Vous avez besoin l'un de l'autre. Je t'aiderai à gagner Aurlandia, mais le reste, c'est à toi de le faire. Il m'est interdit de faire quoi que ce soit, si j'intervenais, qui sait ce que Baldr pourrait déclencher en représailles...

Connor hocha la tête en essuyant ses larmes.

- Je le ferais.
- Je le sais. Je dois vous laisser, mais vous êtes entre de bonnes mains.

Les deux têtes des serpents jaillirent de l'eau, contemplant le jeune homme avec un étrange sourire animal.

- Vous arriverez plus tôt que prévu à Castel-noir, c'est promis. Quant au reste, à vous de jouer. Prends garde à toi, Maître des Ombres, car Baldr et Abel ont tous deux juré votre perte. Ils ne le feront pas eux-mêmes, les dieux n'interviennent pratiquement jamais sur terre, ça leur coûte trop d'énergie, c'est trop dangereux, mais ils vont envoyer leurs pions sur toi et ta confrérie. Car ils n'auront de cesse que vous soyez tous anéantis. Pas encore, car ils pensent que vous pouvez encore les servir, mais cela ne saurait tarder.

- Pourquoi ?
- Je te prie de me croire que j'en ai aucune idée. Maintenant, va, champion des vents.

Et il disparut dans un battement de cils.

*

Connor n'avait pas pipé mot depuis le départ de Kalwen, restant immobile à la proue du navire, à contempler les serpents qui fendaient l'eau devant lui. La rencontre et les propos du dieu des océans l'avaient troublé plus qu'il ne le pensait. Être le champion de Sanya, l'humain destiné à l'aider à accomplir son destin, lui faisait prendre conscience de ses responsabilités envers sa bien-aimée et le monde. Il n'avait pas le droit à l'erreur. Et ils étaient seuls face aux dieux. Personne ne pouvait leur venir en aide. Deux humains, deux mortels, face aux panthéons d'immortels décidés à les tuer. Comment venir à bout de dieux ? Était-ce vraiment possible ? Ou étaient-ils voués à subir leurs folies, à succomber à Aurlandia par leur faute ?

D'ailleurs, avaient-ils vraiment une chance de l'emporter sur Eroll ?

Une main se posa sur son épaule, tendre et réconfortante. Connor la pressa doucement.

- Tout va s'arranger, tu vas voir, souffla Kelly en passant ses bras autour de son cou.

Le jeune homme ne répondit pas tout de suite. Depuis la venue de Kalwen, tous savaient à présent qui était réellement Sanya, et il leur avait fait jurer sur leur vie de garder le silence, ce qu'ils avaient fait sans hésiter, malgré leur grande stupéfaction de découvrir une telle chose. Connor avait cependant refusé de leur raconter plus en détail l'histoire de la jeune femme, et bien qu'ils n'avaient pas protesté, la curiosité ne cessait de les ronger. Seuls Kelly, Aela et Breris avaient eu le droit d'apprendre la vérité, et ils avaient juré de garder le secret même sous la torture.

- Elle doit unir les panthéons pour arrêter ces guerres, c'est le but qu'elle s'est fixé, murmura enfin Connor, mais comment y parvenir, avec Eroll qui est peut-être sur le point de nous écraser et de la tuer ? Ce sont les dieux qui tirent les ficelles, alors comment lutter contre eux ? Nous, de simples mortels ? Et Baldr veut anéantir la confrérie, sans que je sache pourquoi. Kelly, je ne suis pas sûr qu'on puisse réussir. Je suis censé être le champion de Sanya, et j'ai été incapable de la protéger. Je ne crois pas être à la hauteur. Eroll est trop puissant, trop malin. Et je doute pouvoir vaincre les dieux.

- Toi non, mais Sanya oui. Ta mission n'est pas de vaincre les dieux Connor, ne te met pas toutes les responsabilités sur le dos. C'est la mission de Sanya. Toi, tu dois l'épauler, l'aider dans sa mission. La sauver. Tu n'es pas responsable de ce qui s'est passé, sache-le. Seul Eroll est responsable. Ce qui est fait est fait. La sauver, c'est tout ce qui compte à présent. C'est ça ta mission. L'aider quand elle est dans le besoin, et que seul un humain peut la sauver.

- Avec la guerre qui menace de nous engloutir, j'ai peur de ne pas pouvoir l'épauler.

- Les guerres sont toujours cruelles et désastreuses. Oui, il va arriver des choses terribles. Oui Eroll est puissant, et il nous cause bien des ennuis. Oui, il va peut-être gagner, et oui la confrérie est menacée. Mais s'il y a bien une chose que j'ai apprise, c'est que la vie reprend toujours son cours. Si dures et horribles soient les guerres, elles prennent fin un jour ou l'autre. Un empire, si terrible et fort soit-il, finit toujours pas s'écrouler. Il en va ainsi depuis des milliers d'années. Peu importe ce qui arrivera, les choses renaîtront un jour. La vie reprendra ses droits. Et ce jour-là, toi et Sanya pourrez accomplir de votre mission.

- Si nous ne sommes pas morts avant.

- Quel pessimiste ! Je ne t'ai pas formé comme ça, Connor. Toi, tu as de la chance, tu es libre, tes amis sont auprès de toi, et tu réussiras à retrouver ta bien-aimée. Moi je n'avais rien de tout ça, je croyais que la misère m'emporterait. Moi aussi, un jour, j'ai cru que rien de bon ne m'arriverait. Que tout allait mal se finir. Que j'avais toutes les raisons de sombrer dans le désespoir. La vie n'avait plus rien à m'apporter, j'étais bien plus pessimiste que tu ne l'es aujourd'hui. Je pensais même mettre fin à mes jours, pour que l'horreur cesse. J'avais toutes les raisons de le faire. Et pourtant, je suis sortie de là. Et regarde où j'en suis. Je suis entrée dans la plus grande confrérie, j'ai rencontré un homme qui me comble de joie, et je porte son enfant.

Connor tourna la tête pour la contempler dans les yeux.

- Que t'est-il arrivé ?

- Je ne suis pas née à Eredhel. Je viens d'Aurlandia.

Le jeune homme resta stupéfait.

- Mes parents étaient pêcheurs, nous vivions du commerce. Ma mère est morte à ma naissance, je vivais donc avec mon père, et nous étions trop reculés du monde, pour être vraiment asservis par la religion, mais j'adhérais aux croyances que l'on nous enseignait. Un jour, mon père et moi sommes partis en mer. Nous avons été attaqués par des pirates. Mon père fut tué, et je fus faite prisonnière.

- Mäbrog ?

- Lui-même. Je lui ai fait un sacré effet, et j'ai passé les deux pires semaines de ma vie dans sa cabine. Quand on a débarqué sur l'île des pirates, il m'a emmené à sa taverne. Il m'a faite serveuse. Mais là-bas, les serveuses ne servent pas que de la bière... Je devais courber l'échine et répondre à de nombreux services. Je n'ai pas peur des mots... on a fait de moi une prostituée. Chaque soir, je devais servir des ivrognes qui me tripotaient, jusqu'à ce que l'un d'eux me monte dans sa chambre. On me droguait, on me soûlait. J'ai eu le droit à tous les types : brute, pervers, sadique, parfois les trois. On me battait, on me violait, on m'a même forcé à tuer. Une assassine, une catin, une voleuse, une esclave... Voilà ce que j'étais.

» Ce fut ma vie pendant plusieurs années. Et moi, je croyais bêtement que ce qu'il m'arrivait était mérité. Que c'était le prix à payer pour avoir manqué à mes devoirs religieux, et le prix pour espérer obtenir le salut un jour. Et tu finis par réaliser que les dieux n'en ont rien à faire de toi, que la religion ne fait jamais rien pour toi. Aucun prêtre n'est venu me secourir, ni même personne. Les dieux ne se sont jamais apitoyés sur moi, ils ne m'ont jamais tendu la main, alors pourquoi les vénérer ? Pourquoi adorer des prêtres qui me disaient que ma situation n'était pas si terrible et que je n'avais pas à me plaindre ? Alors je peux te dire qu'après avoir compris ça, les foutues croyances des prêtres, tu les jettes et tu les piétines de bon cœur. J'étais au bord du gouffre. Comme toi, j'ai pensé que tout était perdu, que je n'étais pas à la hauteur pour fuir, qu'il n'y aurait jamais de lumière dans les ténèbres qui étaient devenues ma maison.

» Et puis un homme est arrivé. (Kelly sourit.) Beau, mystérieux, musclé. L'homme idéal. Je suis tombée sous le charme. Je n'espérais pas qu'il me sortirait d'ici, cela faisait longtemps que je ne me berçais plus d'illusions d'adolescente rêveuse, et pourtant c'est ce qu'il a fait. Il est venu plusieurs fois à la taverne, m'observant avec attention, me posant d'étranges questions. Un jour, alors que je m'approchais de lui pour le servir, il m'a dardé son couteau. Je l'ai évité, avant même de comprendre ce qui se passait. J'étais sur le point d'exploser de rage, quand il a souri. « Viens avec moi, tu n'as rien à faire ici. Une nouvelle vie t'attend, et la misère sera à jamais derrière toi. » Il n'avait pas menti. Je l'ai suivi, un peu sceptique, mais heureuse de partir, et je ne l'ai jamais regretté. (Elle soupira.) Tout ça pour te dire qu'aussi sombre qu'est ta situation, il ne faut jamais baisser les bras. Si tu t'en donnes les moyens, si tu es fort et que tu vis tes rêves, un jour, tu triompheras. La guerre te semble perdue d'avance, vaincre les dieux semble impossible. Je comprends tes peurs. Mais laisse le temps faire ce qu'il a à faire. Un jour, la solution te viendra, si tu fais ce qu'il faut pour. Tu sauras quoi faire. Et ce jour-là, toi et Sanya accomplirez votre destinée.

18

Sanya ne comprit pas tout de suite ce que signifiait la chaîne et le collier autour du poignet de Thorlef.

- Viens ma beauté, on va faire une balade en amoureux.

Malgré qu'elle l'ait castré, Thorlef ne s'énervait pas contre la jeune femme. Mais il était bien plus mesquin et cruel, lui faisant subir des humiliations et des tortures inimaginables. Sanya payait le prix fort.

- Ah non ma belle. Je tiens à ce que tous puissent voir les beautés de ma compagne.

La reine ne comprit pas. Le général consentit à l'aider.

- Laisse donc tes habits ici.

Sanya n'eut pas le courage de gémir. Elle ne devait pas. Elle était lasse de tout, comme si plus rien ne pouvait l'atteindre.

Thorlef s'approcha et lui passa le collier autour du cou. Il déposa un baiser glacial dans son cou.

- Allez, viens.

Et il tira sur sa chaîne comme il l'aurait fait avec un chien. Sanya suivit en titubant, essayant de se couvrir la poitrine avec ses bras, tremblantes de tous ses membres. Forte, se répéta-t-elle. Il fallait être forte. Elle était une déesse, et rien ne la dompterait ! Pour Connor. Il allait venir.

Cette pensée lui redonna un peu d'espoir, et elle parvint à garder la tête haute malgré les gardes qui ricanaient sur son passage, tendant le bras pour la toucher. Qu'ils salivent donc en la voyant nue ! Un jour, ils maudiront le jour où ils ont posé les yeux sur son corps.

Thorlef l'entraîna hors des cachots et Sanya revit enfin le ciel et le soleil après tant de jours passaient sous terre. Elle se réjouit d'être enfin au grand air, c'était une petite compensation pour l'épreuve qui l'attendait.

- Viens ma belle, on va se balader en ville.

La jeune femme se mit à trembler, et des larmes coulèrent sur ses joues. Une déesse, elle était une déesse !

Ne pouvant retenir quelques sanglots, elle suivit Thorlef dans la ville de Castel-noir, grouillante de vie. Sanya aurait tout donné pour disparaître, être invisible, mais hélas, tous la voyaient telle qu'elle était : une esclave.

Les femmes détournèrent les yeux, gênées, tandis que certains hommes la contemplaient avec une étincelle d'envie dans le regard. Voyant que Thorlef ne faisait rien, les plus hardis avancèrent la main pour la toucher. Sanya les frappa si fort que le poignet d'un des types se brisa. L'homme poussa un hurlement en s'écartant, tandis que les autres faisaient un bond en arrière.

Thorlef s'approcha alors de sa prisonnière, et sans émotion particulière, la battit devant tous jusqu'à ce qu'elle finisse par crier grâce. Alors il l'a remis debout. Le corps trop endolori, Sanya ne réagit plus quand des dizaines de mains se mirent à la toucher. Elle sentait que sa raison la quittait, retournant se cacher dans un endroit inaccessible.

Elle n'arriva pas à pleurer. Sa raison s'était détachée d'elle, et comme souvent, elle n'avait plus conscience de qui elle était. Elle en oubliait son nom, son identité. Elle n'était qu'une esclave, un objet.

Connor.

Ce nom refusa de s'effacer de sa mémoire. Chaque fois qu'elle sombrait dans la folie, ce nom venait à elle, profondément attaché en elle. Un visage se dessinait, un sourire réconfortant, des yeux doux. Sanya s'accrochait à ce nom et à cet homme comme à une bouée de sauvetage, et lentement, elle retrouvait toujours la raison.

Sanya hoqueta. Elle battit des paupières, regardant autour d'elle. Elle traînait toujours des pieds dans la rue, attirant des dizaines d'hommes. Combien de temps était-elle restée absente ?

Aucune importance. Il fallait oublier ce qui l'entourait. Sa raison était revenue, et elle ne la laisserait pas repartir à cause de quelques mortels sans importance. Elle était une déesse, pas une esclave !

Sanya retrouva son aplomb, elle redressa la tête pour toiser ces misérables mortels.

La « ballade » lui sembla alors plus surmontable. Temps que Connor serait vivant, sa vie aurait un sens. Et il allait venir.

Son champion allait la sauver et elle l'attendrait.

Ça n'en finissait pas. Après sa promenade avec Thorlef, Hilmar avait pris le relais, l'entraînant dans sa salle de torture, où il s'y était donné à cœur joie. Sanya avait laissé faire, elle n'avait pas cherché à protester, à se défendre.

Elle s'était imaginé revenir, sous sa forme divine, et déchaîner les vents sur cette misérable ville. Puis elle aurait pris Thorlef, Hilmar et Eroll et les aurait torturés. Physiquement et moralement, elle les aurait achevés.

Cette haine avait réveillé en elle son côté sombre, violent, destructeur, elle était la déesse des tempêtes, une femme qui n'hésiterait pas à...

La reine s'écroula par terre, les os brisés, couverte de sang. Son sang. Elle peinait à respirer, et chaque souffle était une torture à eux tout seul. Hilmar l'avait ramené à la réalité bien trop tôt, et elle n'arrivait plus à se cacher dans son jardin secret. La douleur et le désespoir la rattrapaient, et s'alliant à la haine, ils essayaient de la noyer.

Eroll s'approcha alors de Sanya et la tira par les cheveux. Plantant un regard froid dans le sien, il grinça :

- Qu'as-tu fait de mon fils ?
- Rien... Je n'ai rien fait ! (Un nouveau coup de fouet hérissé de clou la fit hurler de douleur.) Mais ouvre les yeux ! hurla-t-elle. Baldr a tout manigancé, pas moi ! Qu'aurais-je fait de ton fils, à quoi me servirait-il, pauvre mortel qu'il est ?!
- La vengeance, tout simplement. La cruauté.
- Je n'en ai rien à faire de ton fils ! Tout ce que je veux, c'est tué ce chien d'Abel !
- Pou ensuite tué Baldr.
- Oui. Je veux les tuer tous les deux. L'union des panthéons assurera la paix.
- Et tu seras la reine du monde.

- Tu as peur, parce que si je réussis, tu n'auras plus aucun pouvoir sur ton peuple. Tu te fiches de la religion, tout ce qui compte, c'est avoir le monde sous ta coupe !

Eroll la frappa rudement.

- Silence, femme ! Je ne te demande pas de baragouiner, mais de répondre à mes questions !

- Et c'est ce que je fais.

Sanya avait à présent un sourire carnassier aux lèvres. Oui, elle était une déesse, aussi dangereuse qu'une tempête ! Elle n'avait pas à avoir peur ! Elle était l'une des immortelles les plus destructrices, et aucun mortel ne pouvait rivaliser avec elle !

- Je n'ai rien fait à ton fils ; Baldr est le seul responsable. Adresse-toi à lui !

- Vous les dieux, vous êtes tous aussi stupides les uns que les autres.

- Mais tu as besoin d'eux. Sans eux, personne ne t'obéirait, et tu le sais. Tu te caches derrière la religion pour gouverner, et sans elle, tu ne peux rien faire. Moi, je n'ai pas besoin de ça pour régner ! Mon peuple m'est loyal, parce que je le traite avec respect ! Jamais il ne me trahira, et je n'ai nul besoin de religion pour avoir cette loyauté ! Rends-toi à l'évidence, sans nous tu ne serais rien, Eroll, juste un misérable ! Tu ne vaux rien ! Tu es un incapable !

- Assez !

Les questions s'arrêtèrent et les tortures recommencèrent.

Bien plus tard, quand Sanya fut jetée dans sa cellule et que Hilmar l'eut rapidement soignée, la jeune femme sut qu'elle avait marqué un point. En plus d'avoir réussi à mettre Eroll en fureur, elle avait réussi à lutter contre la folie. Cela faisait bien longtemps que son tempérament impulsif et violent ne s'était pas manifesté. En fait, la dernière fois remontait à l'époque où elle servait Abel, où elle méprisait presque les humains et les considérait comme des moins que rien.

Quelqu'un ouvrit la porte de la cellule. Sanya voulut lever la tête, mais une main douce l'en empêcha.

- Chut, ne bougez pas.

Elle entendit le bruit d'un morceau de tissu qu'on éponge au-dessus d'une bassine d'eau, et un linge humide frotta doucement sa peau pour la débarrasser du sang.

Immobile, les yeux clos, Sanya se laissa faire, touchée par la tendresse de l'impératrice. La femme de l'empereur avait le don de lui redonner courage par sa simple présence.

- Restez tranquille, je vais vous aider à vous asseoir.

Corra la fit rouler sur le dos, avant de l'aider à se lever. Sanya grimaça en s'adossant au mur. L'impératrice termina de la laver avant de lui étaler des onguents sur les plaies. Puis elle souleva un plateau, le posant sur les genoux de la jeune femme.

- Je vous ai porté à manger, vous devez mourir de faim.
- Je ne sais pas comment vous remercier.

Corra se pinça les lèvres.

- Un jour, je suis sûre que vous pourrez m'aider.
- En quoi faisant ?
- En tuant mon mari.

L'impératrice plongea un regard suppliant dans celui de Sanya.

- S'il vous plaît. La guerre est inévitable. Tuez mon mari qu'en l'occasion se présentera.
- Je pourrais peut-être éviter la guerre. En retrouvant votre fils.
- Non... non il ne faut pas.
- Cela nous éviterait la guerre.
- Je sais, ça serait bien. Mais mon mari doit mourir.

Corra semblait si désespérée que Sanya ne put s'empêcher de poser une main sur son épaule.

- Je le tuerai, quoi qu'il arrive. Il ne mérite pas d'être sur le trône, il ne mérite pas de vivre. Soyez sans crainte, votre mari disparaîtra. Mais j'ai encore besoin de lui, sa mort ne m'aiderait pas du tout. Corra, vous savez quelque chose sur votre fils. Si je prouve à Eroll que je n'ai rien à voir dans sa disparition, cela me laissera le temps d'agir. Vous savez qui je suis ? (Corra hocha la tête.) Je dois unir les panthéons, pour que les guerres de religion cessent à jamais. Mais je ne peux pas me consacrer à cette tâche avec votre mari qui ne cesse d'attaquer mon royaume.

- Tuez-le dans ce cas.
- Pas encore, cela ne servira à rien. Baldr s'arrangera pour maintenir l'ordre en choisissant un autre « élu », afin de continuer la guerre, cela reviendrait donc au même. Je dois donc attendre d'avoir la main sur lui avant de supprimer votre mari. Ainsi, je n'aurais rien à craindre d'Aurlandia. J'ai besoin que vous me disiez ce que vous savez sur votre fils. Je sais que vous n'êtes pas

étrangère à sa disparition.

- Non... j'ai promis... S'il vous plaît, laissez Céodred en dehors de ça.

- Corra, c'est notre seule chance.

- Non. Vous allez vous enfuir, je le sais. Je ne peux pas vous aider, mais vous y parviendrez, c'est écrit. Ensuite, vous vaincrez mon mari, et tout sera fini. Les dieux seront unis, Aurlandia sera prospère, et je serais en paix. C'est comme ça que ça doit se passer. Je ne trahirai pas mon fils.

- Je comprends. Je tuerai Eroll un jour, soyez sans crainte. Quand il ne me sera plus d'aucune utilité.

- Merci.

Sanya mangea lentement, savourant de la bonne nourriture. Voyant qu'elle tremblait, Corra sortit une couverture propre de son sac et l'enveloppa dedans.

- Je sais que vous y arriverez. Je sens des choses, Sanya... trop de choses...

- Vous voyez l'avenir ?

- Je ne sais pas... je sens juste. Je sais que certaines choses vont arriver, c'est tout. Arrêtez de parler maintenant, et reposez-vous.

Sanya hocha la tête. Même si elle mourait d'envie d'en apprendre davantage, il fallait qu'elle se montre patiente avec Corra.

Comme elle l'avait deviné, Baldr n'était peut-être pas le responsable de la disparition du fils de l'empereur.

*

Eroll se tenait avachi sur une chaise, dans son bureau, la tête enfouie dans ses mains. Il s'inquiétait terriblement pour son fils, et il s'en voulait énormément que les dernières paroles échangées avec lui ne soient que des mots venimeux. La veille de son enlèvement, Eroll, d'abord avec calme, avait tenté de faire comprendre à son fils qu'il ne pouvait pas épouser la femme qu'il convoitait. Elle n'était qu'une pauvre paysanne. La discussion s'était enflammée, et les deux hommes en étaient presque venus aux mains, aussi furieux l'un comme l'autre. Après plusieurs injures, son fils était parti en claquant la porte pour se réfugier dans un lieu connu de lui seul. Eroll ne l'avait jamais revu depuis.

Sur le coup, il ne s'était pas inquiété outre mesure, même s'il trouvait son fils étrange, ces derniers temps. Lui si malin, vicieux, et fort comme son père, devenait de plus en plus doux et lasse de la méchanceté. Eroll n'y avait pas prêté trop d'attention, son fils était jeune, ses hormones devaient sûrement le titiller. Il allait bientôt revenir s'excuser.

Il n'en fut pas.

Plusieurs jours s'étaient écoulés, sans nouvelles de Céodred. L'empereur avait lancé des recherches intensives, sans succès.

C'est alors que Baldr était arrivé, apportant des nouvelles des plus désastreuses. Sanya, déesse des vents et des tempêtes, avait été bannie de son panthéon, il n'y avait pas si longtemps que ça. Furieuse contre le monde entier, emplie d'une rage inhumaine, elle était venue ici et avait capturé Céodred. Elle seule savait à quoi il pouvait lui servir.

Eroll s'en fichait. Une chose seulement comptait à ses yeux : Sanya, reine d'Eredhel, lui avait déclaré la guerre, et il devait à tout prix lui faire payer le mal qu'elle lui avait fait. Et la religion aiderait Eroll à triompher.

Il était l'Élu des dieux, il en était convaincu, mais servir les dieux était aussi un moyen d'avoir le pouvoir sur les autres. Si tout le monde adhérait à ses croyances, le monde serait sous sa coupe. Baldr serait chef suprême des dieux, et lui des humains. Un marché qui leur allait à tous les deux.

Et il était si facile de motiver les troupes, lorsque la récompense était la vie éternelle... Son armée n'avait pas d'égal, et ses hommes n'hésitaient jamais à foncer droit au massacre, persuadés de servir une bonne cause, d'aider les dieux.

Et puis, même avec son statut d'empereur, il n'oubliait pas que Baldr pouvait tout lui reprendre, même la vie, d'un claquement de doigts. Il lui devait l'obéissance, il devait le croire, l'écouter, et lui obéir. Voilà longtemps que la leçon était solidement ancrée dans sa tête.

- Majesté ?

L'empereur fut tiré de ses pensées. Relevant à moitié la tête, il contempla son magicien, Hilmar. Il lui était d'une grande aide, même s'il songeait de plus en plus à s'en débarrasser.

- Alors ?

- Toujours rien, mon seigneur... Notre charmante invitée ne

parle pas.

- Comment est-ce possible ? Cela fait un mois qu'elle est ici, à se faire torturer comme jamais je n'ai torturé personne ! Un mois de calvaire sans nom ! N'importe qui aurait déjà cédé, aurait sombré dans la folie ! Pourquoi pas elle ?

- Mon seigneur, si je peux me permettre... même sous cette forme, Sanya n'est pas moins que la déesse des vents. Une déesse, seigneur. Je doute qu'il soit si facile que ça de briser une divinité. Regardez ce qu'elle a fait à Thorlef.

- Ce n'est qu'une déesse déchue, rien de plus qu'une simple mortelle ! tonna Eroll en frappant du poing.

- Techniquement oui. Mais son âme reste inchangée. Une âme de déesse. Mon seigneur, je ne sais comment elle fait... même quand elle a subi le pire, qu'elle est complètement habitée par la folie, sa raison revient toujours, quoiqu'il puisse se passer. Elle finit par redevenir elle-même, toujours. Et Thorlef m'a dit qu'elle était capable de se déconnecter totalement de ce qui l'entoure. Une sorte de protection. Dans ces moments, plus rien ne l'atteint. Quelque chose la tire toujours vers la vie. Quelque chose la protège.

- La magie ?

- Non seigneur, c'est tout le problème. Cela n'a rien à voir avec la magie. Je ne sais pas à quoi elle pense, mais c'est quelque chose de fort, très fort. Quelque chose qui la maintient en vie. Peut-être n'est ce que son âme de déesse...

- Trouvez ce qui la protège ! Trouvez-le, et arrachez-lui !

- Oui, Majesté...

- Maintenant, sortez. Je ne veux voir personne. Personne !

Hilmar s'empressa de quitter la pièce, peu désireux de s'attirer les foudres de son empereur.

19

Sanya courait. Connor. Il était là, devant elle, immobile, son capuchon masquant son visage. Il tenait ses deux dagues en main.

- Cours, ne t'arrête pas ! hurla-t-il.

La jeune femme jeta un coup d'œil derrière elle. Eroll, Hilmar et Thorlef étaient à sa poursuite, courant vite sans paraître essoufflés. Ils gagnaient du terrain, ils allaient lui tomber dessus ! La torturer, la tuer alors qu'elle retrouvait tout juste Connor.

- Aide-moi !

Elle avait l'impression de courir au ralenti, que chaque pas nécessitait une énergie considérable, comme si ses jambes étaient faites de plombs.

- Cours ! Tu y es !

Pourquoi ne bougeait-il pas ? Sanya tituba, et tomba par terre, le souffle coupé. Elle entendit les ricanements of Thorlef lorsqu'il l'empoigna fermement, la retournant sur le dos.

- Tu es à moi !

Alors qu'il la déshabillait, Hilmar se jeta sur Connor. Sans que Sanya ne comprenne comment, son amant se retrouva par terre, se faisant rouer de coups sous ses yeux. Il poussa des cris inhumains, des os craquèrent, le sang coula. Hilmar utilisait des armes les plus horribles les unes que les autres !

- Sanya ! hurla-t-il. Sanya, aide-moi !

- Connor ! Je ne peux pas, je ne peux pas ! Pardonne-moi mon amour, je ne suis pas assez forte !

- Si ! Tu peux ! Ton corps ne peut rien faire, mais ton esprit peut. Pense fort à quelque chose !

Où voulait-il en venir ?

- Fais abstraction de ça ! reprit-il entre deux cris. Ce n'est que de mauvais rêves, rien de plus Sanya ! Reprends-toi, prends le dessus sur ces rêves ! Pense fort à ce que tu voudrais qu'il se passe, penses-y de toute ton âme, et imagine la scène dans ton esprit, comme si tu la voyais, comme si tu la vivais ! Tu le fais toujours, alors refais-le ! Pour nous sauver, ma chérie...

Sa voix mourut sous ses cris.

Anéantie, Sanya ferma les yeux. Elle oublia tout ce qui l'entourait, et se réfugia dans un recoin le plus secret de son âme. Alors elle imagina quelque chose, et y pensa de toutes ses forces. Sa vie semblait être dans ce rêve !

Connor cessa de crier. Craignant qu'il ne soit mort, Sanya ouvrit les yeux. Le jeune homme venait d'engager le combat avec Hilmar, le frappant férocement de ses dagues jusqu'à ce qu'il s'écroule. Puis il se tourna vers Thorlef. Sanya vit de la crainte dans ses yeux. Beaucoup de crainte. Il se leva laborieusement, chercha son épée, mais Connor était déjà sur lui.

Ses dagues fusèrent, trop rapide pour être vus, et le général se courba en deux, le souffle coupé. Sa chemise se macula de sang et il s'écroula par terre. Eroll subit le même sort.

Haletante, terrifiée et fascinée par ce qui venait de se produire, Sanya eut du mal à reprendre ses esprits. Les deux mains de son amant la saisir délicatement pour la relever, et sans même s'en rendre compte, elle se retrouva blottie dans ses bras, si frêle comparée à lui. L'une de ses mains caressait tendrement ses cheveux, tandis que l'autre lui frottait le dos.

- Connor... tu es là...

- Toujours, Sanya. J'ai toujours été auprès de toi, pour t'aider à lutter, même si je ne suis qu'un rêve.

- Que m'arrive-t-il ? Connor, que se passe-t-il ?

- Chut... Calme-toi, repose-toi, je t'expliquerai après.

La jeune femme le serra très fort contre elle.

- Oh comme je t'aime Connor ! J'ai l'impression de ne pas te l'avoir assez dit...

Connor sourit en l'embrassant.

- Si, ne t'en fais pas. Je t'aime mon amour.

Ils s'embrassèrent langoureusement, ne songeant à rien d'autre qu'à s'aimer. Connor était là, tout contre elle, ils étaient enfin réunis. Sanya n'en revenait pas. Cela semblait si vrai...

Des larmes perlèrent à ses paupières.

- Mais c'est vrai, souffla Connor à son oreille.
- Non... rien n'est vrai.
- Je suis avec toi, dans ton cœur, et mon amour pour toi n'a rien d'imaginaire. Physiquement, oui, nous ne sommes pas là, mais nos esprits sont liés. En un sens, tout ceci est vrai.
- Mais tu repartiras.
- Comme toujours, ma chérie. Mais je reviendrais, dès que tu auras besoin de moi.
- J'ai l'impression d'être folle...
- Tu ne l'es pas. Je te protège.
- Comment ? Ce calvaire ne cessera jamais... Je vais céder, je le sais. Je me meurs.
- Non Sanya. Aussi terrible que soit ta situation, elle prendra fin. Tu as l'impression d'être folle, de vivre dans un monde d'horreurs et de ténèbres, où tout s'emmêle et se brouille, où ta raison n'est plus là, mais c'est faux. Tu vas revenir à toi.
- Connor, qu'est-ce qui se passe ?
- Hilmar. Hilmar te torture.
- Mais...
- Tu n'es que ta propre raison. Tu t'es réfugiée dans un coin très reculé de ton esprit, pour te protéger. Ici, ton jardin secret. La folie s'est emparée de ton corps, dans le vrai monde, tu n'es rien, une sorte de morte vivante qui hurle de douleur et de démence. Parce que ta conscience, ta raison est là, bien à l'abri.
- Je... je ne dors pas ?
- Non, pas vraiment. Tu es réveillée, tu vis, mais tu ne t'en rends pas compte. Hilmar t'envoie des visions, pour te briser de l'intérieur, mais tu l'as repoussé.
- Non, toi.
- Je n'ai fait qu'obéir à tes pensées.
- Alors... tu es juste une... création, de mon imagination ? Je t'ai imaginé dans cet endroit pour me protéger ?
- Oui. Mais tu dois retrouver le chemin de retour. Revenir à toi, quand tout sera fini. Tu ne dois pas rester ici, où tu seras perdu à tout jamais. Comment crois-tu que les fous soient devenus ce qu'ils sont ? Leur raison s'est cachée aux tréfonds de leur âme, comme

toi, mais n'en est jamais revenue.

- Pourquoi retournerais-je dans un monde où il n'y a que douleur ?

- Pour moi. Pour que l'on soit vraiment unis. En vie, tous les deux.

- Je ne sais comment faire...

- Je te guiderais, comme je le fais toujours. Tu retourneras parmi les vivants, tu reprendras contrôle de ton corps, ma chérie, malgré les horreurs qui t'attendent, pour que je puisse te retrouver corps et âmes quand je viendrais.

- Tu es en route ?

- Je ne suis plus loin. Courage. Je viens pour toi. Maintenant, va.

- Attends... Reste encore un peu avec moi. Laisse-moi t'aimer.

Sans un mot, ils se dévêtir, les yeux dans les yeux, avant de tomber par terre, où ils firent tendrement l'amour. Une sensation qui n'avait rien à voir avec ce à quoi Sanya s'attendait. Connor n'était qu'un rêve, et elle n'était que sa propre raison. Leurs corps n'étaient pas réellement enlacés, ils n'étaient pas vraiment ensemble.

Mais une profonde sensation de paix et de force se dégagea de cette union. Elle était prête à revenir à elle, à affronter la vie.

- Mène-moi à la vie, souffla-t-elle à son oreille.

*

Sanya battit des paupières. Une douleur lui martela le front. Elle ferma les yeux en grimaçant. La douleur lui apporta la preuve qu'elle était vivante, de retour à la vie. Sa raison était revenue, la folie l'avait quitté.

Lentement, la jeune femme se massa les tempes. Ses souvenirs se brouillaient déjà, elle ne se rappelait plus ce qui lui était arrivé. Juste que Connor était là, aux tréfonds de son esprit, et qu'il l'avait guidé jusqu'à la vie.

Les idées embrouillées, elle comprit cependant que sa raison s'était isolée, loin de tout pour se protéger. La folie l'avait prise, mais Connor l'avait aidée à la chasser.

Voilà comment elle revenait à elle. Comment elle tenait le coup depuis toutes ces semaines.

Grâce à Connor et son esprit, plus fort que quiconque.

Son estomac se retourna et elle vomit sur le côté. Elle ne sut si c'était les tortures qu'avait subies son corps, ou les étranges événements dans son esprit.

Quand elle n'eut plus rien à rendre, et que ses souvenirs furent complètement dissipés, elle se sentit mieux. S'adossant au mur de sa cellule, elle respira profondément en grimaçant.

Connor. Il arrivait. De ça, elle en était certaine, même si elle ne savait plus pourquoi. Elle allait être sauvée. Il fallait qu'elle tienne le coup. Encore un peu, et tout serait fini.

Quelque chose capta alors son attention. Une présence. Elle tourna brusquement la tête, ce qui lui arracha un cri de douleur.

Un homme se tenait debout dans sa cellule, accoudé au mur, son regard brillant d'amusement. Il avait des cheveux bruns et portait un ensemble de cuir, le faisant ressembler à un grand guerrier. Ce qu'il devait être. La couleur de ses yeux était indéfinissable.

- Bon retour parmi les vivants ? souffla-t-il d'une voix sans âge.

Sanya ne sut comment réagir.

- Fascinante, la façon dont tu luttes. Même moi, je ne peux m'insinuer en toi, et percer tes ultimes défenses. Je comprends pourquoi Abel t'estimait tant. Tu es une déesse hors du commun. Je n'ai jamais vu une telle force d'esprit, chez personne. Mes respects.

- Que viens-tu faire là ?

- Voir où tu en étais. Un sacré parcours. Trahison, terrible combat, bannissement, torture, prise d'un royaume, et j'en passe. Pour une déesse déchue, une simple humaine, tu soulèves encore de sacrés problèmes, et tu es capable de tout.

- Un compliment, je suppose ? railla Sanya.

- On peut dire ça. Je te hais pour ce que tu m'as fait, mais je t'admire. Je n'ai jamais vu de femme comme toi. Tu es incroyable. Survivre comme tu le fais, garder la tête haute malgré tous ce qui t'est arrivé. Peu en seraient capables.

- Que viens-tu faire ici ? Me narguer ? Me torturer ?

- Un peu des deux, je suppose. Tu as causé bien des dégâts et des morts chez moi. Tu es redoutée par les miens, crainte et haïe. Te voir dans un tel état sur le point de mourir me réjouit, je dois bien l'avouer.

Il s'approcha sans un bruit, et s'assit à côté de Sanya, prenant sa main dans la sienne. La jeune femme serra les dents. Même si elle était dans un état épouvantable, sûrement horrible à voir, elle ne se sentait pas soumise, inférieure à cet homme. Elle était son égale.

- Pourtant, reprit le dieu, te voir ainsi me chagrine un peu. Aussi destructrice sois-tu, tu étais tout de même la plus belle déesse que j'ai jamais vue. Tu ne peux pas t'imaginer le nombre de fois où je rêvais que tu étais mienne. Tu me fascinais, tu me faisais envie.

- Étrange. Ton frère pense, et rêve de la même chose.

- Pour une fois, je ne peux qu'être d'accord avec lui. Il devait être fou de ne pas pouvoir t'avoir pour femme.

- Sûrement.

Baldr embrassa ses doigts.

- Tu sais, j'aimerais qu'il y ait une autre solution. Savoir que tu vas mourir ne m'égaye pas, loin de moi, mais je dois le faire. Tu es un véritable problème pour moi, un obstacle, un ennemi puissant, malgré ta forme. Beaucoup de mes soucis mourront avec toi. Je ne peux faire autrement. Mais je ne t'oublierai jamais, sois sans crainte. Tu es bien trop magnifique pour ça.

- Tu m'en vois ravie. Achève-moi donc, qu'on en finisse.

- Pourquoi le ferais-je, quand un autre peut se salir les mains à ma place ?

– Aurais-tu peur des représailles d'Abel ?

- Il ne fera rien pour toi, et tu le sais. Tu n'es plus qu'une humaine, admets-le. Rien de plus qu'un de ces êtres insignifiants. Oh ! ne t'en fais pas, quand je te vois, j'ai beaucoup de mal à me dire que tu n'es plus une déesse, que tu n'es rien du tout. Une pauvre humaine, qui mourra dans un battement de cils, pour moi. Toi, jadis si forte et puissante, à présent si faible et impuissante. Étrange, comme sensation, tu ne crois pas ?

- Comment pourrais-tu savoir, ne cesserait-ce qu'un tout petit peu, ce que je ressens ? Rien, tu ne peux rien savoir. Épargne-moi tes éloges et tes sentiments. Si tu as quelque chose à faire, fais-le, ou sinon pars. Je n'ai rien à te dire.

- Allons, ma beauté, ne sois pas venimeuse à ce point. C'est sûrement la dernière fois que l'on se voit, alors profitons.

- Pourquoi ne pas me tuer ?

- Eroll veut des réponses.

- Et tu sais qu'il n'en aura pas, parce que le seul responsable, c'est toi.

- Un jugement un peu hâtif, tu ne crois pas ? Que sais-tu réellement de la disparition du fils de l'empereur ? Rien du tout.

- Mais toi tu sais.

- Oui. Et je ne te dirais rien, ça serait trop facile. Tant qu'Eroll croit que tu es responsable, tes précieux royaumes sont en grand danger. Ainsi que mon cher frère.

- Tu n'as toujours pas répondu à ma question, Baldr. Pourquoi ne pas me tuer de ta main ? Après tout ce que je subis, la mort ne serait pas surprenante. Une maladie m'aurait terrassé, un de mes organes vitaux aurait cédé. Les explications ne manquent pas. Mais tu ne le fais pas. Parce que tu as peur.

- Je n'ai pas peur de mon frère !

- Pas du tien. Du mien.

- Kalwen ?

Sanya vit une lueur d'inquiétude dans le regard de Baldr, qui s'éteignit aussitôt.

- Pourquoi aurais-je peur de lui ?

- Parce qu'il a un pouvoir destructeur, tout comme moi. Et qu'il n'aura de cesse de venger ma mort. Il aura une excuse pour déchaîner sa fureur sur toi. En me tuant, tu lui donnes toutes les possibilités d'agir.

- Tu n'es qu'une humaine, il ne peut déclencher les hostilités pour toi. S'il le faisait, j'aurais tous les droits de répliquer, et aucun de vous n'aimerait voir ce que je peux faire. Et il ne vaincra pas un panthéon à lui seul, ma chérie. Penses-y.

Il ne voulait plus parler, et il ne parlerait plus, la jeune femme le savait. Plongeant son regard dans le sien, Baldr caressa sa joue.

- Si faible... Cette forme doit être une torture.

Il se pencha sur ses lèvres. Sanya voulut se dégager, mais une force invisible la clouait sur place. Elle ne put résister quand le dieu l'embrassa avec une douceur qui lui glaça les sangs. Quand sa main caressa tendrement son cou et sa nuque, la jeune femme sentit son esprit s'embrouiller. Ses pensées s'emmêlaient, elle ne savait plus ce qui lui arrivait ni ce qu'elle devait faire. Une sensation agréable parcourut son être, sensation qu'elle n'avait pas connue depuis longtemps.

Elle voulut résister, reprendre ses esprits, car elle savait que la magie était à l'œuvre, mais elle ne put faire autre chose que se laisser aller, et de lui rendre ses baisers.

Le temps sembla se figer. Sanya trouvait Baldr vraiment beau et désirable, elle en oublia tout, y compris ce qu'il lui faisait réellement subir. Elle n'arrivait plus à réfléchir, à comprendre, à aligner ses pensées.

Quand Baldr commença à la dévêtir, elle ne réagit pas, se laissant faire avec envie.

Connor.

Ce nom fit obstacle à tout le reste, comme d'habitude, chassant les étranges sensations de Sanya, ramenant à sa mémoire un visage qui lui suppliait de lutter, de reprendre ses esprits. Se laissant guider par cette voix, la jeune femme comprit enfin ce qui se passait.

S'écartant brusquement de Baldr, elle le gifla presque par réflexe.

- Comment oses-tu ? s'écria-t-elle. Te servir de magie sur moi pour m'amadouer !

Contre toute attente, Baldr se mit à sourire.

- Vraiment fascinant ! Le souvenir de cet homme, Connor, ne te quitte jamais. Il est profondément ancré en toi, je peux presque sentir son âme en toi. Voilà comment tu luttes depuis tout ce temps. Quand tout semble perdu pour toi, quand tu sombres dans la folie, ton champion te guide jusqu'à la vie et te redonne des forces. Impressionnant. Je n'ai jamais vu ça.

Soudain, il éclata de rire !

- Une déesse éprise d'un mortel ! Ton champion, qui plus est ! Si différents, et pourtant vos âmes ne font qu'une.

Sanya blêmit en voyant la lueur vicieuse dans le regard du dieu.

- N'ai crainte, douce Sanya. Je veillerai à ce que ton homme te retrouve, à ce que vous soyez réunis. Au moins, mourrez-vous ensemble !

Il se dématérialisa sans un bruit, sans un souffle, comme s'il n'avait jamais été là. Sanya se retrouva seule et déboussolée comme jamais elle ne l'avait été.

Connor arrivait, elle le savait.

Mais jamais ils ne repartiraient.

20

Le port de Castel-noir était là, juste devant eux, imposant et pourtant miteux. Les quais semblaient sales, branlants, et plus très solides depuis longtemps. Certains étaient sérieusement abîmés et rien ne semblait avoir été fait pour les remettre en état.

La ville, qui s'étirait derrière, n'avait rien de plus enviable. Avec le temps sans cesse froid et humide, les rues n'étaient que de la gadoue, où les gens pataugeaient sans s'en rendre compte. Les maisons étaient sur le point de s'effondrer les unes sur les autres.

Au loin se dressaient les quartiers plus riches de la ville, où les rues semblaient bien plus propres et les maisons plus entretenues.

Et enfin, au sommet de la colline, se dressait un immense fort gardé par des centaines de gardes en armures. Les remparts s'élevaient haut, et avec toutes ses catapultes, ses gardes, ses meurtrières et sa position stratégique, il semblait imprenable. Une seule route y menait.

- Rien de bien joyeux, pas vrai ? souffla Kelly à côté de lui.

Le jeune homme lui jeta un regard qui en disait long, puis fixa le Fort avec une haine sans nom. Sanya était là. Tout prêt. Il allait la sauver. Mais songer à l'état dans lequel il allait la trouver lui brisait le cœur et le terrifiait.

La voix d'Alvin le tira de sa rêvasserie.

- Tous en position, c'est le moment.

Connor, Kelly et Aela se mirent au travail, aidant les matelots à arrimer le navire à quai. Quelques jours plus tôt, ils avaient intercepté des marchands aurlandiens. Ils leur avaient volé leur navire, avec toute la cargaison qu'il contenait, ainsi que les vêtements et les papiers d'identité des marchands. Le capitaine leur avait même offert son cheval, resté aux écuries de la ville, espérant adoucir son sort. Alvin leur avait ensuite donné le navire-pirate, prenant soin de saboter le gouvernail et les voiles pour que les aurlandiens ne débarquent pas de suite au port.

- Il y a de la richesse à l'intérieur, avait-il dit. Vous pourrez en tirer un bon prix. Mais pas avant plusieurs jours.

Connor et Breris s'étaient vêtus en marchant tandis que Kelly et Aela se déguisaient en hommes pour ne pas attirer l'attention. Connor n'y avait vu que du feu. Seule la voix de Kelly trahissait son sexe, aussi décida-t-elle d'être muette. Son ventre s'étant arrondi, elle avait dû rembourrer sa tenue pour ressembler à un homme enrobé. Aela, en revanche, se faisait passer pour un homme avec une facilité déconcertante.

Oubliant tout cela pour le moment, Connor aida les matelots comme il le pouvait.

Le navire fendit l'eau en douceur, son pavillon de marchand claquant au vent. Les matelots s'activaient, le pont grouillait d'activité. Sur les quais, des cavaliers vêtus d'armure leur faisaient signe de se ranger à un endroit bien précis.

Le bateau s'amarra lentement à quai et les matelots installèrent la passerelle pour descendre du pont. Les cavaliers descendirent lourdement de cheval pour s'empresser de monter, une main posée sur le pommeau de leur épée. Ils étaient trois, tous aussi grands et armés jusqu'aux dents.

- Vous êtes ici à Castel-noir, fief de notre grand et saint empereur Eroll. Présentez-moi vos papiers.

Tandis qu'Alvin fouillait ses poches, les regards des soldats s'arrêtèrent sur Aela. Connor crut un instant qu'elle était démasquée , mais les trois soudards ricanèrent devant cet homme aussi menu qu'une femme. Aela ne tiqua pas, ravie.

- Les voilà.

Alvin tendit les papiers. Connor frémit. Si ces hommes avaient déjà croisé le vrai capitaine, et s'ils se souvenaient de sa tête, alors ils étaient fichus. Livrer combat dans une ville grouillant de soldat, si près du Fort d'Eroll, était un suicide.

- Je vous ai déjà croisé, je n'ai pas souvenir que vous étiez comme ça, grogna le premier homme.

Si Alvin était paniqué, il n'en montra rien. D'une voix parfaitement sincère, comme s'il avait raconté cette anecdote une dizaine de fois, il gronda :

- Ma foutue femme m'a refait le physique alors que je dormais ! Vous y croyez ? Elle disait que ma barbe et mes cheveux lui répugnaient ! J'entends encore ses cris quand je l'ai laissée dormir toute la nuit dehors.

Un des soldats ricana.

- Toutes des sorcières...
- Je ne vous le fais pas dire !

Le premier homme ramena le silence d'un geste de la main.

- Montrez-moi ce que vous avez.

Hochant la tête, Alvin les conduisit dans la cale et leur montra leurs tonneaux remplis d'épices, de grains, de succulents poissons, de matériels et d'étoffes.

- Où avez-vous trouvé tout ça ? demanda le soldat, suspicieux.
- Je connais des gens, assez loin d'ici, pour qui la production d'épices marche bien. Pour les étoffes et le reste, quelques négociations ont suffi. Et pour le poisson... une chance incroyable ! Ils sont arrivés d'un seul coup, comme des furies !
- Hum...

Le soldat semblait perplexe.

- Ça me semble louche, tout ça.
- Je ne fais que mon travail de marchand, en espérant pouvoir régaler la ville, et surtout mon empereur.
- Les taxes seront lourdes, l'ami.
- Ainsi soit-il.

Le soldat acquiesça avant d'appliquer son sceau sur les papiers d'Alvin.

- Allez-y. Pas de grabuge, pas d'entourloupe, ou je vous retrouverai pour vous faire la peau.
- Bien sûr, sire.

Les soldats montèrent sur le pont et quittèrent le navire sans se retourner.

- Ce gars-là est paranoïaque, souffla Alvin. Enfin, j'ai le sceau, maintenant, c'est à vous de jouer.

Connor s'approcha et posa sa main sur son épaule.

- Merci pour ce que vous avez fait. Si les choses se corsent, filez vite d'ici.

- Mouais... faites en sorte que les choses marchent. Je vous attends.

- Qu'allez-vous faire, si les gardes reviennent ? demanda Aela.

- Je leur dirai que mon second est parti lui-même vendre les produits. Moi, je désire faire un tour au bordel du coin, parce que ma femme m'exaspère. Ça devrait passer. Ne traînez pas, et ne vous faites pas remarquer. D'après le pauvre type à qui on a volé le navire, son cheval est là.

Connor hocha la tête. Puis ils montèrent leur chariot sur le quai et le chargèrent avec les tonneaux, dont un vide, pour y dissimuler Sanya quand ils l'auraient fait sortir. Pendant ce temps, Connor alla récupérer le cheval du marchand, laissé dans une écurie non loin d'ici.

Quand tout fut prêt, Breris s'installa sur le banc du conducteur et prit les rênes, légèrement nerveux. Aela vint prendre place à côté de lui. Connor resta un moment face à Kelly.

- Enfuis-toi dès que les choses commencent à chauffer. Promets-le.

- Je suis ton maître, Connor, ce n'est pas à moi de faire des promesses, lança-t-elle avec un sourire.

- Darek nous tuera tous les deux s'il t'arrive malheur, tu le sais.

- Ne t'en fais pas, je ne m'exposerais pas au danger. Souviens-toi de tout ce que je t'ai appris Connor, cela pourrait te sauver la vie. Autre chose. Les magiciens s'attendent sûrement à te voir arriver. Ils se méfient et épis. Un homme se faufilant dans l'ombre se fera repérer aussitôt. Un soldat en faction, en revanche, n'attirera pas l'attention. Débrouille-toi pour en tuer un avant d'entrer dans le Fort.

- Je sais, ne t'inquiète pas.

- Que les ombres te protègent, Connor. Sors Sanya de là.

- Que les ombres te protègent aussi. Ça va aller.

Il la serra dans ses bras avant de s'asseoir à côté d'Aela. Breris fit claquer les rênes et le chariot se mit en marche. Ils roulèrent lentement pour se rendre sur la place du marché, étudiant tout ce qui les entourait d'un œil attentif.

Soudain, le cheval hennit en se cabrant brusquement quand un homme lui fila entre les pattes !

- Oh, tout doux ! (Breris se tourna vers l'homme.) Vous êtes cinglés ou quoi ?! gronda-t-il.

- 'scuse, mais la beauté est en ville !
- La beauté ?

Le général n'obtint aucune réponse : l'homme était déjà reparti. Ils virent alors une foule qui s'attroupait en ricanant et en sifflant dans une rue non loin d'eux. Se dressant sur son banc, Connor essaya de voir ce qui pouvait bien les attirer de la sorte, mais il ne vit rien. Les hommes continuaient de se bousculer, tendant la main, sifflant et rigolant.

Aela et Breris étaient debout, eux aussi, se tordant le cou pour voir. Qu'est-ce qui pouvait susciter un tel attroupement ?

Les gens s'écartèrent alors un peu, et dans le trou qui venait de se former, tous trois découvrir le général Thorlef, qui souriait de toutes ses dents, tirant quelque chose derrière lui. Une rage subite s'empara de Connor et il toucha machinalement la cicatrice que lui avait laissée cet homme. Que n'aurait-il pas donné pour se jeter sur lui et lui trouer la peau ? Mais il ne pouvait pas. Sanya avait besoin d'aide, et il allait le lui fournir. De toute façon, il semblait remonter au Fort, il aurait bien l'occasion de lui tomber dessus.

Il allait demander à Breris de partir quand la foule s'écarta un peu plus... et il vit Sanya.

Son cœur et son âme se déchirèrent en un instant, des larmes de rage, de douleur et de peur coulèrent sur son visage. Il voulut hurler de toutes ses forces, mais sa bouche ne s'ouvrait pas, sa voix était brisée. Le monde entier semblait s'écrouler sous lui. Ses jambes vacillèrent.

Sanya était complètement nue, enchaînée, portant un collier et une laisse. Elle marchait difficilement, vacillant, trébuchant. Elle était dans un état épouvantable et Connor eut du mal à croire que cette femme était bien la Sanya qu'il connaissait. Elle avait beaucoup maigri, ses os pointés sous la peau et tout son corps était meurtri, sans doute sauvagement battu et torturé. D'horribles marques rouges et violettes parcouraient sa peau, de profondes entailles la recouvraient. Ses cheveux étaient sales et emmêlés. Mais le pire restait son visage.

Elle était cernée, ses yeux se fermaient d'eux-mêmes, sa tête dodelinait. Et elle était blanche. Elle devait être au bout de ses limites, complètement épuisée, et surtout, fiévreuse. La lueur de vie dans ses yeux était éteinte, ne laissant place qu'à la folie. Elle ne semblait pas se rendre compte d'où elle était ni que les hommes qui s'attroupaient autour d'elle essayaient de la toucher. Rien n'avait de sens pour elle. Sa raison l'avait quitté, elle était devenue folle.

Sa Sanya avait disparu à tout jamais.

Connor voulut se ruer à son secours, mais courir se battre était bien la dernière chose qui pouvait aider sa bien-aimée. Il fallait être patient et attendre son heure, même si cette attente le tuait. Mais ça ne l'empêchait pas de trembler de rage en voyant Sanya disparaître dans une autre rue.

Plus tard, lorsqu'ils estimèrent avoir attendu suffisamment longtemps, Connor ordonna à Breris de repartir. Il n'avait pas pipé mot, perdu dans ses pensées, les mâchoires serrées, mais ses deux amis savaient qu'il n'avait pas cessé d'écouter, qu'il savait où était Sanya durant toute sa « balade ». Au moindre danger, il aurait bondi à son secours.

- Vous croyiez qu'elle..., osa demander le général.
- Non, elle est toujours là. Il le faut. Ils ne l'ont pas brisé, je suis sûr qu'elle résiste encore. C'est Sanya dont il est question, et ce n'est pas n'importe qui. Elle est forte. Elle n'est pas partie. Alors, allons la chercher.

Le général hocha la tête et fit claquer les rênes sans rien ajouter. Le chariot s'ébranla avant de se mettre en route. Connor était plus déterminé que jamais, et il avait la ferme intention de sauver sa reine. Maintenant qu'il avait vu ce qu'elle vivait, il devait réussir coûte que coûte, et rien ne se mettrait en travers de son chemin.

Quand ils ne furent plus loin de la place du marché, Connor descendit du chariot.

- Allez vous mettre en place. Aela et moi allons nous dégotter un uniforme.

Breris hocha la tête et partit seul, l'estomac noué.

*

Aela venait de quitter Connor pour capturer son soldat. Elle opta pour une ruelle, non loin de la rue des bordels. Par connaissance, elle savait que les soldats y traînaient parfois, espérant y trouver des prostituées travaillant « à leur compte », et donc beaucoup moins cher.

Guidée par les paroles des soldats qui ne juraient que par ça, elle n'eut aucun mal à trouver la rue en question. Pas très fréquentée, plutôt sombre et étroite, c'était l'endroit idéal. À l'intérieur, en revanche, on pouvait entendre des rires et de la musique.

S'assurant que personne ne la regardait, la jeune femme déchira le haut de sa chemise pour dévoiler sa poitrine, puis retira son pantalon. La chemise lui arrivait au genou, elle n'avait qu'à se ceindre la taille d'une ceinture, et on pouvait croire qu'elle portait une robe courte. Idéal. Puis elle dénoua ses cheveux auburn, les laissant cascader sur ses épaules.

Accoudée au mur, elle attendit qu'un soldat se pointe, se mordillant la lèvre. Cette partie de la mission ne l'effrayait pas, mais la suite se corserait. Réussir à obtenir un rendez-vous avec le sorcier s'avérerait difficile. Et quand elle serait avec lui, encore fallait-il qu'elle trouve quelque chose capable de l'entraîner loin du Fort. Si elle pouvait le tuer, ça serait mieux aussi.

Un soldat apparut enfin. Seul, comme elle le voulait. Prenant une position aguichante, elle l'interpella.

- Je serais ravi de combler un bel homme comme toi, ronronna-t-elle en accompagnant ses propos d'un geste sensuel.

Elle bougea un peu en roulant les hanches, s'efforçant de montrer sa poitrine.

- Qu'en dis-tu ? Pour toi, bel homme, ça ne te coûtera rien.

Aela ne s'était jamais vraiment souciée de savoir si elle était belle ou non, mais le regard fasciné de l'homme lui prouva qu'elle n'était pas désagréable à regarder. Il s'approcha et posa ses grosses mains sur ses hanches, la plaquant contre lui. Aela poussa un gémissement.

- À toi pour la nuit... qu'en dis-tu ?

L'homme pressa ses seins, avant de glisser une main sous sa jupe.

- Viens...

Se mouvant sensuellement contre lui, elle le tira à l'écart, dans une ruelle déserte, loin des yeux indiscrets. L'homme se laissa faire, un sourire aux lèvres, puis il la plaqua solidement au mur.

- Tu vas adorer, ricana-t-il à son oreille.

Dégrafant le haut de sa chemise, satisfait des soupirs de la jeune femme, il ne vit pas la lame jaillir.

Il se crispa en la sentant plaquée contre sa nuque. Se serrant contre lui, Aela enroula ses bras autour de son cou de façon à ce qu'il ne puisse pas se libérer de la menace. Tout sourire aux lèvres, elle murmura à son oreille.

- J'ai quelques petites questions.
- Je ne te dirais rien, sale putain.

La lame glissa le long de son cou pour se retrouver sous sa gorge. Étreignant sa nuque, la jeune femme appuya sa lame sur la chair tendre et fit perler le sang. Le souffle du soldat se fit plus haletant.

- Ce ne sera pas long... Je veux savoir quel magicien est chargé de surveiller la prisonnière.
- Qu'est-ce qui te fait croire que je le sais ?
- Ne joue pas avec moi. Tout soldat doit bien savoir ça. Alors tu vas me le dire.
- Jamais.

Il voulut se libérer pour frapper la jeune femme, mais celle-ci n'avait pas été nommée chef de son clan pour rien. Avec une force étonnante, elle le frappa sous le menton, et le plaqua dos au mur pour l'immobiliser. Sa dague mordit un peu plus la peau et un filet de sang coula.

- Alors ?
- Je ne parlerai pas.
- Comme tu veux.

D'une main, Aela commença à déboutonner son pantalon.

- Qu'est-ce... tu fais quoi ?

Le soldat était devenu blanc, haletant, terrifié. Ne prenant même pas la peine de lui répondre, la jeune femme descendit son pantalon de manière séductrice. Faisant mine d'être excitée, elle prit sa virilité bien en main. L'homme émit un couinement de douleur.

- Je ne suis pas une faiblarde, mon gars. Je sais comment mater un homme, crois-moi.

Lentement, elle fit glisser sa lame le long de son corps, l'effleurant doucement comme s'il s'agissait d'une caresse, tout en se mordillant la lèvre de manière aguichante, les yeux rivés dans celui de l'homme. De grosses gouttes de sueur apparurent sur son front quand elle cala son poignard sur son entrejambe.

- Non, attends...

L'homme se mordait les lèvres, les yeux brillants, soudain vulnérable et apeuré.

- Si tu fais ça, je...

Quand la lame lui entailla sa peau tendre, il poussa un petit cri.

- Ne joue pas avec moi. Réponds simplement à ma question.
- Je... je...
- Moi, je me demande ce que ça peut faire, un homme sans sa virilité.

Sur ceux, elle commença à l'entailler.

- Hilmar ! Il s'appelle Hilmar ! Un puissant sorcier, proche de l'empereur ! C'est lui qui surveille la reine, c'est tout ce que je sais, je vous en prie, laissez-moi, s'il vous plaît !
- Hum...
- Pitié par pitié, je vous en prie !

Il pleurait de peur.

- Très bien.

Il ne put pousser un cri quand la lame se planta dans ses reins, tant la douleur était ravageante. Ses yeux s'écarquillèrent, il ouvrit la bouche, incapable de reprendre son souffle. Finalement, il s'écroula par terre.

Indifférente, Aela le déshabilla pour enfiler ses vêtements. Elle se sentait bien mieux, ainsi vêtue d'une armure et d'une solide épée à la hanche.

Hilmar. C'était le nom du sorcier qu'elle devait amadouer. Sans un regard pour sa victime, elle cacha la dépouille et monta en direction du Fort. Traversant la basse-cour, où des paysans s'occupaient des plantations personnelles de l'empereur, elle n'eut aucun mal à se rendre dans la haute cour, infestée de soldat. On ne chercha pas à l'arrêter, on ne lui demanda pas son identité, à peine si on lui jetait un regard. Tous ces hommes étaient bien trop occupés à se faire mordre la poussière les uns les autres. La jeune femme repéra immédiatement l'entrée principale.

Elle s'y dirigea d'un pas assuré, mimant une certaine angoisse malgré son assurance de soldat.

- Il faut que je parle à Hilmar, tout de suite ! s'empressa-t-elle d'annoncer au garde, d'une voix tout à fait masculine.
- On ne prend pas rendez-vous avec Hilmar comme ça, vous devriez le savoir, répliqua l'autre. Eroll doit d'abord être au courant.

Il bomba le torse, raffermissant sa prise sur sa lance. Le regard peu amène qu'il lui jeta aurait dû dissuader la jeune femme de continuer, mais il n'en fut rien.

- Eh bien... d'après les choses étranges que j'ai entendues, il vaudrait mieux que seul Hilmar soit au courant. Ce sont des choses... je doute qu'il apprécie qu'un autre le sache. Même Eroll. Après, je veux bien m'en tenir au règlement, mais je ne tiens à pas à encourir la fureur du magicien. Et je ne voudrais pas être à votre place, s'il apprend que vous m'avez refusé cette entrevue.

- Bon, bon... Mais si Eroll venait à l'apprendre, vous êtes seul responsable, c'est bien compris ?

Visiblement, il craignait la colère d'Eroll, mais il semblait craindre encore plus la fureur du sorcier.

- Je vais voir ce que je peux faire. Attendez là.

Aela hocha la tête, se mordant la lèvre. L'attitude du soldat lui faisait comprendre qu'elle se jetait elle-même dans les bras d'un être sûrement plus dangereux que quiconque dans ce château. Et elle ne savait toujours pas ce qu'elle pouvait dire à Hilmar de si important, quelque chose que lui seul était autorisé à savoir. Une histoire de sorcier ? Quelque chose qui circulait sur lui ? Un complot ? Une attaque dont il serait la cible ? La jeune femme se retint à grande peine de ne pas céder à la panique. Elle allait se trouver face à un monstre, qui torturait Sanya, qui était capable des pires choses, un monstre qui donnait des sueurs froides à tous les soldats, et elle y allait sans savoir quoi dire ni quoi faire, sans pouvoir se défendre !

Elle pouvait presque sentir les morsures d'un piège se refermait sur elle. Le sort était jeté...

Sa dette envers Connor était quitte maintenant, de ça, elle en était sûre...

Au bout d'un moment la porte s'ouvrit sur le garde.

- Allez, venez, Hilmar est d'accord pour vous voir. Pas un mot à quiconque, ou je vous fais couper la langue !

- Parole d'honneur, je ne tiens pas non plus à me faire décapiter par notre empereur.

Avec précaution, il lui fit traverser la salle du trône et ils s'engagèrent dans les couloirs. Eroll n'était pas présent, à leur grand soulagement. Essayant de maîtriser les battements de son cœur, la jeune femme suivit l'homme dans les escaliers et les couloirs, ne prêtant aucune attention aux domestiques qui semblaient craindre tous les gens, trop obnubilée par sa rencontre qui pourrait tout aussi bien se terminer en massacre.

Aela fut conduite dans des quartiers plutôt sobres, contrairement aux restes, mais l'atmosphère qui se dégageait des lieux ne la rassurait pas beaucoup. C'était comme entrer dans un cimetière, comme si la mort l'attendait entre ses murs. Elle sentait prise dans un piège mortel, sans aucune issue.

Le repère du mal.

Soudain, elle eut peur.

- C'est là.

Visiblement, le soldat ne tenait pas non plus à entrer dans les appartements du sorcier.

- Merci.

Aela se doutait que sa voix trahissait sa peur, mais elle s'en fichait. Inspirant à fond pour calmer ses tremblements, elle frappa à la porte. Une voix sèche et autoritaire lui ordonna d'entrer. La jeune femme obéit, essayant de garder une posture assez craintive, sans pour autant être complètement soumise. Son ennemi ne devait pas se servir de ses faiblesses. Elle redoubla alors d'efforts en découvrant l'homme à qui elle avait affaire.

Hilmar était grand, bien que très mince, presque maigre. De longs doigts osseux, un visage dépourvu de sentiments autres que la haine et la cruauté, voilà tout ce que pouvait retenir la jeune femme. Ses yeux marron, presque noirs, flamboyaient d'une perversité qu'elle n'avait vue chez personne, et pourtant, elle en avait croisé des abrutis de tous genres, mais personne n'égalait cet homme-là.

Richement vêtu, le dos bien droit, il lui fit signe d'approcher, l'évaluant d'un regard qui la fit frémir. Elle avait cette désagréable impression que le sorcier venait de transpercer son âme, qu'il connaissait à présent tous ses secrets.

Que jamais plus elle ne sortirait d'ici.

- Allons, brave homme, assieds-toi.

Aela ne sut si c'était une bonne idée, mais elle n'eut d'autres choix que d'obéir. Avec précaution, elle prit place sur le fauteuil que lui désignait Hilmar et attendit la suite avec crainte.

- Une infusion ? Un peu d'alcool ?

Chez n'importe qui, cette hospitalité aurait pu détendre la jeune femme, mais venant de ce fourbe, elle avait la terrible impression qu'il se fichait de sa tête, et qu'il déployait sur elle des toiles mortelles pour mieux la tuer.

- Je n'ai nulle intention de te tuer. Pourquoi le ferais-je d'ailleurs ?

- J'ai bu il n'y a pas longtemps, j'ai encore l'estomac retourné.

Même si la jeune femme avait pris sa voix la plus virile, elle lui paraissait horriblement féminine.

- Comme tu le souhaites.

L'homme se remplit une tasse de thé, soufflant dessus avant de boire avec lenteur. Il mit un moment avant de s'asseoir, peut-être pour prouver sa supériorité. Aela aurait été folle ou suicidaire de faire part de ses remarques. Cet homme lui glaçait les sangs.

- On m'a informé que tu avais quelque chose de très important à me dire. À moi seul, lança-t-il enfin, peut-être lassé du silence.

- En effet. Je ne veux pas passer outre les ordres, mais je pense que cette affaire... pourrait être mal vue de l'empereur.

- Eh bien, parle. Je n'ai pas toute la journée devant moi, loin de là.

- Je ne sais pas tout dans les détails, je ne suis que le messager... Des... gens m'ont envoyé vous quérir. Ils préparent... quelque chose contre l'empereur, il me semble, et il aurait besoin de vous. Une sorte de conspiration. Je ne suis qu'un intermédiaire, ne vous y trompez pas. Si vous voulez les mettre hors d'état de nuire, je ne vous en empêcherai pas, à dire vrai, je m'en fiche bien.

- Et si tel n'est pas le cas ?

- Je n'y connais rien en politique. On m'a chargé de vous informer, et si possible de vous conduire à eux, rien d'autre. Je ne ferais rien de plus.

- Pourquoi leur obéir ?

- Eh bien... ils ont beaucoup d'argent... et une superbe fille...

- Je vois. Donc, tu ne sais rien de plus. Et tu ne m'empêcheras pas de faire quoi que ce soit.

- Je serais sot de faire une telle chose. On m'a chargé de vous trouver, c'est ce que je fais. Jamais je n'oserais vous dire quoi faire ni aller contre vos ordres.

- Raisonnable, en effet. Mais tu serais prêt à laisser ton empereur se faire assassiner ?

- Bien sûr que non ! (Aela s'emmêlait, elle le savait.) Je le protégerais, comme je l'ai juré.

- Alors, après cette entrevue, vous allez courir rapporter vos paroles ?

- Je... je le dois, mais jamais je ne pourrais... vous dénoncer.

- Un bon soldat.

Hilmar eut un sourire carnassier en se levant.

- Tu as bien fait de venir ici. L'empereur n'a pas besoin de savoir. Tu vas m'accompagner jusqu'à ces gens. Je déciderai de ce qui convient de faire.

- Et... moi ?

- Allons, tu n'as rien à craindre ! Tu n'es qu'un intermédiaire. Quoiqu'il se passe, tu pourras profiter de l'argent et de cette fille. Quant au reste, tu n'auras rien entendu, rien vu. Si des gens s'en prennent à l'empereur, tu le défendras, comme ton serment l'exige. Tu n'es pas là pour penser.

Aela ne crut pas un instant que tout allait bien se passer pour elle. Conduire Hilmar était le seul moyen de sauver Sanya, mais ce faisant, elle venait de signer son propre arrêt de mort, elle le savait.

Connor, ma dette est quitte, maintenant.

Résignée à affronter la mort avec dignité, elle suivit Hilmar qui quittait déjà ses appartements.

*

Connor restait une dizaine de mètres derrière le soldat, marchant d'un pas tranquille comme n'importe qui. Filer quelqu'un ne lui avait jamais semblé aussi facile. De temps en temps, l'homme s'amusait à bousculer des gens, et ricanait en les voyant s'étaler par terre. D'autres fois, il essayait de relever le jupon des femmes, qui s'écartaient en rougissant, baissant les yeux sans oser le réprimander. Connor était écœuré par cet individu.

Les rues se firent alors plus étroites, plus sombres, et Connor cessa d'être un pauvre bougre pour redevenir un Maître des Ombres. Se faufilant d'ombre en ombre, sans un bruit, il continua de suivre le soldat, plus proche que jamais, sans qu'un seul bruit ne le trahisse. L'homme ne se doutait même pas que quelqu'un se tenait à derrière lui.

Alors qu'il entrait dans une ruelle sombre et complètement déserte, le soldat jeta un coup d'œil en arrière. Bien évidemment, il ne vit rien, et quand il reprit son chemin... il se trouva face à face avec un homme dont la partie droite du visage était barrée d'une profonde cicatrice. Il n'eut pas le temps de réagir que l'homme le frappa d'un coup net et précis qui le tua sur le coup.

Connor resta un moment immobile devant son cadavre, à peine essoufflé, puis il souleva le corps sur son épaule et le jeta dans des petits escaliers menant sans doute à une cave. Là, il le déshabilla, enfila l'uniforme du soldat et boucla le casque en cuir sur sa tête.

Satisfait, il reprit la route du Fort, la main sur son épée, bombant fièrement le torse comme le faisait chaque soldat.

Quand la porte menant à la cour du Fort fut devant lui, il salua rapidement les autres soldats et s'y engagea sans aucun souci. Son cœur cogna plus fort contre sa poitrine. Maintenant, les choses allaient se corser et devenir dangereuses.

Lorsqu'il débarqua dans la haute cour, il découvrit des hommes en train de s'entraîner, criant et riant bruyamment. Ils étaient très nombreux. Fort heureusement, ils n'accordèrent que peu d'attention à Connor. Le cœur du jeune homme battait très fort contre sa poitrine. Il était entouré d'une bonne cinquantaine d'ennemis mortels, plus les archers perchés sur les remparts, et il ne savait pas où aller ! Il se sentait bien vulnérable.

Il reconnut bien l'entrée principale, mais ne savait où trouver celle des prisons. Et demander son chemin aurait signé son arrêt de mort. Non, il fallait chercher, sans éveiller les soupçons, et ce n'était pas facile. Car un soldat déambulant sans rien faire dans une cour était plutôt douteux.

Il vit alors Thorlef, un air satisfait sur le visage. Voyant la porte qu'il claquait derrière lui, Connor comprit que c'était l'entrée qu'il cherchait. Il eut alors une terrible envie de le tuer, mais dut se résigner à lui laisser la vie. Tuer un général en plein milieu d'une cour d'entraînement n'était pas une idée de génie.

Lorsque Thorlef fut hors de vue, le jeune homme s'approcha à son tour de la porte. Il se retrouva face à plusieurs couloirs, menant aux différentes salles de ce qui devait être le baraquement. D'ailleurs, on pouvait entendre les rires des hommes se saoulant dans la taverne. Tandis qu'il cherchait un escalier menant au sous-sol et donc aux cachots, Connor ne rencontra personne à son grand soulagement. Au moins, il pourrait sortir plus facilement.

Il trouva enfin l'escalier, et le descendit en silence, le cœur battant la chamade. Il tomba sur une grande pièce circulaire qui donnait accès à plusieurs salles dont les murs étaient maculés de sang. Des salles de tortures. Soulagé de ne pas entendre de cris, le jeune homme continua sa descente en hâte jusqu'aux cachots.

Il tomba nez à nez avec un autre garde, bien décidé à ne laisser entrer personne, sa main tenant fermement sa lance, la tête haute et le torse bombé.

- Retourne sur tes pas, personne n'entre ici, tonna-t-il.
- Je sais, mais Hilmar m'envoie.
- Hilmar ? Désolé, je n'ai reçu aucun ordre de sa part. Bien essayé l'ami, mais tu ne te feras pas la prisonnière comme ça. Ou alors, on peut s'arranger.

Un sourire fendit son visage.

La rage envahit Connor à la seule idée que des soldats avaient eu droit d'entrer pour « profiter » de Sanya !

- Bon, si tu n'as pas...

Sa voix mourut. La dague du Maître des Ombres fusa, lui ouvrant la gorge. Il se vida de son sang en quelques instants, ne pouvant pousser que des gargouillis. Il s'écroula enfin. L'heure n'était pas à la compassion.

Connor débarqua alors dans une salle sombre, humide et froide qui empestait la mort et la maladie. Il devait y avoir une dizaine de cellules, pratiquement toutes vides. Le cœur battant, il les inspecta une à une, le ventre noué.

Et là, il la vit.

Sanya reposait inconsciente par terre, les jambes couvertes de sang, seulement vêtue de haillons. Connor crut que son cœur allait exploser. Cherchant les clés de la cellule, il ouvrit précipitamment la grille et se jeta sur sa bien-aimée. La prenant doucement dans ses bras, il caressa son visage, cherchant à la réveiller.

- Sanya ! Sanya, je suis là, reviens à toi.

La jeune femme battit des paupières, et ouvrit doucement les yeux en gémissant.

- Ma chérie...

Ses yeux gris se posèrent sur lui. Connor hoqueta. La folie ne l'avait pas quitté. Elle le contemplait sans le reconnaître, sans le voir. Il pleura, cachant son visage dans ses cheveux, le cœur déchiré. Non, c'était impossible. Pas sa Sanya...

- Sanya, c'est moi. Je suis là ma chérie. Reviens-moi, je suis là.

Je suis venu pour toi, je vais te sortir de là. Écoute ma voix, concentre-toi dessus. Je suis là, et je t'aime. Reviens-moi. Je t'aime Sanya.

La jeune femme le regarda sans réagir. Anéanti, Connor posa son front contre le sien, laissant ses larmes tomber sur ses joues. Puis il l'embrassa tendrement, incapable de supporter l'idée de l'avoir perdu.

- Reviens-moi... je suis là... Je t'aime... je t'aime...

Il l'embrassa en pleurant, le cœur et l'âme en miettes. Non, c'était impossible. Sanya ne pouvait pas être partie. Pas elle...

- Non...

Il éclata en sanglots, cachant son visage dans son cou. Elle devait revenir. Elle le devait. Elle ne pouvait l'abandonner ainsi, elle n'en avait pas le droit. Il avait tant besoin d'elle, il ne pouvait imaginer une vie sans elle. L'esprit de sa bien-aimée ne pouvait pas avoir disparu...

Une main se posa alors doucement sur sa joue.

- Connor...

Le jeune homme redressa la tête, n'en croyant à peine à ses yeux ni ses oreilles. Sanya le contemplait avec amour et tendresse, un sourire aux lèvres, les yeux emplis de larmes.

- Tu es venu...
- Oh Sanya !

Connor la serra très fort contre lui, pleurant de joie. La jeune femme passa ses bras autour de son cou, heureuse au-delà des mots de le retrouver enfin. Elle caressa ses cheveux et sa nuque tandis qu'il parsemait son visage de baisers.

- Je t'aime ma chérie... je t'aime...
- Moi aussi, je t'aime tellement... (Elle plongea son regard dans le sien) Emmène-moi loin d'ici, Connor, je t'en supplie.
- Tu peux marcher ?
- Je crois.

Connor l'aida à se lever et passa un bras autour de sa taille pour l'aider à marcher.

- Comment allons-nous sortir ?
- Il y a un garde mort, juste devant la porte. Tu enfileras son armure. Nous sortirons par la cour, comme de simples soldats. Breris nous attend au marché. Là, nous te cacherons dans un tonneau, et nous te chargerons sur le navire. Nous ne pouvons pas

rester déguisés en soldats, les quais sont trop bien gardés, les gardes se rendraient compte tout de suite que nous sommes de trop. Alors que de simples marchands... Kelly est à bord, elle prendra soin de toi. Sois naturel, et tout se passera bien, je te le promets.

- Connor, Hilmar me surveille sans cesse. Nous ne quitterons pas le Fort avant que l'alerte ne soit donnée. Pourquoi crois-tu qu'il y est si peu de garde ? Un sorcier en vaut vingt.

- Aela est avec lui à l'heure où je te parle. L'étendue de la magie à ses limites. Si elle fait son boulot, il devrait être accaparé par elle, et mieux, hors du Fort. Peut-être même mort. Sanya, c'est maintenant ou jamais.

- De toute façon, rien ne peut être pire que ce que j'ai enduré. Partons vite d'ici !

Connor tira le cadavre du garde à l'intérieur, et Sanya revêtit l'armure avec des gestes tremblants. Elle était si faible et si maigre que le jeune homme douta qu'elle puisse supporter le poids de l'armure sans ciller. De plus, la voir dans un tel état lui faisait mal au cœur. Il l'aida à nouer ses cheveux, et parvint à les cacher sous son casque, de toute façon un peu grand pour elle.

- Je suis prête.
- Tu tiendras le coup ?
- Il faut bien.

Comme si de rien n'était, les deux jeunes gens remontèrent les escaliers, passant devant les salles de tortures, avant de débarquer dans le baraquement des soldats. Ils carrèrent les épaules, la tête haute, et s'avancèrent comme de fiers soldats. On ne leur prêta pas beaucoup d'attention pendant qu'ils parcouraient les couloirs jusqu'à la sortie, mais leur cœur battait si fort qu'ils craignaient qu'on puisse l'entendre.

Du coin de l'œil, Connor vérifiait que Sanya allait bien. Si elle montrait trop de signes d'épuisement, elle attirerait irrévocablement l'attention, et ils seraient fichus. Mais la jeune femme résistait, les dents serrées, le teint blanc, le souffle court. Elle ne montrait rien de sa douleur, continuant d'avancer. Connor devait arrêter de la fixer comme il le faisait, mais il n'y arrivait pas. Après deux mois sans elle, à la savoir entre les mains des bourreaux, la retrouver était source de joie et d'angoisse. Il ne pouvait pas supporter l'idée de la perdre si près du but.

Des hommes leur jetaient des regards en coin, peut-être un peu surpris par le corps de femmelette d'un de ces deux soldats, mais personne ne les accosta. Connor avait placé une main sur les reins de Sanya, la poussant devant lui.

- Allez morveux, tu es un homme, pas une femme !

Comprenant que ce bout d'homme était un jeune garçon venant tout juste d'entrer dans l'armée, les soupçons s'évanouir. La carrure et le regard froid de Connor empêchèrent également les plus téméraires de s'approcher.

Lorsqu'ils furent dans la haute cour, un soupir leur échappa. Ils y étaient presque.

- Ah ! Mais je vois qu'on a une nouvelle recrue ?

Plus courageux que les autres, un homme s'approcha pour donner une solide accolade sur l'épaule de Sanya, qui vacilla. Par un incroyable miracle, elle ne tomba pas, mais ses yeux s'enflammèrent de haine et de souffrance.

- Alors gamin, on veut jouer au dur ?

- Allez, l'ami, on n'a pas le temps là, grogna Connor en poussant Sanya devant lui. Je dois lui apprendre des choses essentielles de la vie d'un homme, si tu vois ce que je veux dire. S'il veut devenir un solide gaillard, va falloir qu'il sache comment on s'occupe d'une femme, le gamin !

Le soldat éclata de rire.

- Bien dit, l'ami ! Mais ramène-le-moi après, mes gars et moi, on va faire de lui un vrai guerrier, tu vas voir.

- Ça le décoincera peut-être. Allez le mioche, avance un peu !

Sans un regard pour le soldat, ils s'éloignèrent. Connor avait le cœur qui battait fort. Il s'en était fallu de peu. Si cet homme avait insisté, il aurait tôt fait de remarquer que ce jeune soldat était une femme, et qui plus est, la prisonnière !

On ne les accosta plus, mais la partie n'était pas finie, loin de là. Il fallait encore prier pour que Aela ait bien fait son travail, et que Hilmar ne sonne pas l'alerte d'une minute à l'autre. Ou que les soldats, sur les quais, ne fassent pas une inspection dans les détails des marchandises que les marchands remontaient sur le bateau. Tant de danger pouvait encore survenir, et Connor se sentait comme le loup blanc au milieu de chasseurs. Un faux pas, et tout était perdu.

Quand ils furent dans la basse-cour, et que les soldats furent moins présents, ils s'autorisèrent à soupirer un peu.

- Ça va ? souffla Connor.

- Je tiens le coup, mais je suis à bout de forces. Soit mon corps ne va pas tarder à me lâcher, soit je vais perdre connaissance.

- Tiens bon encore un peu, le marché n'est pas loin. Il faut que tu tiennes.

- Je vais essayer.

Ils marchèrent en silence dans les rues de Castel-noir, s'attendant à tout instant à entendre sonner l'alerte. Ils y étaient presque, pourtant ils avaient tous deux cette terrible impression que c'était trop facile, que quelque chose ne manquerait pas de survenir.

Lorsqu'ils furent sur la place du marché, Connor chercha Breris du regard. Quand il l'eut trouvé, il fit signe à Sanya de le suivre.

- On a un point de rendez-vous, pour te cacher. Il faut juste qu'il sache que nous sommes prêts.

En passant devant l'étalage de Breris, le jeune homme chercha le regard du général. Ce dernier lui jeta un rapide coup d'œil, presque fugace. Connor ne s'y trompa pas.

Un regard empli d'avertissement.

Il n'eut pas le temps de réagir, de partir en courant avec Sanya que plusieurs passants, en train de regarder les étalages, se tournèrent d'un bloc vers eux, dévoilant leurs arbalètes chargées pointées sur eux. D'un coup d'œil, Connor comprit qu'ils étaient cernés par les archers. Ils ne pouvaient aller nulle part.

- Un beau tour, je dois l'admettre, lança une voix derrière eux. Mais la partie se termine ici, mes amis.

Sanya poussa un cri étouffé, et des larmes coulèrent sur ses joues. Elle se réfugia dans les bras de Connor, qui serra les dents, partagé entre la haine et la peur.

Quand il se tourna, Thorlef lui faisait face.

21

Les passants s'étaient écartés avec horreur, laissant les archers et leurs proies seules au milieu de la place. Breris fut amené de force près de ses amis, et on les désarma sans ménagement avant de leur lier les poignets. Thorlef les contemplait avec un sourire cruel, ravi du spectacle. Connor ne le lâchait pas du regard.

- Alors tu as survécu à ta chute, ricana-t-il. Tant mieux. Comme ça, je pourrais te faire souffrir. Oh ! mais je vois que notre rencontre t'a laissé un petit souvenir.

Du doigt, il toucha la cicatrice qui barrait le visage de Connor.

- Eh bien, voyez-vous ça, il semblerait que nous ne soyons pas si différents que ça.

Le jeune homme le frappa du pied, ce qui lui valut un solide coup de poing dans l'estomac.

- Reste tranquille, je n'ai pas l'intention de te faire du mal. Pas encore. Alors inutile de se battre.

Les mains liées dans le dos, Connor ne pouvait rien faire. Refusant d'entrer dans son jeu, il ne répondit pas, se contentant de planter son regard glacé dans le sien.

- Je suis navré, souffla Breris à côté de lui.

Le jeune homme le rassura d'un regard, avant de reporter son attention sur Thorlef.

- Une belle prise, railla-t-il. Tu ne dois pas réussir tes coups souvent. Alors, vante-toi un peu. Comment t'y es-tu pris ? Avoue, je suis sûr que ce plan n'est pas de toi. Un gars qui pense avec ses testicules ne peut rien faire de talentueux, de glorieux.

- Espèce de...
- Assez !

L'ordre avait claqué, quelque part devant eux. Une voix dure, qui faisait froid dans le dos. Même Thorlef eut un moment de crainte.

Les archers, l'arbalète toujours au poing, s'écartèrent pour laisser passer un homme grand et fin à la longue chevelure brune, richement vêtu. Il traînait derrière lui un soldat qui gémissait de douleur en se tenant le crâne. D'une légère poussée dans le dos, l'homme envoya le soldat s'écraser aux pieds de Connor.

- Une amie à toi, je suppose ?
- Connor...

La voix d'Aela était faible, emplie de douleur. Elle se redressa tant bien que mal pour le contempler, son regard empli de souffrance.

- Désolée...
- Ce n'est pas ta faute.
- En effet. Tout ça, c'est uniquement de la tienne.
- Comment avez-vous su ? grinça Connor entre ses dents serrées.
- Ah ! Un bon sujet. J'avoue avoir aimé ton plan. Simple, audacieux. Tellement audacieux, justement, qu'il aurait pu marcher. Oui mon ami, tu aurais pu sortir ta bien-aimée. Ton amie ici présente avait trouvé quelque chose de très captivant, qui m'aurait entraîné loin du Fort, et t'aurait permis de sauver Sanya. Tout était presque parfait, ces idiots de soldats n'y ont vu que du feu, d'ailleurs. Et je suppose que le reste était aussi audacieux. Vraiment, jeune homme, c'était un plan qui aurait pu être couronné de succès, s'il n'y avait pas eu un petit détail à régler.

Il s'approcha de Connor, pour lui souffler d'une voix aussi glaciale que la mort.

- Tu peux me tromper, Maître des Ombres, mais je savais tout depuis le début. Eh oui ! Baldr est venu me rendre une petite visite, m'informant de ton plan. Pendant que tu croyais sauver ta bien-aimée, pendant que cette stupide guerrière croyait me duper, je savais déjà tout de ton plan. Mes hommes étaient déjà sur place, pour attendre votre venue. Une cueillette des plus faciles.

- Des félicitations s'imposent, railla Connor.
- Oh, ne prend pas ce ton avec moi, c'est parfaitement inutile.

Et dangereux. Demande donc à ta chérie, elle te dira ce qu'il en coûte de me manquer de respect. N'est-ce pas ?

Le sorcier s'approcha de Sanya, et lui souleva le menton.

- Dis-lui, belle reine, ce que je t'ai fait subir, pour m'avoir manqué de respect. Dis-lui donc.

Des larmes plein les yeux, Sanya tourna un regard désespéré vers son bien-aimé, où se mêlaient crainte et folie. Connor n'eut pas besoin de parole pour savoir les horreurs qu'on avait fait subir à sa bien-aimée pour la mettre dans un pareil état.

- Ah ! les regards ont souvent plus de poids que les mots. Tant mieux. Cela vous déchirera davantage de voir l'être aimé souffrir devant vos yeux ! Je devrais te remercier, Maître des Ombres. Sanya luttait depuis des mois. Je ne pouvais rien tirer d'elle, car son esprit était protégé. Par toi. Mais quand je te briserai devant elle, je l'aurais enfin vaincu. Moi, Hilmar, j'aurais vaincu l'une des plus grandes divinités de tous les temps, Sanya, déesse des vents et des tempêtes !

Connor sentit ses jambes vaciller. Savoir qu'il allait assister à la fin de son amour lui déchirait le cœur et l'âme. Hilmar était fou, à n'en pas douter, obsédé par la soif de domination et de pouvoir. Rien ne pouvait le raisonner, et seule la mort pouvait l'arrêter.

- Allez, emmenez-les. Jetez-le général et la guerrière aux cachots. Qu'on prépare Sanya pour des petites réjouissances. Quant au Maître des Ombres, Eroll veut le voir. Prenez garde à lui, et ligotez-le correctement. Un tas de morts n'est pas très enviable, même si je n'ai que faire de vos misérables vies ! Thorlef, vous irez avec lui. J'aimerais être seule, avec ma belle reine.

Connor se voulait le plus calme possible, mais quand il vit le regard désespéré de Sanya, quand on la tira loin de lui, il ne put s'empêcher de crier :

- Tiens bon, mon amour ! Ne pense pas à ce qu'on peut bien me faire, je n'ai que faire de leurs minables tortures ! Je t'aime, et je te libérerai, c'est tout ce qui compte ! Penses-y fort ! Jamais ils ne me briseront, parce que je t'aime ! Courage Sanya !

- Connor, ne m'abandonne pas !

- Je suis là, alors reste calme. Je te sauverai. Ne pense qu'à nous. Juste à nous. Tu es une déesse, ne l'oublie pas ! La plus grande déesse !

Sanya hocha la tête, luttant contre la terreur et la folie tandis qu'on la traînait loin de tout espoir. Connor aurait voulu hurler en la voyant disparaître une seconde fois, mais il devait rester calme et assuré, malgré la terreur. Pour elle.

On le menotta une seconde fois, avant de lui entraver les chevilles. Puis Thorlef le poussa devant lui sous les regards fuyants des passants, le faisant remonter jusqu'au Fort, lieu où il avait espéré ne jamais remettre les pieds. Breris et Aela suivaient, anéantis. Tout était perdu. Ils s'étaient tous fait prendre.

Quoi qu'il puisse arriver, tes frères seront là pour toi.

Connor eut un sourire amer en repensant aux paroles de Darek. Il lui avait désobéi, une fois de plus, et ni lui ni personne ne pourrait le sauver. Cerise sur le gâteau, il avait entraîné sa femme dans ce suicide...

Kelly !

L'espoir l'envahit.

Kelly ne s'était pas fait prendre ! Quoi qu'ait pu apprendre Baldr, il ne savait rien au sujet de Kelly ! Il ne pouvait pas tout contrôler, si puissant soit-il, Sanya le lui avait assez répété. Si on agissait en toute discrétion, il était facile de passer au nez et à la barbe des dieux. Il restait une chance de s'en sortir. Elle était l'une des meilleures de la confrérie, et elle jouissait de l'élément de surprise. Elle était ingénieuse, elle allait bien trouver un moyen de les tirer de ce faux pas.

Redressant la tête, Connor accéléra le rythme. Thorlef l'imita, surpris et un brin agacé par ce comportement. Il devait avoir l'habitude d'avoir des prisonniers pleurnichards et apeurés qui traînaient derrière, qu'il pouvait pousser à volonté, pas des prisonniers qui prenaient eux-mêmes les devants.

Ils passèrent par la haute cour sous les regards surpris, mais amusés des soldats, qui se réjouissaient de voir de nouveaux captifs. Connor ne releva pas leur regard. Breris et Aela furent entraînés aux cachots, et le jeune homme se retrouva seul avec Thorlef et quelques soldats qui pointaient toujours leurs arbalètes sur lui. Il ne les voyait pas, mais il sentait sur sa nuque leur regard inquiet.

- Un Maître des Ombres, avaient-ils soufflé, craintifs.

Ils n'osaient pas s'approcher de lui, et il s'en réjouissait. On les laissa entrer dans le Fort sans discuter, et Connor se retrouva dans une impressionnante salle en pierre. Il eut le cœur serré en songeant que Sanya se trouvait à sa place, quelques mois plus tôt, mais sa tristesse fut immédiatement remplacée par la haine lorsqu'il découvrit l'empereur Eroll, avachi sur son trône, le menton posé dans sa main.

Thorlef le poussa rudement, manquant de le faire étaler par terre, et le groupe se dirigea vers l'empereur. Les gardes présents étaient en alerte, la main posée sur la garde de leur épée.

Quand il fut face à l'empereur, Connor le transperça du regard, bien droit, la tête haute. Malgré les coups de Thorlef, il ne s'agenouilla pas, bien décidé à lutter jusqu'au bout. Lassé ou indifférent, Eroll fit signe à son général de laisser, et ce dernier s'écarta en grognant, jetant un regard noir à cet homme qui osait le ridiculiser de la sorte. Connor se doutait qu'il lui ferait payer, mais il s'en fichait bien. Thorlef ne pourrait jamais lui faire subir ce qu'il avait fait subir à Sanya, et il découvrirait rapidement qu'énerver un Maître des Ombres n'était pas très recommandé.

- C'est un plaisir de vous avoir dans mon Fort, Maître des Ombres, lança Eroll.

Quel était le but de cette curieuse sympathie ?

- Un plaisir pour moi aussi que d'être avec des gens de votre qualité.

Un solide coup s'abattit sur sa nuque. Le jeune homme vacilla, mais ne plia pas.

- Surveille ta langue, face à notre vénéré empereur ! tonna Thorlef, rouge de colère.

- Vénéré, rien que ça ? Moi foi, j'ignorais qu'il était une divinité. Ravi de l'apprendre.

Il exécuta une révérence ironique, avant de recevoir un coup dans les côtes qui le fit grimacer.

- Suffit Thorlef ! gronda Eroll. Si tu ne veux pas que je te corrige à ton tour, garde tes mains dans tes poches. Je ne tolérerais pas qu'on abîme mon hôte.

- Je doute que Sanya ait bénéficié de la même sympathie.

- Connor, je peux vous appeler Connor ? Je ne vous veux pas de mal, pas plus qu'à vos amis. Cette Sanya, dont vous semblez épris, n'est pas une femme recommandable.

- Et qu'en savez-vous ?

- C'est une déesse, cela devrait vous suffire. Servante d'Abel. Les dieux ne sont pas des tendres avec les humains, vous devriez le savoir.

- Déplacé, pour quelqu'un qui se bat pour la religion et vénère les dieux à tel point que tout son peuple le suit aveuglément.

- Oh, mais Sanya ne fait pas partie de ma religion, voilà toute la différence, Connor. Moi, je vous parle d'Abel et son ordre.

- Ne vous fatiguez pas. On a déjà essayé de me monter contre Sanya, de me vanter les bienfaits des dieux. Je n'ai aucun respect, ni pour Abel ni pour Baldr, alors économisez votre salive pour autre chose.

- Je vois. Je n'insisterai pas davantage alors. Vous êtes bien libre de croire en qui vous voulez, ou en personne. Mais laissez-moi au moins vous offrir mon hospitalité.

- Très aimable à vous. J'ai le droit à une suite avec une vue sur l'océan ?

- Vu sur l'océan, non, mais une chambre spacieuse, digne d'un roi devrait vous convenir.

- Un roi... alors je voudrais ma reine, dans ce cas.

Eroll eut un pauvre sourire.

- Connor, je suis navré, mais je ne peux pas.

- Navré... je doute que vous soyez navré, quand vous étiez face à elle, à la battre jusqu'à la mort.

- Ne croyiez pas ça. Sanya m'a fait du mal. Torturer n'est pas une lubie pour moi, mais je veux récupérer mon fils.

- Vos excuses ne m'intéressent pas, Eroll. Je veux Sanya, rien d'autre. Laissez-la partir, et nous retrouverons votre fils.

- Oui, dans l'antre de Sanya. Je n'ai rien contre vous. Je ne vous éloigne pas d'elle par plaisir, mais parce qu'elle est dangereuse.

- Nous pouvons parler longtemps, cela ne changera rien. Je veux Sanya, c'est tout. Vos paroles, vos excuses, ne m'intéressent pas. Je vais regagner cette charmante chambre, comme vous me l'avez conseillé. Rendez-moi Sanya, et je vous laisserai la vie sauve. Sinon... eh bien, je vous conseille de surveiller vos arrières. Quelques chaînes ne peuvent arrêter un Maître des Ombres, et je ne crains nullement cet avorton qui se fait passer pour un magicien.

- Vous avez du courage, je dois bien l'admettre. Et je vous admire pour ça. Peu auraient l'audace de me menacer, et exiger des choses de moi. Beaucoup vous auraient déjà fouetté pour ce manque de respect, mais pas moi. Je ne suis pas un barbare.

- Non, bien sûr. Vous ne faites juste qu'exécuter la volonté des dieux, tuer, massacrer, torturer sont des choses saintes dans ce contexte, pas de la barbarie. Logique... Par où la chambre ?

Une lueur mauvaise brilla dans le regard d'Eroll, mais elle s'éteignit rapidement.

- Votre mépris est normal, je ne vous en veux pas. Mais vous comprendrez, un jour, que mes intentions ne sont pas mauvaises. Thorlef, faites quérir les domestiques. Qu'on trouve une chambre digne de ce nom à notre invité.

*

- À quoi rime cette comédie ?! s'emporta Thorlef en faisant les cent pas dans le bureau de son empereur. Il mériterait que je m'occupe de lui, cet insolent, que je le...

- Du calme, Thorlef. Avec lui, la violence ne servira à rien. Vois Sanya, depuis deux mois, nous en sommes toujours au même point.

- Laissez donc mes hommes la violer un peu, ça ne lui fera pas de mal ! Elle le mérite après ce qu'elle m'a fait, cette garce !

- Contenez-vous, le viol ne servirait à rien sur elle, et je ne voudrais pas qu'un de vos hommes, peu expérimenté en matière de torture, ne fasse preuve d'un peu trop de zèle sur elle. De plus, vos méthodes sont beaucoup plus efficaces que le viol lui-même, je me trompe ?

- Oui, oui, vous avez raison seigneur. Mais pour le Maître des Ombres, qu'attendez-vous de lui ?

- Je veux l'avoir de mon côté. Une arme terrible dans mes rangs, une arme capable de vaincre la confrérie à coup sûr. Je veux qu'il se joigne à moi, qu'il se batte pour moi, et qu'il me livre tous les secrets de sa confrérie.

- Torturez Sanya devant lui, il parlera.

- Je n'en doute pas, mais cela ne m'assurera pas sa loyauté, bien au contraire, il n'en serait que plus dangereux, car son but serait de se venger de moi. La vengeance, chez un Maître des Ombres, est quelque chose à ne pas prendre à la légère, Thorlef. Si nous torturons Sanya, ou pire, la tuons, soyez sûr qu'au premier faux pas, dès que vous aurez le dos tourné, il vous tuera. Il me tuera.

- C'est pourquoi Hilmar est parmi nous, non ?

- Je doute qu'il puisse lutter longtemps face à un Maître des Ombres... Et le sorcier a perdu la raison depuis très longtemps, tu n'es pas sans savoir. Il est fourbe, dangereux et imprévisible. Il serait capable de me tuer à la première occasion, c'est pourquoi j'aimerais bien le remplacer.

- Et vous avez besoin du Maître des Ombres pour ça...

- Exactement. Ce garçon me rendrait des tas de services. Il élimine une grande menace ici même, et me permet de remporter la guerre.

- Alors, dites-lui ce qu'a fait subir Hilmar à Sanya. Quand il sera tout, le sorcier n'en aura plus pour longtemps.

- Exact. Mais il refusera de m'aider, ensuite. Je suis responsable de ces tortures. Moins il en sait, mieux il est maniable.

- Vous entreprenez quelque chose de dur et dangereux, mon seigneur. On ne peut se fier aux Maîtres des Ombres, et celui-ci est profondément entiché de la reine. Vous n'obtiendrez rien de lui.

- Pas forcément. Je veux essayer. S'il ne veut pas se joindre à moi, alors je passerai à la manière forte. Torturer sa bien-aimée devant lui devrait lui délier la langue. Tout comme le rendre bien plus dangereux. Un prisonnier à ne pas prendre à légère. Tous mes choix, le concernant, sont à double tranchant, j'en ai peur.

- Le tout pour le tout, comme on dit. Ou bien il nous aide gentiment pour sauver sa chérie, ou il nous tue tous.

- Un parie risqué. Voilà pourquoi je tiens à le corrompre. Si j'y parvins, tout serait tellement plus simple. Il trahit la confrérie, l'élimine, me révèle tous les secrets sur Eredhel, il me sert d'espion... et la victoire ne sera plus loin. Ensuite, je me débarrasserai de lui.

- Je vois.

- Thorlef, veillez à ce que Hilmar ne reste jamais bien loin de Connor. Plus il sera proche, plus notre cher invité aura de chance de le tuer.

22

Connor inspecta la pièce d'un œil attentif. Il craignait toujours quelque chose, Eroll avait une idée en tête, c'était certain. Pourquoi offrir une chambre à un prisonnier ? Pour le corrompre, c'était aussi évident que ça.

Au moins, personne ne viendrait le poignarder dans la nuit, si c'était ça. Et il allait jouer de sa situation pour sortir, repérer les lieux.

On frappa à sa porte, et une charmante domestique entra, une pile de linge sur les bras. Son armure lui avait été confisquée, mais Eroll le gâtait en vêtements. En domestique, également. N'y avait-il que de charmantes demoiselles, ou était-ce une partie du plan d'Eroll ? Le faire succomber aux charmes d'une autre, pour qu'il oublie Sanya, aurait été astucieux, mais si belles soient les filles que lui présentait l'empereur, aucune ne pouvait rivaliser avec Sanya.

Quand ce fut l'heure du repas, le jeune homme s'habilla et descendit dans la salle à manger. Le Fort n'était pas aussi grand que le château d'Eredhel, il n'eut aucun mal à retrouver son chemin. Et puis, les gardes qui ne cessaient de le flanquer et les sorciers qui se cachaient lui auraient bien indiqué la route.

Une fois face à la grande table garnie de toutes sortes de mets, Eroll lui fit signe de s'installer près de lui. Thorlef se tenait cependant entre eux, par pure précaution. À la gauche de l'empereur se tenait une femme d'âge moyen, très mince, avec de courts cheveux noirs et le regard fuyant. Au vu des richesses de ses habits, et de sa place à table, nul doute que c'était l'impératrice, mais la pauvre devait souffrir de ce titre, comme de son époux. Seul Hilmar était absent.

- J'espère que la chambre est satisfaisante, lança Eroll en prenant son verre de vin.

- Si tous les prisonniers pouvaient vivre dans ce luxe, ma foi j'aurais peut-être un peu d'estime pour vous.

Eroll ne releva pas. Peut-être préférait-il avoir le repas devant lui, pour commencer ce débat houleux, et Connor en fut secrètement ravi. Même s'il refusait de se laisser dominer, provoquer et insulter l'empereur comme il le faisait allaient aggraver son sort, il en avait conscience.

Les domestiques remplirent leur assiette, leur adressant des sourires faussement ravis. Connor se doutait que l'empereur leur avait ordonné de paraître heureux. Il n'en doutait pas un instant, et ça l'exaspérait. Eroll croyait-il vraiment qu'il pouvait l'amadouer aussi facilement ?

Ignorant les regards, le jeune homme commença à manger.

- Je veux voir mes amis, lança-t-il à brûle-pourpoint.

Eroll but une gorgée de vin avant de répondre :

- Je comprends totalement, hélas, je ne peux pas.

- Pour quelle raison ?

- Pour les mêmes raisons que Sanya. Vous n'avez pas l'air de savoir qui sont réellement les eredheliens, et je tiens à ce que vous le découvriez. Mais je peux vous assurer qu'ils sont traités au convenable.

- Au convenable, répéta le jeune homme. Cela veut donc dire séances de torture et tout le reste ?

- Non. Je ne leur ferais pas de mal, soyez en assuré.

Ils mangèrent encore un moment en silence, mais Connor était décidé à ne pas lâcher prise.

- Pourquoi ce traitement de faveur ? Je ne suis pas stupide, Eroll, je sais que vous préparez quelque chose. Pourquoi moi, je peux rester ici, à me régaler comme un noble ?

Connor pouvait sentir à côté de lui que Thorlef se raidissait.

- Connor, vous semblez croire que je hais tous les gens des quatre royaumes. Ce qui est faux. Je respecte vos peuples, et j'ai même de l'admiration pour eux. Les seuls que je haïsse, ce sont ceux qui ont fait du mal à mon peuple, ceux qui les ont massacrés, torturés, pendant la guerre, et qui sont prêts à recommencer. Connor, Eredhel n'a pas une histoire glorieuse. Vous ne m'avez fait aucun mal, alors pourquoi vous détesterais-je ? J'ai de l'estime pour les Maîtres des Ombres, vraiment, et je tiens à ce que vous sachiez réellement avec qui vous vivez. Je tiens à ce que vous sachiez tout, sur les royaumes que vous semblez vouloir défendre farouchement. Et qui nous sommes réellement.

- Des histoires sur Sanya ?

- Non, elle n'était pas reine, à cette époque. Mais vous comprendrez que mon empire, mon peuple, a raison de vouloir la guerre. Je vous montrerai les horreurs qu'on nous a fait subir. Les horreurs que nous a fait subir votre religion, et ce qu'elle continue de commettre, aujourd'hui encore. Nous ne sommes pas les méchants de vos propagandes.

- Alors si Sanya n'est pas responsable, relâchez-la.

- Non. Vous croyiez que c'est moi qui aie déclaré la guerre, mais c'est elle. Le jour même où elle m'a volé mon fils. J'entends bien le retrouver.

Connor inspira pour se calmer.

- Eroll, les seuls responsables, dans cette histoire, ce sont les dieux. Ils se servent de nous pour faire la guerre. Ce sont les dieux, qui ont capturé votre fils, pas Sanya. Juste pour vous fournir une excuse, pour attaquer et assouvir les royaumes.

- Que vaut la parole d'une déesse déchue, un traître à son propre sang, face à celle d'un grand chef vénéré ? Baldr lui-même est venu m'informer de la fourberie de Sanya. Je lui fais confiance, il a toujours éclairé notre monde, il a toujours rependu sa sagesse et ses bienfaits.

- Vous ne devriez pas faire confiance aux dieux.

- N'est-ce pas ce que vous faites ?

- Sanya est différente.

- Baldr l'est aussi. Un noble chef, qui prend soin de nous, qui nous protège de la tyrannie de son frère aîné. Il nous a toujours guidés, et aujourd'hui encore, il continue de nous venir en aide. J'ai promis de le servir, pour apporter à mon peuple et le vôtre, la paix à laquelle ils aspirent tant. Baldr m'a choisi, moi, pour accomplir son destin ! Je suis son champion, Connor.

Le jeune homme se massa les tempes. Eroll n'avait pas toute sa tête. Ou bien il était particulièrement habile et fourbe. Faire preuve d'une si grande croyance, vénérer les dieux et la religion, pour ensuite s'en servir pour ses noirs desseins, il fallait être tordu pour utiliser une simple croyance en instrument de guerre, pour profaner indirectement les dieux et la religion, tout en la vénérant.

- Je n'ai que faire de vos paroles. Ce que vous avez à m'apprendre ne m'intéresse pas. Vous voulez la guerre, uniquement pour repandre votre religion, rien que ça est une preuve du mal que vous faites.

- Vous verrez, et vous comprendrez, j'en suis sûr.

Les jours passèrent. Connor n'avait absolument aucune nouvelle de ses amis, et jamais Eroll ne l'avait autorisé à les voir. Même s'il était libre d'aller où bon lui semble, plusieurs gardes et sorciers ne cessaient de le surveiller, lui refusant l'accès d'endroit où « il faisait trop froid » ou encore là où « les structures étaient dangereuses ». Connor n'insistait jamais, mais qu'on lui lance de telles excuses tirées par les cheveux l'agaçait au plus haut point. Une fois, il avait bien tenté d'éliminer les gardes, mais les sorciers avaient triomphé de lui. On ne l'avait pas battu, on ne l'avait pas puni, au grand désarroi de Thorlef. Il avait juste droit aux compréhensions de l'empereur. « Je comprends ta rage, mon ami. Je comprends que tu te sentes mal. Mais je ne veux que ton bien. Avec le temps, tu comprendras. » À dire vrai, il en avait mare de cette fausse sympathie, qui lui faisait froid dans le dos. Si Eroll le torturait, au moins savait-il à quoi s'attendre. Or, il jouait avec lui.

Pendant ces longs jours, Connor n'avait cessé d'inspecter les lieux, cherchant une éventuelle porte de sortie, un plan pour se tirer de sa situation. Il ne trouva rien, car il fallait encore sortir ses amis de prison. Et ni Kelly, ni Alvin, ne faisaient signe. Au moins avait-il réussi à s'échapper, ce qui était un soulagement. Ou bien les avait-on éliminés en mer ?

Cette pensée lui déchira le ventre.

Il avait eu le droit de sortir en ville, et il ne s'était pas fait prier pour s'éloigner le plus possible du Fort. Il ne se privait pas pour inspecter chaque recoin de la ville, espérant trouver une trace de ses amis.

Il n'avait rien trouvé, mais découvert des choses qui l'avaient horrifié. Sanya n'avait pas exagéré, en disant que la base de l'enseignement était la religion. Il avait perdu le compte des coups de cloche, annonçant aux gens qu'ils devaient tout arrêter pour prier. Ces derniers s'étaient rués dans les différents temples de la ville pour prier leurs dieux favoris, et cela durait généralement une demi-heure. De loin, il avait pu observer une scène qui l'avait révulsé. Un homme décharné et sale, qui n'était pas allé prier pour terminer son travail à temps. Les prêtres étaient venus le trouver, et l'avaient traîné de force jusqu'au Fort devant des visages effarés et fuyant, ignorant les lamentations du pauvre homme qui voulait juste garantir un repas pour sa famille. Les prêtres n'en avaient que faire, prétextant que s'il avait prié comme il se doit, sa famille ne serait pas sans un sou en poche. Connor avait attendu, mais le vieil homme n'était pas revenu. Une annonce de pendaison avait été en revanche placardée en ville.

Pour ne rien arranger, les prêtres circulaient sans cesse en ville, apportant la « connaissance » aux habitants, qui se régalaient toujours de leurs paroles sans pour autant les comprendre. Quand les prêtres disaient qu'une chose était mal, ils s'indignaient avec eux, tandis qu'ils criaient de joie quand on leur annonçait quelque chose de bien. Connor, loin d'être dupe, se doutait que toutes ces « connaissances » étaient dictées par Eroll. D'ailleurs, l'un des sujets qui revenait souvent était la nécessité de reprendre les quatre royaumes, pour anéantir les barbares et aider leurs prochains. Une guerre qui n'avait pour seul but que d'éliminer Abel qui faisait tant souffrir les gens. Une guerre qui visait aussi la libération de ces peuples opprimés par un tel dictateur. Car Sanya avait prouvé qu'elle n'était qu'une reine maléfique.

Les gens ne semblaient pas avoir conscience d'être manipulés comme des marionnettes. Endoctrinés depuis leur plus tendre enfance, ils croyaient dur comme fer tout ce que leur empereur et les prêtres disaient. Même les choses les plus affreuses, comme la famine, la maladie, la guerre, apparaissaient alors comme des merveilles, des nécessités. Ils étaient même ravis de faire la guerre, juste parce que leur empereur s'était présenté comme l'Élu de Baldr, et qu'ainsi, ils pouvaient servir les dieux. Tuer des gens et subir la famine n'avaient alors aucune importance, tant que c'était au nom de la religion. Personne n'osait douter de lui ni remettre en cause ses actes et ses paroles. Ou alors, la peine de mort vous pendait au nez.

Un homme avait été brûlé vif pour avoir prétendu que les

étoiles étaient d'énormes blocs de pierre et de gaz, et non les lumières bienveillantes qu'allumaient chaque soir les dieux, pour guider les peuples. Une foule s'était rassemblée autour du malheureux pour le lapider tandis que les flammes commençaient à lui lécher les pieds. Les prêtres se réjouissaient de la scène.

Incapable de supporter cette vision, Connor s'était enfui. Les prêtres, qui se disaient pour le respect de la vie, et que seul Baldr avait droit de vie et de mort, ne se gênaient pas pour éliminer tous ceux qui pouvaient se montrer dangereux pour eux.

Des pions, voilà tout ce qu'ils étaient, mais évidemment, personne ne le savait. Les prêtres, s'ils en avaient conscience, se gardaient bien de le dire, trop heureux d'avoir tout un peuple à leur service et de pouvoir se remplir les poches.

Parce qu'ils ne se privaient pas pour taxer les gens, prétextant que ça aiderait l'Église. Alors les gens donnaient volontiers tous ce qu'ils avaient pour s'assurer la bonne grâce des dieux, permettant ainsi aux prêtres et à l'empereur de récolter tout l'or sans jamais le redistribuer après.

Ses anges gardiens toujours sur ses talons, Connor s'arracha à toutes ses pensées. Il devait se diriger vers le grand balcon du Fort, où Eroll l'avait prié de le rejoindre, et il était bien décidé à le faire attendre un peu.

Il tomba alors sur Hilmar. Le voir là, si vulnérable devant lui, le fit bouillir de rage et d'envie. Une envie folle de le tuer ! Quand il vit le sang sur ses mains, la fureur explosa en lui. Hilmar lui jeta un regard narquois, avant de s'en aller. Connor resta planté sur place, réfléchissant à toute vitesse. Puis, sans un mot, il le suivit en silence, telle une ombre. Les couloirs du château étaient sombres, pour son plus grand bonheur ; il n'eut aucun mal à semer ses anges gardiens, même s'ils savaient qu'ils finiraient bien par le retrouver. Ça lui laissait un peu de temps. Décrochant une dague qui décorait le mur comme un trophée de guerre, il la serra dans sa main, et rattrapa Hilmar qui semblait ne pas s'être rendu compte de sa présence.

Quand il le vit entrer dans ses quartiers, il attendit un instant dehors, l'œil collé à la serrure. Ne le voyant pas dans le salon, il ouvrit lentement la porte, sans un bruit, jetant un coup d'œil derrière lui. Personne.

Il entra comme un courant d'air.

Son arme prête à frapper, il avança en silence, bloquant sa respiration. Il tremblait d'impatience et d'angoisse, se forçant tant bien que mal à oublier toute émotion, toute sensation. Il devait faire le vide en lui.

Il vit alors Hilmar. Assis à son bureau, il commençait à préparer sa plume et son parchemin. Il lui tournait le dos. Connor inspira, bloqua son souffle, et s'avança furtivement.

Il resta un moment immobile à quelques mètres de lui, serrant fort sa dague. Seul le bruit de la plume grattant le parchemin se faisait attendre. Armant son bras, Connor s'avança. Il oublia tout. Il ne resta en lui qu'un calme serein.

Alors il bondit, et sa dague fendit l'air si vite que l'œil n'aurait pu suivre le mouvement. Elle visait la gorge... et s'immobilisa à quelques centimètres de sa proie, comme arrêtée par une force invisible.

Paniqué, Connor tenta de frapper de nouveau, mais son bras ne lui répondait plus. Il avait beau forcer sur ses muscles, il restait parfaitement immobile. La peur se saisit de lui.

Hilmar se leva paresseusement, et se tourna vers lui, un sourire amer sur le visage.

- Je me doutais bien que je devrais subir une tentative d'assassinat.

Connor essaya d'abattre son poing libre sur cet homme, mais une douleur fulgurante explosa en lui, se repandant dans tout son corps comme un feu ardent. Lâchant sa dague, il tomba à genoux, les larmes aux yeux, les dents serrées. Les paroles d'Hilmar semblaient lui venir de loin :

- Comment pouvais-tu croire qu'un débutant comme toi, pouvait vaincre un grand sorcier comme moi ? Crois-tu vraiment que je ne t'ai pas vu me suivre ?

Une nouvelle vague de douleur l'empêcha de répondre. Il voulut ramasser sa dague, mais Hilmar donna un coup de pied dedans.

- Bien. Eroll te veut en vie, mais moi non. Comme personne n'est là pour toi, tu ne verras pas de mal à ce que je te tue.

Tirant un couteau de sa tunique, il s'approcha du jeune homme d'une démarche prédatrice.

- Je te tuerai..., grommela Connor. Je le jure.
- Admirable, mais malheureusement tu ne tiendras jamais cette

parole.

Il allait abattre sa lame quand la porte s'ouvrit en volet. Deux soldats apparurent, épée en main, talonnés par un autre homme en tenue de mage.

- Hilmar, ça suffit, tonna l'un d'eux. Eroll veut le voir. Il n'apprécierait pas que tu l'aies tué.

Les deux hommes pointaient leur épée sur le sorcier. Pour une fois, Connor était heureux de les voir. Il avait été à un souffle de la mort. Hilmar le contempla froidement.

- Nous nous reverrons.

La douleur cessa et Connor dut se retenir avec ses mains pour ne pas s'affaler, reprenant bruyamment son souffle. Tout son corps était douloureux. Deux mains l'aidèrent alors à se relever, et il ne protesta pas.

- Suivez-nous. Eroll veut vous voir immédiatement.

Jetant un dernier coup d'œil assassin à Hilmar, le jeune homme suivit les soldats, se promettant intérieurement que ce sorcier périrait bientôt de sa main.

Quand il eut traversé de longs couloirs jusqu'au grand balcon, Connor trouva Eroll accoudé à la rambarde du balcon, comme à son habitude contemplant sa ville en silence. Il était seul, mais une épée pendait à sa ceinture, montrant qu'il n'était pas vulnérable pour autant.

Connor s'approcha sans un mot, tandis que ses gardes du corps les laissaient seuls.

- Je viens d'apprendre que vous avez attenté à la vie de mon sorcier.

Le jeune homme ne répondit pas, le regard perdu dans la contemplation du paysage.

- Je ne peux vous en vouloir.
- Prenez garde de ne pas être le prochain.
- Allons, pourquoi tant d'hostilité ? Je ne vous veux pas de mal.
- Alors, laissez-moi partir. Avec mes amis.
- C'est impossible et vous le savez. Je ne peux pas les libérer, et vous, vous n'auriez nulle part où aller. (Il changea abruptement de sujet.) Regardez un peu les beautés de ma ville.

Le jeune homme dut bien admettre que les quartiers riches étaient resplendissants, mais les quartiers pauvres, derrière, gâchaient tout ce qu'Eroll voulait lui montrer.

- Ma ville n'était pas comme ça, autrefois. La guerre l'a ravagée.

- Vous n'avez eu que ce que vous méritez.

- Pourquoi faire payer les crimes d'un empereur à des innocents ? La guerre les a touchés bien plus que les soldats. (Il lui toucha le bras.) Venez, j'ai des choses et des gens à vous montrer.

Il l'entraîna à sa suite à travers les couloirs du Fort, puis jusqu'à la basse-cour, avant de le guider dans la ville de Castel-noir. Ils marchèrent un moment en silence. Connor pouvait sentir derrière lui que les sorciers étaient aux aguets, prêts à agir s'il tentait la moindre chose.

Eroll regardait les boutiques d'un œil attentif, saluant poliment les passants, qui lui répondaient avec empressement, les yeux baissés, les mains tremblantes. Eux aussi devaient être surpris par un tel comportement, mais ravis qu'un envoyé divin daigne leur accorder de l'attention. S'ils vénéraient Eroll, cela ne semblait pas les empêcher de le craindre, peut-être même de le détester, vu la façon dont ils s'empressaient de détaler.

Le passage d'Eroll, en temps normal, ne devait pas être bon signe.

- Alors, Connor, que pensez-vous de ma ville ?

- Vous avez rendu ces gens complètement stupides, avec vos belles paroles. Vous les empêchez de penser, de réfléchir, pour qu'ils ne croient que ce que vous dites, pour pouvoir les manipuler.

- Pas du tout. J'apporte la connaissance à ceux qui ne peuvent se l'octroyer seul. Je distribue de l'argent à ceux qui en ont le plus besoin.

- Vu l'état de ces malheureux, vous n'avez pas dû leur donner grand-chose.

- Ils se tuent au travail. Durant la dernière guerre, Eredhel a fait tellement de ravage, que les gens doivent à présent se battre pour survivre. Les taxes que nous avons dû payer, ainsi que les soldats, qui patrouillaient sans cesse sur l'empire, nous ont affaiblis. Toujours à réclamer de l'argent, de la nourriture, à piller les récoltes, les habitants... Les gens ont terriblement souffert, la famine et la maladie se sont abattues... Mais aujourd'hui, c'est terminé. Nous allons nous redresser. Nous avons éliminé ceux qui nous ont fait du mal, et les gens commencent à aller mieux.

Comme Connor ne répondait pas, il enchaîna.

- Sincèrement Connor, avez-vous déjà vu un criminel ici ? Un voleur, un assassin, un violeur ou autre ?

Le jeune homme, même s'il mourait d'envie de contredire l'empereur, dut bien admettre qu'il n'avait croisé aucun criminel.

- Vous trouvez ma religion stupide et dure, mais voyez ce qu'elle nous apporte. Des gens qui respectent la loi. Ici, vous n'avez pas à craindre d'être volé, battu ou tué. Parce que les criminels n'existent pas. Voilà ce que nous apporte Baldr : une société de gens paisibles, honnêtes et le cœur sur la main. Osez me dire que chez vous, c'est aussi le cas. Osez me dire qu'il n'y a pas de meurtre ni de vol.

Connor ne put rien dire. Eroll marquait un point.

- Peut-être que la religion est stricte, beaucoup plus que chez vous, mais elle apporte la paix aux gens. Ils peuvent vivre paisiblement.

- Vous leur faites gober tous et n'importe quoi en les empêchant de penser par eux-mêmes ! Vous prétendez qu'ils vous doivent de l'argent, pour que vous pussiez aider les autres, mais l'argent, vous le gardez pour vous !

- Et qui vous le prouve ? Réfléchissez-y, Connor. D'où tenez-vous cette certitude ? Avez-vous une preuve ? M'avez-vous vu ? Ou bien Sanya vous l'a dit ? Et elle-même, qu'en sait-elle ?

Connor ouvrit la bouche, mais la referma. Il n'avait rien à ajouter sur ce sujet.

- Je le conçois. Mais pourquoi faire croire aux gens que s'ils se battent, s'ils meurent et souffrent, ils apporteront la paix ? Pourquoi leur faire croire que faire la guerre et tuer en masse aidera qui que ce soit ?

- La pure vérité. Ils servent les dieux et tu le sais.

- Pourquoi vouloir la guerre ? Si les dieux veulent se battre, qu'ils se débrouillent sans nous.

- Baldr a besoin de nous pour mettre fin à la tyrannie de son frère. Les quatre royaumes ont besoin de nous pour être sauvés, pour être débarrassés de ceux qui les font souffrir. Nous nous battons pour les protéger, et pour protéger nos familles qui risquent elles aussi de subir les tourments d'Abel, un jour. Nous nous battons pour tous ceux qui ont besoin d'aide, tous ceux qui sont opprimés. Sanya, en enlevant mon fils, nous a prouvé qu'Eredhel est toujours un royaume sans honneur, dont il faut se méfier.

Sans rien ajouter, il le conduisit à travers les rues délabrées de Castel-noir, où des odeurs nauséabondes les agressaient. S'arrêtant finalement devant une grande bâtisse, Eroll frappa lourdement, attendant qu'on veuille bien lui ouvrir.

Une femme rondelette aux traits tirés s'inclina très bas devant lui, s'empressant de le faire entrer.

- Je vous sers quelque chose, mon seigneur ?
- Non merci.
- Nous attendions votre venue avec impatience.

Quand il fut entré, Connor comprit que cet endroit était un salon. Plusieurs personnes se trouvaient là, principalement des personnes âgées, qui se détendaient en buvant du thé. La plupart était dans un sale état, couvert de cicatrices, et certains avaient des membres en moins, des yeux crevés, ou de terribles brûlures.

- Bienvenu au salon des Rescapés, lança Eroll.

Toutes les têtes se tournèrent vers eux, et les gens s'inclinèrent bien bas devant leur empereur.

- Relevez-vous, mes amis. Je vous amène ici un homme eredhelien, qui ne connaît rien aux vérités de la guerre. Je vous l'ai amené, pour que vous lui racontiez vos histoires, pour qu'il comprenne ses erreurs de croire aveuglément en ce qui est faux. (Il se tourna vers lui.) Eredhel n'est pas le royaume bon et intentionné que vous vous imaginez.

La rage envahit Connor, mais il se retint quand un vieillard à jambe de bois s'avança vers lui. Il tapota le morceau de bois.

- Un souvenir de la terrible bataille, qui a eu lieu à Eredhel. Un massacre, une effusion de sang. Les soldats d'Eredhel nous ont massacrés sans chercher à comprendre, et même lorsque nous battions en retraite, ils nous ont sauvagement abattus, n'hésitant pas à malmener les blesser qui agonisait sur le champ de bataille... Ils leur ont fait des choses affreuses, les tuant à petit feu, coupant leurs membres un à un, les torturants... J'ai perdu ma jambe de cette façon. Des horreurs sans nom, dont je fais des cauchemars chaque nuit. J'ai vu mon père mourir sous mes yeux, égorgé par un homme qui a éclaté de rire.

Les larmes lui montant aux yeux, il laissa sa place à une femme d'âge mûr.

- Mon fiancé... mon fiancé m'est revenu de la guerre dans un état épouvantable, une jambe et un bras en moins, la tête ouverte, un œil crevé. Il m'a demandé en mariage. Il est mort avant que j'aie eu le temps de dire oui...

Elle éclata en sanglots à ce terrible souvenir, et s'en alla se réfugier dans les bras d'une vieille femme. Une autre s'approcha, tripotant dans ses mains une amulette en or.

- Mon fils... mon petit... si fier de protéger sa famille... torturé à mort parce qu'il voulait protéger son peuple...

Les gens défilèrent ainsi, racontant les horreurs que la guerre leur avait fait subir. Ce que les eredheliens n'avaient pas hésité à leur faire subir, s'amusant de leur souffrance. Puis ils enchaînèrent avec le traité, stipulant que les vainqueurs pouvaient venir ici les piller, les tuer si cela leur disait. Une famine terrible avait éclaté, famine qui n'avait jamais pris fin, faisant de nombreux morts. Durant quarante ans, ce traité, avec ses taxes, ses pillages, ses horreurs sans nom, avait détruit femmes, enfants et hommes. Aujourd'hui encore, ils peinaient à se relever. Et on leur avait interdit de vénérer leurs propres dieux, on les avait forcés à adopter une religion qui n'était pas la leur, sous peine de mort.

- Voilà pourquoi nous faisons la guerre, expliqua Eroll. Pour apporter notre religion, pour qu'Abel cesse « d'engendrer des monstres » qui nous font souffrir. Pour libérer ces gens de l'oppression.

- Pour la liberté, ou par vengeance ?

Connor ne pouvait plus contenir sa rage, malgré la peine qu'il ressentait pour ses gens.

- Vous vous considérez comme seules victimes ! Oui, Eredhel et les autres royaumes ont commis des atrocités durant la guerre, mais vous en avez commis tout autant ! Combien de femmes se sont retrouvées veuves ; d'enfants devenus orphelins, des parents perdant leurs fils ?! Vous croyez être les seuls à souffrir ?! Tous sont coupables d'horreurs, mais tous sont aussi victimes. Cessez de me présenter Eredhel comme un monstre, alors que les gens ont souffert eux aussi de la guerre ! Dans les conflits, il n'y a pas méchants ni gentils, juste des coupables et des morts ! Et durant d'autres guerres, n'oubliez pas que les rôles ont été inversés et vous n'avez pas été mieux !

» D'ailleurs, qui a déclaré cette guerre ? Eux, ou vous ? (Les gens baissèrent la tête.) Arrêtez de vouloir imposer votre religion à tout le monde, et tous se porteront mieux !

- Les gens ont besoin de nous, de notre religion pour être meilleurs et cesser de vouloir le mal..., tenta un homme.

- Non ! Les gens sont libres de croire en qui ils veulent ! Nous n'avons pas besoin de vous pour choisir une religion, nous croyons en qui nous voulons, ou mieux, en personne ! Nous ne sommes pas des barbares, pas plus que vous, et pour vivre là-bas, je sais qu'Abel n'est pas pire que Baldr ! Vous n'êtes jamais allé là-bas, alors comment osez-vous accuser ces gens ? Comment osez-vous prétendre que vous savez tout, que vous êtes meilleurs que tout le monde ? Comment osez-vous dire que tout le monde devrait faire comme vous, que tous ont besoin de vous pour vivre ? Chacun a son mode de vie, et il faut cultiver cette différence. Nous vivions très bien avant votre arrivée, nous n'avons pas besoin de vous. On vous dit toujours d'aimer vos prochains : vous a-t-on dit qu'il faut les tuer et les soumettre à vos idées s'ils ne pensent pas comme vous ? Pourquoi seriez-vous le modèle de l'excellence, pourquoi les autres seraient des barbares s'ils ne croient pas en les mêmes choses que vous ? Si vous n'aviez pas cherché à plier tout le monde à votre religion, rien de tout ça ne serait arrivé ! Eredhel ne vous a jamais voulu de mal.

Personne ne répondant, il continua :

- Oui, je conçois que le traité vous a fait souffrir. La vengeance est compréhensible. Mais bon sang, réveillez-vous ! C'était il y a quarante ans, la plupart des soldats que vous avez affrontés sont morts et enterrés ! Il ne doit en rester qu'une poignée ! Pourquoi pousser vos fils à en tuer d'autres, des gens qui n'ont absolument rien à voir avec les erreurs de leurs aînés ? Ils n'ont rien fait eux, alors pourquoi vouloir les tuer ? Vous souffrez d'avoir perdu vos enfants, mais vous n'hésitez pas à envoyer vos petits-enfants, pour une cause qui n'est pas la leur. En ça, c'est vous les barbares, pas nous. La reine Sanya a allégé le traité. Depuis qu'elle est reine, elle a interdit les pillages et je sais qu'elle a annulé les taxes.

- C'est faux !

- Dans ce cas, accusez votre empereur, pas la reine.

Eroll blêmit, mais ne dit rien. Connor enchaîna.

- Vous voulez la paix, mais on n'obtient pas la paix par la guerre ! Au lieu d'attaquer les royaumes qui ne faisaient rien, vous auriez dû parler, négocier le traité. Sanya aurait accepté toutes vos demandes, à condition que vous ne les attaquiez pas. Mais non.

Vous vous croyez mieux que tout le monde, vous pensez savoir ce qu'il faut aux gens, vous vous croyez supérieurs, alors au lieu de discuter pour la paix, vous vous armez pour anéantir et soumettre les gens ! Voilà, un acte de barbarie !

- Mon fils a été kidnappé par Sanya ! s'emporta Eroll. Elle nous a déclaré la guerre !

- Faux ! tonna Connor, faisant reculer tout le monde. Sanya n'a rien fait, elle est victime d'un complot ! Baldr veut tuer son frère, Abel, mais pour ça, il a besoin du soutien des humains ! Il a enlevé votre fils, et fait accuser Sanya, pour que vous, stupides comme vous êtes, attaquiez les royaumes sans réfléchir ! Ils se servent de nous, ils ne nous protègent pas ! Nous ne sommes que des pions pour eux. Et vous, vous les servez comme de bons petits chiens ! J'ai pitié de vous, de vous tous, pour votre aveuglement, votre ignorance. Pour écouter bêtement ce qu'on vous dit, pour déclarer la guerre à des gens qui ne sont responsables de rien. Même si Sanya avait capturé le fils de l'empereur, pourquoi envahir les royaumes, massacrer et convertir les gens à cause d'une seule femme ? Cet enlèvement n'est rien de plus qu'un prétexte, pour vous inciter à attaquer.

» Voilà ce que fait la religion. Elle fait commettre des atrocités, elle vous fait vouloir vous battre, au lieu de parler. Elle vous rend rancunier, et vous pousse à tuer des innocents ! Tout ça pour rien, finalement ! Si les dieux veulent se battre, veulent se dominer, qu'ils se débrouillent sans nous ! Les gens sont libres, ils ont le droit de choisir eux-mêmes leur religion, personne n'a le droit de leur imposer quoi que ce soit. Vous n'êtes pas meilleurs que nous, et nous ne sommes pas des barbares. Nous sommes justes des civilisations différentes. Et la vengeance ne ramènera pas vos proches, surtout si vous tuez des gens qui n'ont rien fait du tout ! Sanya vous libère du traité, et voilà comment vous la remerciiez. En la poignardant dans le dos ! Vous pensez que votre empereur est sage, mais tout ce qui l'intéresse, c'est de conquérir le monde, pas de vous aider ni d'aider les peuples ! Il se sert de vous et de la religion pour arriver à ses fins, rien de plus ! Ne croyez pas bêtement ce qu'on vous raconte, réfléchissez par vous-même. Tout ça est la faute des dieux, pas de Sanya. Sans leur folie de vouloir que tout le monde croie en eux, le monde se porterait bien mieux !

23

Connor se plia en deux quand le premier coup le cueillit au ventre. Puis un déluge de coup de poing s'abattit sur lui. La douleur explosa et le souffle lui manqua. Sa vision se brouilla. Fou de rage, Eroll ne cessait de la battre à grand coup de poing tandis que deux soldats immobilisaient fermement le Maître des Ombres pour que celui-ci ne puisse pas éviter ni répliquer.

Les jambes du jeune homme vacillèrent, mais les solides gaillards le maintinrent debout, en proie à la fureur d'Eroll.

- Comment oses-tu ?! Alors que je t'offre l'hospitalité, mon amitié, et une chance pour toi de voir la vérité, tu m'insultes en public, tu insultes mon peuple et tout ce pour quoi nous nous battons !

Quand il le frappa une dernière fois, plus violemment que jamais, Connor s'écroula par terre, couvert de sang, incapable de bouger. Ils étaient dans une rue déserte, personne ne pourrait voir le vrai masque de l'empereur.

- La seule raison de votre colère, souffla le jeune homme, c'est que je vous ai percé à jour devant tout le monde. J'ai révélé la vérité sur vous et les réalités de la guerre, et vous n'avez pas apprécié, parce que vous savez que c'est vrai, et que personne ne vous suivrait, s'ils savaient toute la vérité sur vous.

- Assez !

Il le frappa du pied et Connor ne put s'empêcher de hurler quand une de ses côtes se brisa.

- Tu veux jouer avec moi ?! Eh bien jouons ! Tu vas regretter de t'être dressé contre moi !

Submergé par la douleur, les pensées du jeune homme se brouillèrent. Alors qu'on le traînait il ne savait où, il essaya de reprendre ses esprits. Qu'allait-on lui faire maintenant ? La peur lui tiraillait le ventre, mais il parvint à la refouler. Ne pas se laisser submerger par la peur et le désespoir, c'était tout ce qui comptait. Ne pas faiblir face à cet homme qui ne méritait pas d'être craint ainsi.

Le chemin du retour lui parut être une éternité. Ses jambes ne le portaient presque plus et chaque inspiration était une torture. Il craignait ne jamais pouvoir regagner le Fort, il craignait qu'on le jette dans les égouts pour le laisser mourir.

Rassemblant tout son courage et toute sa force, il parvint à retrouver ses esprits, et à lutter contre la douleur. Redressant la tête, il n'émit pas un mot quand on le tira jusqu'aux cachots, sous les regards moqueurs des soldats qui n'attendaient visiblement que ça.

- Tu voulais voir Sanya ? grinça Eroll. Je vais exaucer ton vœu. Mais crois-moi, bientôt, tu ne supporteras plus d'être en sa présence.

Alors qu'on ouvrait la porte de la prison, le jeune homme demanda d'une voix enrouée :

- Qu'attendez-vous de moi ?

- Si je ne peux pas avoir ta loyauté, j'obtiendrais au moins la vérité. Tu me diras ce que je veux savoir. Et peut-être même feras-tu ce que je t'ordonne.

- Jamais.

- Tu ne diras plus ça, quand Sanya souffrira de tes actes.

Cette phrase lui glaça les sangs, et Connor se tut, incapable d'imaginer ce qu'on pouvait faire à sa bien-aimée. Eroll le poussa jusqu'à son cachot. Ouvrant précipitamment la grille, il le jeta sans ménagement à l'intérieur de la cellule avant de la claquer derrière lui.

- Profite bien, *mon ami,* car bientôt, tu deviendras fou dans cette cellule.

La porte des cachots claqua, et le silence se fit, pesant. Étalé par terre, Connor ne bougea pas. Une main douce se posa alors sur sa nuque, le caressant tendrement. Redressant la tête, le jeune homme sourit en découvrant Sanya qui le contemplait avec amour.

- Mon chéri...

Il voulut se redresser, mais la jeune femme l'en empêcha.

- Tu es blessé. Reste allongé.

- Ce n'est rien...

Laborieusement, il parvint à se mettre à genoux, ruisselant de sueur, les dents serrées à cause de la douleur. Sanya était dans un état pire que le sien. Elle semblait incapable de se lever, adossée au mur.

- Viens...

Connor rampa jusqu'à elle, et il s'empressa de la serrer contre lui. La laissant se reposer dans ses bras, il s'assura qu'elle était bien installée, la tête lovée dans son cou, avant de la bercer tendrement.

- Je suis désolé, souffla-t-il.

Il essaya de refouler les larmes qui lui montaient aux yeux.

- Tu n'as pas à te blâmer Connor. Tu n'es responsable de rien. Tu es là pour moi, c'est tout ce qui compte.

- Je te ferais sortir d'ici.

- Je sais, je sais. Je n'ai jamais perdu espoir. Notre amour renversera les obstacles.

Reconnaissant les paroles qu'il avait lui-même prononcées ce fameux jour-là, dans le temple, Connor sourit.

- C'est poétique.

Sanya sourit en appuyant son front contre sa joue.

- Tu te souviens, de ce merveilleux jour ?

- Comment l'oublier ?

- J'y pense toujours. Chaque fois qu'Eroll, Hilmar ou Thorlet venaient, je me réfugiais dans ses agréables souvenirs. Je les revivais.

Connor redressa la tête pour la contempler. Il sourit à son tour.

- J'y pensais aussi. Te sentir ainsi dans mes bras, c'était...

- Je n'ai rien contre les roucoulades, mais les discussions érotiques, quand même...

Connor se redressa à moitié en grimaçant.

- Aela ?

Il se décala pour voir dans les autres cellules. Appuyée aux grilles, Aela lui jetait un regard narquois.

- Tu t'ennuyais de moi, alors il a fallu que tu viennes, pas vrai ? ricana-t-elle. Bah ! personne ne peut se passer de moi, c'est un fait. Mais tout de même. Je peux me joindre à vos discussions ?

Sanya et Connor rirent de bon cœur, heureux d'un peu de chaleur amicale. Peu importe leurs conditions, ils étaient enfin réunis, c'était tout ce qui comptait.

- Comment tu vas ?
- Bien. Si on exclut l'odeur, le froid... et ce général qui ne cesse de râler à tout bout de champ !
- Breris, vous êtes là ?

Ce dernier apparut, le visage sombre.

- Oui. Mais je crains de devenir fou si je reste encore un jour de plus avec cette guerrière qui me tape sur les nerfs !
- Bah tiens, tu ne disais pas ça hier soir...

Connor sourit. Au moins, ses amis étaient saufs. Eroll ne les avait pas fait torturer, c'est tout ce qui comptait.

- Alors, un plan pour sortir ?

Aela ne perdait décidément jamais sa fougue.

- Tuer Hilmar.
- J'adhère, même si je ne vois pas où ça nous mènerait.
- Moi non plus. Je lui ai juré qu'il mourrait, et je suis un homme de parole, c'est tout.
- Ah ! enfin un homme digne de ce nom. Ma foi, je suppose qu'il va falloir improviser.
- Ça ne marchera pas, grogna Breris. Il faut un plan.
- Je t'écoute le génie.
- Les magiciens surveillent les cachots, impossible de sortir sans aide extérieure. Kelly et Alvin devraient revenir avec de l'aide maintenant, alors soyons patients. Sinon, le seul moyen, c'est qu'Eroll nous libère.
- Évidemment, ça tombe sous le sens.

Sanya et Connor sourirent en entendant le soupir exaspéré de Breris.

- Le truc, c'est d'arriver à convaincre Eroll. Un marché, reprit-il.
- La seule chose qui l'intéresse, c'est de trouver son fils, lança Sanya, qui retrouvait doucement ses forces. Mais il ne veut pas me croire.
- Alors il faut le forcer à nous croire.
- Comment ?
- Je ne sais pas encore. Il faudrait qu'on puisse le menacer. Nous écouter ou mourir.

- Ce type est borné, il n'écoutera jamais, soupira Connor.
- Un homme peut renoncer à beaucoup de choses pour vivre..., rétorqua Sanya. Et si j'obtiens des arguments frappants, qui lui fassent comprendre que j'ai raison sur son fils, ça pourrait marcher.
- Et comment comptez-vous obtenir ça ?
- Il y a quelqu'un ici, qui en sait long sur « l'enlèvement » du fils d'Eroll.

Elle n'eut pas le temps de continuer que la porte s'ouvrit en claquant. Connor se redressa en grimaçant, peu désireux qu'on le voie dans un état de détresse. Il entendit des pas lourds, et le cliquetis d'une épée qui se balance à la hanche.

Thorlef se dressa alors devant les barreaux de leur prison.

- Ah ! ravi de te voir ici. Le petit jeu d'Eroll ne m'amusait pas du tout, pour moi, il n'y a qu'une seule méthode valable dans ce bas monde... la souffrance !

Connor ne répondit pas, feignant une indifférence provocante.

- Il y a pas mal de choses qu'on aimerait bien savoir, sur ta petite famille. Ces Maîtres des Ombres. Tu pourrais nous être d'une grande aide, tu n'as pas idée. Tu ne voudrais pas qu'il arrive quoi que ce soit à tes amis ? Ni même à ta fiancée ?

Il lui jeta un regard lourd de sous-entendus, accompagné d'un petit rictus pervers. Serrant les poings, Connor se contraint de ne pas répondre. Du coin de l'œil, il vit Sanya blêmir.

- Je me disais bien avoir entendu ta voix si douce et tendre, lança Aela de l'autre côté. Ça faisait longtemps.

Thorlef se désintéressa de Connor pour s'approcher de la cellule de la guerrière. Le jeune homme suivit la scène avec attention.

- Toi, grogna Thorlef en découvrant Aela.
- Je savais bien que tu ne m'avais pas oublié. Je vois que mon souvenir ne te quitte jamais.

De manière sûrement inconsciente, Thorlef toucha la profonde cicatrice qu'il arborait au visage.

- Je t'ai laissé un souvenir aussi, répliqua l'homme.
- Que je porte fièrement, pour tout dire. J'aime raconter ton histoire dans les tavernes. La façon dont je t'ai lamentablement écrasé.

Thorlef cogna aux barreaux d'un mouvement impulsif !

- Chaque jour, je rêvais de ma vengeance ! Et ce jour est enfin venu. Tu vas regretter, sale putain, la façon dont tu m'as humilié. Et je vais ramener à ta mémoire tout ce que tu ne dis pas dans les tavernes. Oui, parce que toi aussi, ma chère Aela, tu as été humiliée. Je veillerai à te rendre tes souvenirs. Crois-moi, tu ne te vanteras plus.

- Je n'ai pas honte de ce que j'ai subi, à l'instar de toi, Thorlef. Je n'ai jamais oublié, et mon clan sait la vérité. On n'a jamais ri de moi, contrairement à toi. Pourquoi rire d'une femme qui a été séquestrée, violée, battue, et réduite en esclavage ? Alors qu'un homme battu par un « brin de femme » comme tu m'appelais, ça prête aux rires.

- Assez !

Furieux de ne pas susciter de peur chez sa victime, Thorlef frappa plus fort contre la grille. Connor craignit qu'il n'entre pour rosser Aela, mais il n'en fit rien, se contentant de crier comme un putois.

- Tu vas regretter, sorcière ! Oh oui ! Tous, vous ne serez bientôt plus que des esclaves, de vulgaires objets ! Tandis que moi, je serais seigneur de votre misérable royaume !

Il éclata d'un rire tonitruant qui faisait froid dans le dos. Puis il se tourna, ayant senti le regard insistant de Connor.

- Toi aussi, tu vas souffrir. (Son regard chercha Sanya.) Dis-lui, belle reine, tous les agréables moments qu'on a vécus ensemble. Connor, ta fiancée n'est qu'une catin. Dis-lui, Sanya, dis-lui tout ce qu'on t'a fait !

- Oui tu m'as fait souffrir, Thorlef. Tu m'as humiliée aux yeux de tous, j'ai du faire des choses horribles pour toi et tes hommes. Mais ne te vante pas, mon ami, tu n'auras jamais la satisfaction de m'avoir prise. Car tu ne peux plus prendre personne, je me trompe ?

- Assez, sale garce ! Tu souffriras davantage, maintenant que ton homme te verra complètement soumise à moi et mes hommes. (Il allait se partir quand il se retourna) Oh faite, Hilmar va venir dans la journée. Aujourd'hui t'es dédié, tu sais. Disons qu'Eroll a perdu assez de temps. Maintenant que tu es là, les choses sérieuses vont commencer.

Sur ceux, il tourna les talons et quitta la pièce.

Connor en eut à peine conscience. Il prit Sanya dans ses bras qui éclata en sanglots.

- Ils ne m'ont pas violée, mais ce qu'ils m'ont fait était tout aussi affreux, gémit-elle.
- Calme-toi, tout va s'arranger. Qu'as-tu fais à Thorlef ?
- Je lui ai coupé ses attributs les plus précieux.

Le rire d'Aela, tellement franc et réjouissant, les fit éclater de rire à leur tour.

Puis Connor songea au moyen de se débarrasser d'Hilmar. Sans le sorcier, il pourrait tuer les soldats qui l'accompagnaient, et même Eroll, s'il était là. Ses blessures le faisaient atrocement souffrir, mais s'il ne faisait rien, ils étaient fichus.

Fouillant la pauvre cellule, il chercha quelque chose susceptible de faire une arme.

- Que fais-tu ? souffla Sanya.
- Il me faut quelque chose... un truc capable de percer la peau.
- Avec ça, tu penses pouvoir faire quelque chose ?

Elle tira une vieille assiette, dans un recoin de sa cellule, qu'elle tendit à son compagnon.

- C'est du métal souple, souffla Connor. En la pliant, je devrais sûrement faire quelque chose de pointu. Pourquoi n'y as-tu jamais pensé ?
- Je n'avais guère l'esprit à ça, Connor...

Le jeune homme s'en voulut. Quand il avait trouvé Sanya, elle était dans un état de folie important. Elle ne pensait pas à se défendre, dans ces moments-là.

Pliant l'assiette en grimaçant de douleur, le Maître des Ombres parvint à obtenir une ébauche d'arme. Quelque chose d'assez dur et pointu. S'il plantait ça dans la carotide d'Hilmar, le tour serait joué. Il se viderait trop rapidement de son sang pour se défendre. Connor l'achèverait.

Mais fallait-il encore qu'il soit rapide, avant que les soldats ne se jettent sur lui pour le maîtriser. Du plus, les sorciers étaient les ennemis mortels des Maîtres des Ombres. Hilmar se laisserait-il surprendre ? Se laisserait-il avoir si facilement ? La magie permettait d'anticiper, voilà pourquoi les magiciens étaient tant redoutés. Connor, un apprenti, pouvait-il vraiment espérer vaincre un puissant sorcier ?

Il le fallait. Pour Sanya. Sans Hilmar, les soldats étaient démunis face à lui. Et puis c'était une question d'honneur et de justice. Sa mort était inévitable.

S'allongeant par terre, il dissimula son arme sous lui. Elle pouvait jaillir et frapper en une fraction de seconde. N'ayant pas besoin d'explication, Sanya se coucha près de lui, de façon à ne pas le gêner. Blottie dans son dos, elle souffla à son oreille.

- Sois calme, ne pense à rien d'autre que la nécessité de nous sauver. C'est souvent en état d'urgence que notre pouvoir se réveille. Ne doute pas un seul instant de toi.

- Merci.

Elle l'embrassa dans le cou, et tous deux attendirent. Connor faisait le calme en lui, se vidant la tête de toutes idées néfastes, ne pensant plus qu'à l'urgence de la situation. Il ne devait pas s'imaginer la façon dont il allait procéder, il ne devait pas penser au mouvement qu'il allait faire, mais juste au besoin de le faire. C'était une question de vie ou de mort, et ça, il devait en avoir pleinement conscience.

La porte des cachots s'ouvrit enfin après ce qui lui parut une éternité, et plusieurs voix se firent entendre. Trois personnes se dirigeaient vers sa cellule. Connor ferma les yeux.

Un déclic retentit, et la porte s'ouvrit. Le jeune homme battit faiblement des yeux, faisant mine d'émerger d'un sommeil pénible.

- Mais quel adorable couple ! railla Hilmar.

Connor frémit. Il pouvait sentir le pouvoir de cet homme crépiter en lui. Un pouvoir mortel. Pouvait-il vraiment le vaincre, lui, un novice ?

Ne pas douter !

Connor essaya de se redresser, mais gémit de douleur. Hilmar ricana.

- Bah tiens, tu es déjà dans un bel état ! Tant mieux, ça sera plus amusant. (Il se tourna vers les soldats un peu en retrait.) Toi, occupe-toi de la reine. Toi, tu surveilles nos arrières.

Tandis qu'un des soldats saisissait Sanya par les épaules, l'autre les laissa sortir avant de se tenir devant l'entrée, faisant barrage de son corps. Il tenait fermement le pommeau de son épée.

Hilmar s'approcha de Connor. Plus près, il devait être plus près !

- Debout, chien galeux ! rugit le sorcier en décochant un coup de pied au jeune homme.

Ce dernier n'eut pas besoin de feindre un terrible cri de douleur. Un étau se referma alors sur son crâne, le serrant si fort que

Connor redoutait de sentir sa tête exploser d'un coup. Il poussa un cri inhumain, se recroquevillant sur lui-même.

- Un Maître des Ombres ne peut rien contre moi, souffla Hilmar d'une voix aussi froide que la mort. Maintenant, lève-toi.

Le jeune homme ne faisant pas mine de bouger, submergé par la douleur, Hilmar insista.

- Lève-toi, crétin !

Connor ferma les yeux. Oublier la douleur, oublier tout ce qui l'entourait. Une chose comptait : tuer cet homme pour sauver Sanya. Mais il devait être plus près !

- Lève-toi, répéta le sorcier.

Il se pencha alors sur lui... Connor bondit d'un seul coup, et son arme vola dans les airs. Avec un rictus mauvais, le sorcier se décala pour éviter le coup.

- Pauvre idiot, tu crois qu'un Maître des Ombres peut me vaincre ?

Connor attaqua de nouveau, mais quelque chose d'invisible, dans l'air, lui fit écarter le bras.

- Imbécile. Ton chef a dû t'apprendre que...

Connor poussa un rugissement terrible ! C'était maintenant ou jamais. Se laissant porter par une étrange sensation au plus profond de lui-même, il se laissa guider. Son pouvoir éclata en lui, il sentit l'Onde pulser en lui. Son arme vola, et avant même qu'Hilmar puisse réagir, le métal s'enfonça dans sa carotide dans un geyser de sang.

Le soldat poussa un cri de terreur en dégainant son arme, mais Connor était sur lui. Interceptant le bras armé de l'homme, il lui retourna dans le dos, le désarma et lui planta son épée dans les reins. Le deuxième soldat, les yeux écarquillés, ne savait quoi faire, tenant fermement Sanya.

Connor se tourna alors vers Hilmar, qui agonisait par terre. Il voulut parler, mais seuls des gargouillis immondes s'échappèrent de ses lèvres. Le sang coulait à flots. Il voulut lancer une dernière attaque magique, mais elle s'évapora dans l'air. Il bégaya encore.

- Tu penses tout savoir sur les Maîtres des Ombres, grinça Connor. Je ne suis pas qu'un novice. Peut-être peux-tu vaincre des Maîtres des Ombres peu expérimentés, mais je n'étais pas de cela, *mon ami*. Je suis le descendant de Nahele. La même Onde pulse en moi. Tu aurais dû comprendre. Mais tu t'es montré idiot, sûr de toi et impulsif. J'avais promis de te tuer. Et je suis un homme de parole.

Hilmar était blême, ses yeux vitreux. Mais Connor n'était pas décidé à le laisser mourir en prenant son temps. D'un coup d'épée, il lui transperça le cœur. Hilmar eut un sursaut, avant de s'affaisser.

L'air pas commode du tout, Connor se tourna vers le soldat qui maintenait prisonnière Sanya.

- Lâche-la.
- Non...
- Lâche-la, et je te laisse la vie. Un choix simple. Ne me défie pas.
- Jamais !

Se servant de Sanya comme bouclier, il était prêt à se battre jusqu'au bout.

- Soit.

Alors qu'il faisait un pas en avant, prêt à tuer cet importun, la porte s'ouvrit avec fracas. Des dizaines de soldats armés entrèrent, arbalètes au poing, carreau encoché. Connor n'eut d'autres choix que de lâcher son épée, mais la rage brûlait encore dans ses yeux.

Fendant les soldats qui s'étaient attroupés pour menacer le Maître des Ombres, Eroll apparut. Fixant Connor, il fit un large détour pour observer à l'intérieur de la cellule. Aucune émotion particulière ne se lut sur son visage lorsqu'il découvrit le cadavre de son sorcier.

- Enchaînez-le, lança-t-il à ses hommes, sans un regard pour Connor. Je veux qu'il ne soit pas capable d'un seul mouvement, autre que de marcher et se tenir debout.

Le jeune homme voulut se débattre, mais l'adrénaline étant tombée, la douleur de ses côtes se rappela à lui. Malgré tous ses efforts, il ne sentait plus l'Onde. Grimaçant de douleur, il se laissa faire, non sans foudroyer les soldats du regard. On lui lia les mains dans le dos, puis les chevilles. Enfin on lui passa des chaînes autour des bras pour les immobiliser contre ses flancs.

- Allez, emmenez-les. Et qu'on fasse venir quelqu'un pour nettoyer ça.

On poussa Connor et Sanya dans le dos, les forçant à avancer. Ils entrèrent dans une salle sombre et humide, où régnait une odeur de sang et de peur qui leur agressait les narines. Une table trônait au milieu, où des dizaines d'instruments de torture reposaient, attendant leur heure. Un peu plus loin, il y avait une autre table, où l'on devait attacher les victimes. Sur les murs, il y avait des chaînes pour attacher les prisonniers.

- Attachez le Maître des Ombres ici, contre le mur, explique Eroll. Voilà, parfait. Je veux qu'il soit tout près de sa fiancée. Maintenant mettait la reine là.

Deux gardes soulevèrent la jeune femme comme si elle ne pesait rien. Sanya se débattit comme une démente en battant des pieds et des mains, cherchant à frapper ses agresseurs ; rien n'y fit. Connor tenta de se dégager, hurlant de rage et de peur, mais ses liens l'empêchaient de secourir sa belle. Les soldats n'eurent aucun mal à l'attacher solidement au mur.

Sanya fut jetée au pied de l'empereur, pied et poings liés.

- Merci, lâcha Eroll. Je vais me débrouiller seul. Je n'ai nul besoin d'Hilmar pour savoir comment mater ces deux-là, maintenant.

Les hommes s'inclinèrent dans un concert de fracas métallique et quittèrent la pièce avec empressement. Une fois seul, Eroll contempla longuement les deux amants qui se débattaient et se regardaient avec une telle détresse que n'importe qui au monde aurait eu pitié d'eux. Pas lui.

- Les choses vont être très simples, à présent, expliqua Eroll.

Il s'approcha de Sanya, et caressa ses cheveux.

- Tu dois te poser des tonnes de questions, souffla-t-il à l'adresse de Connor. Parce que je suis bon, je vais y répondre. Non, je n'ai jamais violé ta dame. Non pas qu'elle ne m'intéresse pas, bien au contraire, mais elle est la ravisseuse de mon fils et peut-être sa meurtrière. Ensuite, sache que tu m'as bien servi, Connor. Hilmar ne m'était plus d'aucune utilité, mais je ne pouvais pas le tuer de mes mains. Il m'a appris beaucoup. Ta femme n'a plus aucun secret pour moi, et je vais te le montrer.

- Qu'attendez-vous de nous ? souffla Connor d'une voix plus faible qu'il ne l'aurait voulu.

L'idée qu'on torture Sanya lui était insupportable.

- Plusieurs choses. Comme je l'ai dit, ça va être simple. De Sanya j'attends une seule chose. Qu'elle me révèle où est mon fils.

- Je ne dirai rien, parce que je ne sais rien, grogna-t-elle.

- Ne parie pas là-dessus. Quant à toi Connor, je veux que tu me révèles tout ce que tu sais sur la confrérie des Maîtres des Ombres.

Quand je serai à Sohen, j'ai bien l'intention de les éliminer jusqu'au dernier. C'est la volonté des dieux, que ta confrérie et toi mourriez jusqu'au dernier.

- Comme si tu pouvais arriver à prendre Sohen.
- Détrompe-toi. Sans leur reine, les conseillers n'en font généralement qu'à leur tête. Aveuglés par le pouvoir, l'argent et la peur, ils commettent beaucoup d'erreurs. Je le sais pertinemment, puisque j'avais les mêmes à ma cour. Voilà pourquoi je les ai tués. Toujours prêts à livrer l'empire au plus offrant, à renoncer à tout pour sauver leur vie, ou pour un peu d'or. Vos conseillers ne font pas exception, vous le savez tous deux. Si je leur mets un peu la pression, ils accepteront bientôt mon offre. Eredhel sera à moi, sans même avoir besoin de me battre. Une fois ce royaume conquis, je pourrais faire venir toute mon armée sur votre continent sans aucun risque. Alors, une marée de soldat va déferler sur vos royaumes, et tout sera fini pour vous. Si je suis de bonne humeur, je vous laisserai assister à ce spectacle.

- Je ne parlerai jamais, grinça Connor. Jamais je ne trahirai mes frères et mes sœurs d'armes.

- Détrompe-toi.

Sans un mot, Eroll se dirige vers les instruments de torture, les inspectant un à un. Connor se mit à trembler, fixant désespérément sa compagne.

- Quelle douleur, de voir l'être aimé dans une telle posture.

Connor crut qu'il allait s'évanouir quand sa main effleura un plastron de cuir, dont l'intérieur était hérissé de piques rouges de sang. Il devina facilement qu'à chaque coup, les pointes s'enfonçaient un peu plus. Mais Eroll ne le choisit pas, continuant son inspection.

- Sais-tu quelle partie du corps est la plus sensible ? demanda Eroll en vérifiant que la pince s'ouvrait et se fermait correctement. Je n'en avais aucune idée, jusqu'à ce qu'Hilmar me montre. Tu vas répondre à mes questions, sans quoi je brise un à un les os de ta bien-aimée, et tu découvriras toi-même la zone la plus sensible. Ses hurlements devront te délier la langue, sinon je m'assurais qu'elle te supplie, ce qui ne sera pas bien compliqué. Dis-toi que ce n'est qu'un début. Je peux faire pire. Bien pire. Et elle le sait.

Des larmes roulant sur ses joues, Connor contemplait Sanya avec impuissance.

- Ne dis rien, gémit-elle.
- Parle, et je la laisse en paix. Sinon...
- Non.
- Tu ne veux pas ? Choisis donc ce que tu veux. Une vis qu'on insère doucement dans la gorge de la victime ; le plastron à pic ; les poisons aux mille souffrances ; la chirurgie... Après il y a plus simple, je la détache et je la bats à tes pieds, je la lacère de coup de couteau. Tu choisis quoi ?

Sanya sanglotait en secouant la tête, le suppliant. De quoi faire ? De se taire ou de parler ?

- Si tu ne sais pas, alors je vais me défouler.

Il envoya Sanya au pied de Connor. S'armant d'un bâton, il s'approcha de la jeune femme. Celle-ci refusa de ramper jusqu'à son amant, même si la tentation était vraiment forte.

- Parle.
- Non, répliqua Connor.

Le bâton s'abattit. Sanya cria à s'en rompre les cordes vocales. Connor hurla de désespoir, tirant sur ses chaînes pour protéger sa bien-aimée. Rien n'y fit.

- Arrêtez, arrêtez !

Eroll s'interrompit. Hors d'haleine, couverte de sueur et de sang, Sanya gisait à ses pieds, gémissant de douleur.

- Tu veux parler ?
- Non !
- Très bien.

Eroll semblait au bout de sa patience. Prenant un couteau dans sa main, il releva brusquement Sanya, la plaquant contre lui. Il posa son couteau sur son ventre.

- Maintenant, parle.

Connor hésita.

La lame s'enfonça un peu dans la chair tendre, faisant perler le sang.

- Je l'éviscère. Oh, rassure-toi, je veillerai à ce qu'elle ne meurt pas. Mais quand ses tripes tomberont par terre, et que je m'amuserais avec, ta chérie connaîtra une douleur comme jamais elle n'en a encore connu. Alors ?
- Je...
- Connor ne dit rien. Ne les trahis pas.
- Je ne veux pas qu'il t'arrive du mal, Sanya.

- Je sais mon amour, je sais. Mais tu n'es pas responsable. (La lame lui entailla la peau, et elle poussa un petit cri.) Connor, je veux que tu détournes la tête. Je veux que tu te coupes du monde, que tu cesses d'entendre mes cris. Pense à nous, à nos moments ensemble.

Elle pleurait, ruisselante de sueur, le souffle court. La lame qui entrait peu à peu dans son ventre la glaçait de terreur, et la faisait souffrir. Connor tirait sur ses chaînes, persuadé qu'il allait devenir fou. Il ne pouvait pas voir ça...

- Sanya...
- Connor, je t'aime ! Je t'aime ne pense qu'à ça ! Pas à ma douleur, tu dois faire obstacle. Ce n'est rien ! Je t'aime Connor, je t'aime ! Détourne la tête ne me regarde pas, je t'en supplie !

Eroll leva son arme, et l'abattit sur Sanya.

- Non !

La lame s'immobilisa. Connor n'en pouvait plus. Il était à bout. Il ne pouvait voir Sanya souffrir, et surtout pas par sa faute à lui. Il devait la protéger.

- À Sohen... il y a un bâtiment... une taverne... dans un placard, dans la chambre d'une serveuse, il y a un faux fond. Et on peut entrer dans la planque...

Connor pleurait, les épaules secouées de sanglots.

- Quelle taverne ?
- *La bière d'or.*

Eroll lâcha Sanya. Puis il s'approcha de Connor, et lui laissa un peu de mou à ses chaînes, de façon à ce qu'il puisse tomber à genoux. La jeune femme se précipita dans les bras de son amant, pleurant de plus belle contre son épaule. Ils tremblaient tous deux, morts de peur, se serrant comme si c'était la dernière fois.

- Bien. Maintenant Sanya, c'est toi qui vas parler.

24

Faran jeta un coup d'œil derrière lui, mais ne vit absolument rien. Il'ika non plus.

Cachés dans l'aile des conseillers, ils se faufilaient de chambre en chambre, espérant surprendre des conversations. Opération sans succès pour le moment, mais ils ne perdaient pas espoir, sûrs qu'ils n'allaient pas tarder à trouver ce qu'ils cherchaient. Depuis que Béomer l'avait menacé, Faran était persuadé qu'il cachait quelque chose, lui et d'autres conseillers.

Il avait juré à son frère de veiller sur le royaume, et il s'y tiendrait. Il avança en silence jusqu'à la porte suivante. L'idée lui vint qu'il perdait son temps, qu'il se faisait des illusions, mais il ne voulait pas en démordre. S'il se trompait, eh bien tant pis. Au moins serait-il fixé.

Il transpirait de peur, et s'essuya maladroitement le front. Il n'avait pas l'habitude de se mettre dans de telles situations. Il aurait bien voulu demander de l'aide aux Maîtres des Ombres, mais quand plusieurs conseillers étaient remontés tous ensemble, dont Béomer, le jeune homme avait su que c'était son unique chance de percer la vérité. Et aucun Maître des Ombres ne lui était tombé sous la main.

S'assurant que personne ne venait, il prit le couloir de droite et se plaqua contre une porte. Collant son oreille à la serrure, il écouta, mais n'entendit rien.

Inspectant porte après porte, il n'entendit rien, ne découvrit rien. S'était-il laissé emballer par son imagination ? Béomer avait peut-être juste voulu se faire respecter en le menaçant. Peut-être n'avait-il pas supporté l'idée qu'on puisse lui faire obstacle, et c'était tout. Pourquoi tout de suite imaginer qu'il complotait ? Quelle preuve avait-il, à part une menace ? Rien.

Faran était paranoïaque, et s'était laissé emporter par son imagination, ça tombait sous le sens. Il échangea un coup d'œil avec Il'ika, qui haussa les épaules. Elle aussi ne savait plus trop quoi penser.

Il ne restait que quelques portes à espionner. Faran décida d'en finir, avant d'abandonner ses idées une bonne fois pour toutes.

Toujours rien, pas de discussions étranges ni de bruit particulier. Les conseillers étaient remontés se reposer chacun dans leur chambre, pour faire une sieste, lire ou écrire, voilà tout.

À la dernière porte, il dut bien admettre qu'il s'était leurré depuis le début. Il n'y avait aucune raison de s'inquiéter.

Alors qu'il faisait demi-tour, il remarqua qu'il avait raté une porte. Suspicieux, il s'y rendit, et tendit l'oreille. Des voix lui parvinrent alors, faibles et étouffées, mais audibles !

- Tu crois que ça marchera ?

C'était la voix d'un homme d'âge mûr, se dit Faran, mais il était incapable de mettre un visage sur cette voix.

- Sûr et certain. Les lettres sont formelles.

- Faut-il encore arriver à convaincre les autres. Nous ne sommes pas majoritaires.

Cette fois-ci, c'était une femme qui avait parlé.

- Avec le rapport que j'ai concocté, les autres devraient paniquer et se ranger de notre côté.

D'autres voix approuvèrent.

- Quand nous aurons livré le royaume à l'empereur, mes amis, Eredhel aura un véritable chef. Nous.

- Sans oublier l'or qu'on nous a promis ! ajouta un homme.

- À notre futur règne et richesse !

On entrechoqua des verres, et il y eut quelques éclats de rire.

- Les généraux sont des battants, interrompit alors quelqu'un. Ils refuseront.

- Le choix entre la vie et la mort est souvent décisif, coupa une voix plus jeune.

Béomer ! Faran jubila intérieurement. Il n'avait pas halluciné. Il les tenait !

- Ça ne marchera pas. Ils vont peut-être paniquer avec ce rapport, mais ils ne marcheront pas avec nous. Damian y veillera.

- J'ai un plan parfait pour lui. Dans quelques heures mes amis, Damian ne sera plus une menace. Tous le considéreront comme un traître, et refuseront de plaider en sa faveur. Ils rejoindront nos rangs à coups sûrs. Et si tel n'est pas le cas, eh bien nous ne leur donnerons pas le choix.

- Tu es mon digne fils, Béomer !

Alors comme ça, Björn était également dans le coup.

- Oui oui... mais quel est ton plan, jeune homme ?

- Le faire accuser de meurtre envers un de ses alliés.

Il y eut des cris étouffés.

- C'est risqué... comment veux-tu t'y prendre ?

- Eh bien...

- Et il reste encore le paysan ! Il se mêle sans cesse de ce qui ne le regarde pas, il faut l'éliminer aussi, interrompit une voix.

- Je sais comment régler ce problème aussi.

Faran était à bout de souffle, blanc comme un linge ! Ces hommes prévoyaient d'assassiner un homme, et de faire porter le chapeau à Damian ! Et il voulait l'éliminer aussi !

Prenant Il'ika, il la fourra dans sa poche et détala en vitesse. Il devait prévenir Damian, et vite, avant qu'il ne soit trop tard. Il devait les sauver tous les deux ! Il courut en silence, pressé de quitter cet endroit de malheur. Il pouvait sentir le goût de sa propre mort, s'il restait ici une minute de plus.

Alors qu'il bifurquait à gauche, il percuta quelqu'un. Levant la tête, il découvrit un des conseillers, un homme assez corpulent, qui le dévisageait de haut, un sourire cruel aux lèvres. Urik.

- Alors comme ça, on fouille chez les gens ?

- Non, je...

L'empoignant solidement par les épaules, il l'entraîna avec lui, là d'où venait Faran. Il allait le livrer à ses bourreaux ! Pris de panique, le jeune homme se débattit, les yeux brillants, le cœur tambourinant dans sa poitrine.

- Belle prise ! s'écria quelqu'un, à l'autre bout du couloir.

Béomer arrivait, accompagné par d'autres conseillers. Dans le lot, Faran reconnut Björn, Isaac, Sorcor, et un certain Delvin. Les autres lui étaient inconnus. Le jeune homme blêmit. Il sentait sa fin venir, et il en avait des vertiges. Oh ! il aurait dû rebrousser chemin, pendant qu'il était encore temps ! Au lieu de quoi, il allait mourir sans apporter une once de soutien à Damian.

Quand ils furent à sa hauteur, Björn s'avança vers lui.

- Encore plus facile que ce que je ne pensais. Toi, le paysan, tu vas regretter de t'être mêlé de ce qui ne te regardait pas ! (L'homme se tourna vers Béomer.) Alors fils, quel est ton plan ?

Béomer s'approcha, un rictus victorieux aux lèvres. D'un geste lent, il tira son poignard et contempla Faran.

- Ça.

D'un geste rapide et précis, il abattit son arme.

*

Quelqu'un frappa à sa porte. Damian soupira, reposa sa plume, et alla ouvrir. Björn lui faisait face, les mains croisées dans le dos.

- Écoute, je suis occupé, si tu pouvais repasser plus tard.
- Désolé mon ami, mais c'est Delvin. Il veut te voir.
- Pourquoi ?
- Il ne m'a pas dit. Je crois qu'il a trouvé un truc. Il a dit que ça devrait t'intéresser.
- Bon... Alors, autant se dépêcher. J'ai d'autres chats à fouetter. Où est-il ?
- Dans sa chambre. Je vais aux cuisines boire un coup. Si vous avez besoin de moi, vous savez où me trouver.

Damian hocha la tête, et le laissa partir. Après avoir embrassé sa femme, il sortit et prit la direction de la chambre de Delvin en soupirant. Pourquoi fallait-il toujours qu'on le dérange quand il était occupé ? Et pourquoi Delvin n'était pas venu le voir lui-même?

La tête pleine de questions, se demandant bien ce qu'on pouvait lui vouloir, Damian sursauta quand il vit le corps étendu par terre, en tournant à droite. Étouffant un cri de surprise et d'horreur, il se jeta sur le corps ensanglanté. Le pommeau d'un poignard dépassait de sa poitrine.

- Faran !

La vision brouillée, chancelant à la vue de tout ce sang, Damian posa une main sur la poitrine de l'herboriste.

- Je t'en prie, respire...

Ne sentant rien et ne connaissant pas grand-chose en matière de médecine, il entreprit de retirer le poignard, affolé. Quand la lame sortit dans un bruit de sussions, ruisselante de sang, un cri horrifié retentit derrière lui.

Un gamin se tenait là, poussant des cris de terreur en se reculant. Éperdu, Damian leva ses mains rouges de sang pour apaiser le bambin, mais le poignard le fit hurler de plus belle.

- Attends, calme-toi...

Désorienté, ses pensées s'embrouillant dans sa tête, il s'approcha du garçon. Une femme sortit alors de sa chambre, et poussa un cri terrifié en voyant cet homme couvert de sang, une lame en main, s'approchant ainsi du garçon.

- Au secours ! hurla-t-elle en se précipitant sur le gamin pour le serrer contre elle. Aidez-moi, vite ! À l'aide !

Damian resta sans rien faire, n'arrivant pas à réaliser ce qui venait de se produire. Tout s'était passé trop vite, il ne comprenait pas, il n'avait rien fait. Des conseillers accoururent, étouffant des cris désarticulés, se massant autour de la femme et de l'enfant.

- Damian, pourquoi ? rugit l'un d'eux en désignant le cadavre de Faran.

- Mais je... Faran... Aidez-le... Il faut...

- Halte ! Posez votre arme !

Plusieurs soldats venaient d'apparaître, leurs épées tendues vers lui. Damian lâcha le poignard, les larmes aux yeux, songeant encore que tout ceci n'était qu'un mauvais tour.

- Mais enfin...

- Il a tué le paysan ! cria à tu-tête le garçon. Je l'ai vu ! Il avait le poignard, du sang partout...

- Non je...

- Il s'en est pris à mon fils ! s'horrifia la femme.

Les gardes retournèrent les bras de Damian dans son dos. Björn apparut alors, et afficha une mine épouvantée.

- Damian...

- Björn ! Björn, je n'ai rien fait ! Faran ! Aidez-le !

Björn, après Damian, était celui qui devait le remplacer comme représentant de la reine... Il sut qu'il ne ferait rien pour lui.

- Menteur ! rugit le gamin, encore sous le choc. Je t'ai vu !

- Non !

Carina, alertée par tout ce bruit, arriva en courant. Elle poussa un cri horrifié en découvrant le corps de Faran, puis jeta un regard surpris à son époux.

— Damian, gronda Björn. Pourquoi ?

— Mais je l'ai trouvé ainsi...

— Ce n'est pas vrai ! cria de plus belle le garçon.

— Désolé mon ami, mais je n'ai pas d'autre choix. Je te fais arrêter pour meurtre et trahison.

— Non ! Damian n'aurait jamais fait ça !

Poussant tout le monde, y compris les soldats, Carina se rua vers son époux pour le protéger.

— Damian ne ferait jamais de mal à quiconque !

— Mais je l'ai vu ! s'égosilla le gamin.

— Comment...

— Carina, je suis navré. En attente d'un procès, ton mari devra être enfermé.

— Espèce de...

— S'il te plaît, n'aggrave pas la situation.

— Mais...

Voyant qu'elle s'énervait de plus en plus, un autre soldat l'attrapa.

— Carina, je ne te veux pas de mal, soupira Björn, ni à Damian. Mais dans ces conditions, je n'ai pas d'autres choix que de vous enfermer tous les deux.

Damian n'en revenait pas. Les soldats le poussèrent devant lui. Ces jambes tremblaient si fort qu'il faillit s'écrouler, mais une main le remit debout. Sa femme se débattait en insultant tous ces imbéciles, mais rien ne pouvait plus l'aider.

— Carina, je n'ai rien fait, souffla-t-il.

— Je sais mon amour, je sais.

Quand ils se retournèrent une dernière fois, ils furent les seuls à voir le sourire victorieux de Björn.

*

Assis autour de la grande table en bois, tous les conseillers étaient rassemblés, ainsi que les généraux. Ils avaient tous l'air très inquiets, et terriblement nerveux. Björn trônait à la place de Damian, affichant un air sinistre et accablé.

— Comment va ton fils ? demanda-t-il soudain à Delvin.

L'homme en question, âgé d'une quarantaine d'années, se gratta pensivement la barbe.

- Il s'en remet, mais il ne cesse de parler de ça, les larmes aux yeux. Il ne supporte plus la vue d'un couteau. Ma femme n'est pas mieux, je le crains... il leur faudra du temps.

- Au moins, le coupable est en prison, soupira un autre. Qu'allons-nous faire au sujet de Damian ?

- Le juger, je ne vois pas d'autre solution, répondit Björn. Coupable de meurtre... Je n'aurais jamais pensé ça de lui...

- Comment a réagi sa femme ? demanda un autre homme.

- Elle a accouru, comme tout le monde. Ne sachant pas encore si elle trempait dans l'affaire ou pas, elle doit rester avec Damian, en prison. Elle a frappé tous les soldats en hurlant que tout ceci était scandaleux. Je la comprends, la pauvre... Découvrir que son mari est un meurtrier...

- Est-elle bien traitée ?

- Le mieux que l'on peut. Tant que rien n'est prouvé sur elle, elle sera traitée comme son statut le lui permet, mais nous ne pouvons pas prendre le risque de la laisser vagabonder dans le château.

- Non, en effet.

Les généraux, jusque-là silencieux, prirent enfin la parole.

- N'y a-t-il pas d'autre témoin que cet enfant ? Damian n'est pas un meurtrier. Cette histoire me semble... pour le moins étrange. Les enfants déforment souvent la réalité.

- Général, je crains que ce soit le seul témoin. Nous sommes tous tombés de haut en apprenant la nouvelle. Et si le gamin a déformé la vérité, le procès devrait la rétablir, n'ayez crainte.

- Pourquoi aurait-il fait ça ? demanda un autre. Ce n'est pas du tout le genre de Damian. Et Faran n'a aucun pouvoir politique, ce n'est qu'un herboriste. Que pouvait-il craindre de lui ?

Björn réfléchit.

- Eh bien... peut-être a-t-il découvert quelque chose de compromettant.

- Un complot ?

- Qui sait ? Il est mort, personne ne saura jamais.

- Alors, interrogeons Damian.

- Nous le ferons, soyez sans crainte, mais nous avons des problèmes bien plus apportant à régler. Le procès peut attendre ; Eroll, non.

Tous les conseillers hochèrent la tête, même si les généraux n'étaient pas convaincus.

- Damian voulait lutter, ce qui est noble, je l'admets. Mais après ce qui vient de se passer, je crains que lutter ne soit pas sa réelle intention.

- Que faisons-nous ? souffla Urik. Eroll ne patientera pas éternellement.

- Nous allons nous battre ! clama un général.

D'autres répondirent par l'affirmative, mais beaucoup après les événements, étaient sceptiques. Ils doutaient à présent que livrer bataille était la bonne solution. Damian n'y croyait pas, alors pourquoi le devraient-ils ?

Certains encore, trop au goût de Björn, continuaient de vouloir se battre.

- Oui je comprends parfaitement. Je répugne moi aussi à abandonner le royaume, mais pensons à nos hommes et leur famille. Pouvons-nous vraiment les envoyer se battre, alors que c'est voué à l'échec ? Pouvons-nos vraiment les envoyer mourir pour rien ? Livrer le royaume semble affreux, je le sais, mais au moins, nos hommes et leur famille seraient saufs. Pas de guerre qui ravage tout, pas de familles déchirées, pas de morts innombrables, pas de massacres ni ravages.

Beaucoup hochèrent la tête.

- Sohen n'est jamais tombé, répliqua un général. Nous tiendrons le coup.

- Je le sais, mais les choses changent. Peut-on vraiment parier nos vies sur de simples paroles, que l'on se transmet de génération en génération pour impressionner l'ennemi ? Général, seriez-vous prêt à sacrifier des milliers de vies, juste pour vérifier la vérité de cette phrase ? Parierez-vous votre vie à ce sujet, alors que ceux qui croyaient le plus en la victoire ont abandonné cette idée ?

Le général baissa la tête. Björn, en quelques minutes, venait de rincer l'enthousiasme des généraux et même ceux des conseillers encore contre lui. Il sourit intérieurement. Et sans Damian, personne ne pourrait plus contester ses ordres.

- S'il y avait une chance de vaincre, je me battrais. Mais je ne veux pas tuer des milliers de malheureux, alors qu'on pourrait tous les sauver.

Les hommes hochèrent la tête. Parfait. Il était temps d'envoyer le coup de grâce.

On frappa à la porte, et un garde escorta un petit homme fluet, les joues creuses, le visage terrifié. Il tenait dans sa main un rouleau de parchemin.

- Qui êtes-vous ? demanda Björn.
- Fabrice, messire. Espion au service de Sa Majesté. Je viens de recevoir un rapport de mes hommes, actuellement en Aurlandia.
- Montrez-nous.

Le petit homme traversa la salle, tremblant, et tendit son rouleau de parchemin à Björn. Celui-ci le lut, avant de se décomposer.

- Par les dieux... c'était donc vrai...

Il fit passer le rouleau, qui fit ainsi un tour de table, et chaque personne blêmissait après l'avoir lu.

- Alors c'est vrai ? souffla un général. Le messager d'Eroll n'avait pas menti ?
- Je crains que non.
- Qu'allons-nous faire ? s'horrifia Isaac.
- Ce qui s'impose.

Björn se leva, se dressant de toute sa taille.

- Mes amis, ce rapport nous confirme une chose : l'armée d'Eroll est encore plus grande que tout ce que nous imaginions ! Si nous nous battons, nous serons massacrés, réduits en esclavage. Je suis désolé, mais nous n'avons pas d'autre choix... En tant que proche conseiller de la reine, je déclare que nous devons accepter le marché d'Eroll. Pour sauver tous ces hommes qui mourront sans aucun doute si nous livrons bataille. La reddition du royaume est inévitable, si nous voulons continuer à vivre en paix. Eroll ne nous fera pas de mal. Et toutes ces familles seront sauves et unies. C'est la seule chose à faire pour protéger notre peuple.

Björn attendit, l'estomac noué. C'était maintenant ou jamais.

Un à un, les conseillers hochèrent la tête. Les généraux hésitèrent, se consultant du regard. Tout ceci était trop gros à avaler, ils se doutaient avoir affaire à un coup monté, mais sans preuve, ils ne pouvaient rien faire, et surtout pas se dresser contre le plus proche conseiller, l'homme responsable du royaume. Ils se résignèrent à approuver, n'ayant pas d'autre choix.

Alors tout le monde hocha la tête.

Björn retint à sourire. Sanya n'était plus. Bientôt, il serait le roi d'Eredhel !

25

Connor fut réveillé quand on frappa aux barreaux de sa cellule. Il crut un instant qu'il rêvait, incapable d'aligner ses pensées. Il avait du mal à savoir où il était ni ce qu'il faisait ici.
- Psst... Connor ?
Cette voix... Où l'avait-il déjà entendu ?
Dans ses bras, Sanya s'éveilla en gémissant.
- Que...
- Vous allez bien ?
Les deux jeunes gens battirent des paupières, essayant de percer les ténèbres pour voir la tête de leur interlocuteur. Cette voix leur était très familière. Un déclic retentit, et la porte de la cellule s'ouvrit. Quelqu'un entra. Un soldat.
Une main se posa sur son front, et il ne l'écarta pas.
- Connor, tu m'entends ?
Cette voix... Faisant un effort inhumain, il tenta de ramener ses souvenirs à lui. Sanya faisait de même, plissant les yeux pour voir l'homme.
Darek !
Tout devint clair dans leur esprit. Écarquillant les yeux, ils craignaient de rêver.
- Darek, c'est toi ? souffla Connor.
- Oui ! Bon sang ce que je suis heureux de vous retrouver.
- Comment nous as-tu trouvés ? Enfin, que fais-tu là ?
Darek eut un petit sourire.
- L'envie de te flanquer une rouste pour m'avoir désobéi de la

sorte, principalement. (Il redevint sérieux.) Tu ne me connais pas encore bien, Connor, mais Kelly oui. Elle savait que je ne resterais pas à rien faire tandis qu'elle et toi vous vous mettiez en danger. Elle ne m'a pas laissé de mot. Elle est venue me voir et m'a tout raconté. Tout, votre plan, la route que vous alliez suivre, et surtout, un point de rencontre, si les choses tournaient mal. Je vous ai laissés partir, parce que je savais que de toute façon, si nous ne faisions rien, les choses n'avanceraient pas. Mais je suis resté en retrait, au cas où les choses tourneraient mal, pour vous filer un coup de main. Quand je suis arrivé, je suis passé par le point de rendez-vous. Kelly était là.

- Elle est en vie ! C'est formidable.
- Heureusement pour toi. Elle va bien. Alvin et les autres matelots aussi. Ils m'ont expliqué toute l'histoire. Puis j'ai décidé de venir ici, pour vous sortir de votre pétrin. Ne vous inquiétez pas, je vais vous sortir de là.
- Comment ?
- Je ne sais pas encore. Mais on va trouver, ne vous en faites pas. Avant la fin de la semaine, je vous jure que vous serez libre.
- Darek, c'est impossible. J'ai déjà essayé, on ne peut pas passer au nez et à la barbe des sorciers.
- Leurs défenses sont affaiblies depuis la mort d'Hilmar. J'ai eu vent de ça. Bravo, Connor, je suis si fier de toi.

Le jeune homme n'était pas d'humeur à se réjouir d'un tel compliment.

- Darek, nous sommes trop faibles, répliqua Sanya. Vous ne pouvez pas nous sortir d'ici comme ça. J'ai une idée.

Le Maître des Ombres plongea un regard intense dans le sien.

- Avant tout, je dois vous parler. J'ai appris des choses. Sur vous. Est-il vrai que vous êtes une déesse ? La déesse des vents, bannie par Abel ?

Sanya se mordilla la lèvre. Elle savait ce que les révélations allaient impliquer, mais elle devait le faire.

- Oui... Je n'en ai parlé à personne, parce que je ne voulais pas que ça se sache. J'avais peur.
- Vous êtes magicienne ?
- Oui.

Darek inspira à fond, et Connor était incapable de prédire ce qu'il allait faire.

- Quelles sont vos attentions ?
- Je veux vaincre Baldr et Abel. Je veux unir les panthéons, pour que les guerres de religion cessent enfin. C'est mon seul but, je ne veux pas dominer les humains ni les oppresser, croyez-moi. Je veux juste que les guerres cessent une bonne fois pour toutes. Je vous expliquerai tout, si vous le désirez, mais je jure que je ne me servais pas de vous. Mon amitié pour vous a toujours était sincère, et j'apprécie réellement la votre. Je jure que je ne voulais pas mêler les humains à une autre guerre, mais Eroll ne m'a pas laissé le choix. Voilà pourquoi je veux la paix, pour que je puisse aller me battre contre les dieux. Seule, sans les humains. Je vous le jure.

Darek resta longuement pensif.

- En réalité, c'est Kelly qui m'a parlé de vous. Elle ne voulait pas que je tombe de haut en apprenant la nouvelle ici. (Il sourit alors.) Je vous crois. La confrérie sera votre alliée dans toute votre entreprise, et vous serez toujours ma reine. Je ne sais pas si je serais capable d'aimer les magiciens un jour, mais vous, je vous apprécie vraiment, cela ne changera pas. J'ai foi en vous, et je me battrai pour vous.

Il se frappa la poitrine du point. Connor et Sanya eurent du mal à cacher leur soulagement et leur ravissement.

- Vous avoir comme allié et ami me réchauffe le cœur, souffla la jeune femme. Mais nous devons sortir d'ici avant toute chose.
- Je vous écoute.
- D'abord, comment êtes-vous entré ?
- Je me suis fait passer pour un soldat. Ça fait un moment que je suis là. Je viens de réussir à obtenir un poste ici. Je suis chargée de protéger l'entrée.
- Entre autres, c'est vous qui allez nous conduire aux salles de torture également ?
- Je le crains oui, mais...
- Non, c'est parfait Darek ! Eroll est seul durant ses séances. Et nous sommes si faibles, qu'il n'a besoin que de deux soldats pour nous mener là-bas.
- Vous voulez que...
- Je sais comment faire pour qu'il nous libère. Une fois dans la salle, fermez la porte, tuez le soldat, et menacez Eroll. S'il est menacé, il va enfin m'écouter, et il n'aura pas d'autre choix que d'accepter mon offre. Connor ne peut pas le faire, on l'enchaîne dès

son entrée dans la salle. Tandis que vous...

- Êtes-vous sûre de ça Majesté ?

- Absolument. Je sais comment faire. Il ne me reste qu'une seule chose à faire. Arracher la vérité à celle qui sait tout de cette histoire.

*

Darek ayant réussi à garder son poste, il leur apportait en toute discrétion de quoi manger et boire, ainsi que quelques onguents apaisants, même s'il n'arrivait pas à trouver plus pour eux.

Cependant, le savoir là était un véritable soulagement. Ils retrouvaient enfin l'espoir de sortir de là. Darek et Kelly, les deux meilleurs Maîtres des Ombres, ici, à Castel-noir. Pour eux. Connor avait confiance, à présent. Sanya était sûre que Corra, l'impératrice, savait beaucoup de choses sur Céodred. Grâce à elle, ils allaient enfin pouvoir le trouver, et avec le couteau sous la gorge, Eroll n'aurait pas d'autre choix que d'accepter de les délivrer et de les laisser faire leur mission.

Maintenant, il ne restait plus qu'à faire parler Corra.

L'imperatrice revint deux jours plus tard, sa bassine d'eau et ses onguents à la main. Connor et Sanya furent ravis de la revoir.

- Comment vous sentez-vous ? demanda-t-elle.

- Nous avons connu mieux, répondit Sanya.

Tandis que Corra nettoyait ses plaies, elle plongea un regard sérieux dans celui de l'impératrice.

- Corra, je dois vous parler de choses très sérieuses.

La femme déglutit, sans oser la contempler.

- Vous savez ce qui est arrivé à Céodred. Vous l'avez toujours su.

- Je... Non.

- Corra, je sais que vous ne voulez pas le trahir. Mais il en va de la vie de millions de gens.

- Pas mon chéri... pas lui...

Connor posa une main apaisante sur son épaule.

- Corra, il faut qu'on sache. C'est notre seul moyen de sortir d'ici. Notre seul moyen d'arrêter la guerre.

- Et qu'adviendra-t-il de mon fils ?! se lamenta Corra. Je refuse de le voir souffrir. Son père ne doit jamais le retrouver. Jamais.

- Il s'est enfui, pas vrai ? murmura Sanya. C'est ça la vérité. Votre fils est parti très loin d'ici, et vous couvrez sa fugue.

- Il est tout ce que j'ai.

- Corra, si vous me racontez tout ce que vous savez, si vous me dites comment trouver votre fils, je jure, sur mon honneur, qu'une fois la vérité établie, votre fils sera libre de rester avec moi. Il faut qu'il dise la vérité à son père, toute la vérité, pour que la guerre cesse.

- Elle ne cessera pas.

- Non, mais nous aurons un répit. Avant que Baldr ne trouve un autre moyen de manipuler Eroll...

- C'est vain. Majesté, vous ne comprenez pas. Eroll est fou, il ne pense qu'à servir les dieux, pour pouvoir régner sur le monde. Il est persuadé d'être leur Élu, et qu'il sera récompensé. Il ne renoncera pas. Même si vous rameniez notre fils, il prétendra que vous le manipulez.

- Peut-être. Mais en voyant que je l'ai ramené, en voyant la sincérité de votre fils, c'est le peuple, qui doutera d'Eroll et de ces propos. Si je prouve que je suis innocente, je salis le nom de Baldr par la même occasion. Corra, je sais que ça ne fera peut-être pas beaucoup d'effet, mais je dois essayer. Je dois prouver à l'empire que Baldr n'est pas fiable. Peut-être que la paix sera courte, mais cela m'aidera à trouver le moyen de combattre les dieux. De stopper la guerre. C'est notre seul salut. Et je dois partir d'ici pour ça. Promettre de ramener votre fils est mon seul moyen de partir. Mon seul moyen d'établir la vérité, de faire douter votre peuple, et peut-être même Eroll !

Corra hésita, des larmes roulant sur ses joues.

- Le peuple ne vous croira pas.

- Si. Tout le monde peut ouvrir les yeux si on les aide. Je le sais. J'ai déjà réussi cet exploit. Corra, le ramener est notre seul moyen de prouver à Aurlandia que Baldr leur a menti sur l'enlèvement Céodred. De déstabiliser l'empire. Le seul moyen d'avoir une paix envisageable. Le seul moyen pour moi de sortir d'ici, de vaincre les dieux, d'établir la paix, et de vous sauver, vous et votre fils.

- Jurez-moi... jurez-moi que si vous le trouvez, vous ne le livrerez pas à son père. Jurez-moi que vous me débarrasserez de mon mari.

- Je vous le jure, Corra.

L'impératrice inspira à fond, tremblante.

- Céodred était comme son père, avant. Avide de richesse et de pouvoir. Il aspirait à devenir comme lui, et Eroll en était très fier. Je craignais le pire, pour mon fils. Je n'ai jamais eu peur de lui, mais j'avais peur pour lui. Il filait dans la mauvaise direction, il tombait droit dans le gouffre... et je n'avais aucun moyen de le sauver de son destin.

» Et puis elle est arrivée. Tamara. Une jeune femme resplendissante de beauté, douce et intentionnée. Tout le contraire de mon fils. Elle n'était qu'une habitante des quartiers pauvres de la ville, ils n'auraient jamais dû se rencontrer. Mais ils se sont trouvés. Céodred la vit, alors qu'elle peinait à ramener de l'eau chez elle. Ce fut comme un coup de foudre. Pris d'une impulsion soudaine, qu'il n'a pas comprise sur le coup, il s'est empressé de l'aider.

» Pendant des jours, il se baladait en ville, rien que pour la voir, sans jamais l'aborder. Il m'a alors dit ne plus rien savoir sur lui. Il se sentait changer. En voyant les durs labeurs de Tamara, en voyant la vie si dure qu'elle menait, il commençait à réaliser que les belles paroles de son père et des prêtres étaient fausses. Il a alors pris son courage et commencé à passer du temps avec elle.

» Il changeait. De jour en jour, je reconnaissais de nouveau mon garçon. Un jeune homme gentil, intentionné, plein de bonté. Il voyait de moins en moins son père, et cessait d'être comme lui. Il n'adhérait plus à sa façon de penser. Plus rien d'autre ne comptait pour mon fils, que cette Tamara. Il me l'a présentée, et je l'ai aimé tout de suite. Mais nous avons caché son existence à Eroll. Il ne devait pas savoir. Je suis sûr qu'il l'aurait tué. Mon fils et moi, on s'arrangeait pour qu'il ne sache rien.

» Eroll et Céodred commençaient à se disputer de plus en plus souvent. Eroll ne comprenait pas son changement, et Céodred critiquait sa façon de penser. Une terrible dispute éclata. Céodred est parti sur-le-champ retrouver Tamara, il ne supportait plus son père. Mais Eroll l'a fait suivre. Il a tout découvert. Tout. Il est entré dans une colère noire, quand Céodred est rentré ! Il a cassé le mobilier, menacé de tuer Tamara s'il ne reprenait pas vite conscience de ce qu'il faisait ! Céodred était désespéré. Il est venu me voir.

» Alors je lui ai dit de partir. D'emmener Tamara, et de partir très loin d'ici, là où jamais son père ne pourrait le retrouver. J'ai tout préparé, une cachette pour Tamara, les affaires de mon fils, le bateau et les matelots qui le conduiraient à destination. J'ai juré de garder le secret. J'ai juré que son père ne mettrait jamais la main sur eux.

» Ils sont partis au beau milieu de la nuit. Ils ne sont jamais revenus. Eroll était fou, il a lancé des recherches, mais rien. Personne, hormis moi, ne sait où ils sont.

Sanya eut des scrupules à lui demander de telles informations. Après ce qu'ils avaient vécu, Céodred avait le droit de vivre en paix avec la femme qu'il aimait. Loin de son père. Mais si elle parvenait à le retrouver, elle rétablirait la vérité. Dans le meilleur des cas, Eroll la croirait. Pour un temps du moins, assez pour qu'elle se consacre au Quilyo. Et s'il refusait de la croire, prétextant qu'elle manipulait son fils, cela susciterait des doutes chez le peuple aurlandien, elle en était sûre. Elle avait déjà vu des situations similaires. Une partie de la population se réveillerait, commençant à réaliser qu'Eroll n'était pas un empereur merveilleux et que Baldr n'était pas mieux qu'Abel. Elle pouvait tirer parti des deux cas. Et grâce à ses informations, elle pouvait espérer convaincre Eroll de lui accordait une trêve.

Corra semblait le comprendre, elle aussi, car elle hocha la tête.

- Je vais vous le dire. Parce que j'ai foi en vous. Pour stopper la guerre, vous devez partir, et c'est votre seul moyen de convaincre Eroll. De plus, si vous le ramenez, et qu'Eroll ne vous croit pas, des guerres civiles éclateront, ce qui vous permettra de prendre l'avantage.

Elle inspira à fond.

- Céodred est parti dans les Royaumes Oubliés.

Sanya hoqueta.

- La piste du Crépuscule. C'est là qu'il est. J'ignore où c'est, mais les habitants doivent le savoir.

- Les Royaumes Oubliés sont habités ? s'émerveilla Connor.

- Oui. Beaucoup de peuples y vivent. Des peuples formidables, d'après Céodred, bien que dangereux au premier abord. Demandez-leur, ils seront vous mener à lui.

- Et si tel n'est pas le cas ?

- Je ne peux rien de plus pour vous Majesté. Il faudra vous

débrouiller.

Sanya la serra dans ses bras dans un élan d'affection. L'impératrice hésita, avant de lui rendre son geste, toute tremblante.

- Eroll ne saura pas que mes informations viennent de vous.
- Merci.
- Corra, je sais que c'est beaucoup, mais... Eroll n'est pas digne de confiance, il pourrait profiter de mon absence pour lancer ses troupes. J'aimerais que vous jouiez un rôle... d'informateur, auprès de mes généraux.

L'impératrice eut un mouvement de recul, puis réfléchit longuement. Elle crevait de peur, ça tombait sous le sens, mais elle était loin d'être lâche.

- Je le ferais. Si vous parvenez à convaincre mon mari, je suis presque sûr qu'il accordera réellement une trêve. Pour mieux prétendre ensuite que malgré sa bonté, vous l'avez trahi. Je pense que vous pouvez lui faire confiance de ce côté, il vous laissera partir et chercher sans rien tenter. Pour ensuite retourner la situation contre vous. C'est tout à fait son genre, je l'ai déjà vu faire ça, avec les peuples qui vivent dans le nord lointain d'Aurlandia. Soyez prudente.
- Je le serais. Merci.

Réalisant qu'elle avait assez tardé, l'impératrice se leva.

- Pouvez-vous nous envoyer l'homme qui monte la garde ? demanda Sanya.
- Bien sûr.

Et elle s'en alla, laissant place à Darek, qui colla son visage entre les barreaux.

- Alors, les nouvelles ?

Sanya eut un large sourire malgré son état, qui fit plaisir à voir.

- Corra m'a dit où trouver son fils. Elle m'a aussi garanti qu'Eroll acceptera de nous laisser le retrouver, et qu'il acceptera une trêve. Pour ensuite retourner la situation contre nous, mais ça n'a pas d'importance pour le moment.
- « Regardez, j'accorde ma confiance à la reine, et voilà comment elle me trahit ! » ? imita Darek.
- Exactement. Sauf que je ne le laisserai pas faire, bien entendu. Darek, ça va être le moment. Tuez le garde et menacez Eroll.

- Ne vous inquiétez de rien, Majesté. Je sais faire chanter les gens. Mais pourquoi ne pas le tuer, tout serait alors fini.

- Non. Si Eroll meurt, premièrement nous ne sortirons jamais d'ici, et deuxièmement, Baldr se trouvera un nouvel élu pour nous faire la guerre. Alors que si je parviens à lui faire ouvrir ne serait-ce qu'un peu les yeux, ça nous donnerait le temps nécessaire à mes recherches et mes entreprises.

Darek hocha la tête.

- Comptez sur moi.

- Alors ça va être le moment. Arrangez-vous pour avoir le droit de nous « escorter » jusqu'à la salle de torture, et le tour sera joué. Nous serons libres.

26

Quand la porte de la cellule s'ouvrit, deux soldats les empoignèrent par les épaules, les forçant à se lever. Ils poussèrent des cris de douleur en sentant leurs os douloureux grincer. Darek avait réussi, comme prévu, à conserver son poste pour « escorter » les prisonniers. Il s'occupait d'ailleurs de Sanya, feintant la brusquerie, bien qu'en réalité, il l'aidait à marcher sans trop la faire souffrir.

Sans un mot, ils se dirigèrent tous vers la salle de torture, Eroll menant la troupe. Visiblement, il semblait de très mauvaise humeur. Il devait être au bout de sa patience, et il avait bien l'intention de faire parler les deux amants aujourd'hui. En temps normal, Sanya aurait été blême de terreur. Mais aujourd'hui, elle allait enfin dominer le jeu.

Les deux soldats les poussèrent à l'intérieur de la même salle glacée sans ménagement. Tous les muscles de Connor étaient tendus.

Alors Darek agit avec une rapidité presque inhumaine.

Il fermait à peine la porte derrière son compagnon, qu'il tira sa dague. Le soldat n'eut pas le temps de réagir : la lame venait de s'enfoncer dans ses reins. Il s'écroula de tout son long sans pousser un seul cri. En découvrant la scène, Eroll voulut donner l'alerte, mais Darek était déjà sur lui. L'empereur tira son épée pour contrer le coup, mais le Maître des Ombres le désarma facilement. Il l'attira contre sa poitrine, coinçant sa dague au creux de sa gorge.

- Un mot, et tu es mort, souffla Darek d'une voix sans âme.

Immobile, rouge de fureur, Eroll avait du mal à réaliser ce qui venait de se produire. Ça s'était passé trop vite !

- Si vous me tuez, mon proche conseiller prendra le relais ! cracha-t-il.

- Je ne veux pas votre mort, souffla Sanya d'une voix glaciale.

Elle était libre. Elle se tenait devant lui, une expression pas commode du tout sur le visage. Eroll prit alors conscience de qui elle était réellement. Une déesse. Il blêmit, sentant que la jeune femme avait pris le contrôle. Elle le maîtrisait. Et elle pouvait déchaîner sa fureur sur lui.

- Un de mes sorciers est chargé de surveiller les cachots ! Il va débarquer ici même !

- En effet.

La porte venait de s'ouvrir. Un homme, en tenue de mage, se tenait devant, droit comme un i. À la seule exception qu'une dague menaçait de lui trancher la gorge.

- Vous parliez de celui-là ?

Kelly pencha la tête sur le côté.

- Pathétique. Empereur, vous n'auriez pas du vouloir la mort d'Hilmar. Ses remplaçants ne valent rien. Un jeu d'enfant de le neutraliser.

- Je...

- Personne ne nous attaquera, répliqua Sanya d'une voix aussi froide que la mort. Parce que sinon, je vous égorge.

- Comme je l'ai dit, cela n'a pas d'importance. Un autre me remplacera et vous tuera.

- Ne me faites pas rire ! Vous n'avez pas d'héritier. Vous avez viré tous vos conseillers. Je le sais. Si vous mourez, tous se battront pour le trône. Votre mort causera le chaos dans votre empire, ce qui causera sa perte. Vous le savez aussi bien que moi. De plus, vous vous croyiez trop important pour vouloir mourir.

Eroll se tut. Il avait parfaitement conscience que sa vie était entre les mains de la déesse des vents. Elle avait raison, il le savait. De son côté, Sanya luttait pour masquer ses sentiments. Si Eroll sentait qu'elle bluffait, tout était perdu.

- Que voulez-vous de moi ?

- Une trêve.

- Quoi ?

- Ne me coupez pas la parole ! tonna la jeune femme. Je sais où trouver votre fils.

- Menteuse !

- Vous n'avez rien à perdre. J'ai eu des informations pour le moins troublantes. Votre fils s'est enfui. Je crois savoir qu'il n'a pas apprécié que vous menaciez sa fiancée.

Eroll blêmit. Sanya sut qu'il la croyait, à présent.

- Comment...

- Je le sais, c'est tout. Ne me sous-estimez pas. Je sais également où il est parti. Accordez-moi cinq mois. Une trêve de cinq mois, durant laquelle personne n'attaquera personne. Et je vous jure que je vous ramènerai votre fils.

- Comment vous faire confiance ? Vous allez me poignarder dans le dos !

- Dans ce cas, tout votre peuple aura la certitude absolue que je suis un monstre, perfide et cruel. N'est-ce pas ce que vous voulez ? Qu'on me voit comme une traîtresse, un monstre ?

Eroll réfléchit.

- Et si je refuse ?

- Je vous tue. Et votre empire sombrera dans le chaos.

Sanya n'avait pas un seul doute, l'empereur le sentait.

- Vous allez nous laisser partir d'ici, mes amis et moi. Vous allez promettre de ne pas attaquer durant les cinq prochains mois. Je vais faire en sorte que votre peuple soit mis au courant. Attaquez mon royaume, et vous perdrez la confiance de votre peuple. Et n'espérez pas que vos hommes nous tueront. N'espérez pas nous pourchasser en mer. Je vous montrai pourquoi. Cher empereur, deux choix s'offrent à vous. Ou bien je vous ramène votre fils, et vous aurez la preuve qu'Eredhel n'a jamais voulu la guerre, ou je me joue de vous, et tout votre peuple aura la preuve incontestée que je suis une menteuse. Si mon royaume attaque, ce sera la même chose, vous aurez une très bonne raison pour déclarer la guerre. Si vous décidez de m'attaquer, alors que je me propose de vous aider, cela voudra dire que vous devriez faire face à des guerres civiles. Et j'en tirerais parti, cela va de soi.

- C'est bon, c'est bon..., grommela Eroll. (Il venait de comprendre qu'il n'avait pas vraiment le choix, et qu'un seul faux pas de la part de la jeune femme pouvait lui être bénéfique.) J'accepte...

Sanya eut un sourire de prédateur.

- Ce couteau restera sous votre gorge jusqu'à ce que tout votre peuple soit au courant de la situation. Ensuite je vous libérerai. Vous savez ce qui arrivera si vous me tuez ensuite. Des émeutes. Le chaos.

- Et si vous ne retrouvez pas mon fils ?

- Dans ce cas, vous aurez la preuve qu'il vous faut. La guerre a ses raisons d'être. Votre peuple vous suivra sans réfléchir. Et si j'attaque durant cette trêve, vous aurez une autre preuve de ma traîtrise. Un marché qui nous va à tous les deux.

Eroll la fixa longuement, puis son magicien, toujours aux prises avec Kelly.

- Si le magicien attaque, je vous tue. C'est aussi simple que ça, répliqua Sanya en lisant ses pensées.

Une lueur de soumission passa dans le regard d'Eroll.

- Allons dans la haute cour, que je mette mes gardes au courant.

- Bien sûr, pour que vos archers me prennent pour cible. Vous allez réunir vos généraux dans le hall, là où personne ne pourra nous avoir de la sorte. Une fois qu'ils seront tous bien au courant de la situation, vous ferez rassembler la population sur la place principale. Ai-je votre parole ?

- Vous l'avez.

- Merveilleux !

Sanya s'approcha alors de lui, et murmura d'une voix glaciale à son oreille :

- Le temps de votre domination est révolu. Vous allez comprendre qu'on ne torture pas une déesse sans récolter les coups donnés. Darek, emmenez-le.

Le Maître des Ombres passa devant, poussant Eroll devant lui. Sanya et Connor lui emboîtèrent le pas, et Kelly ferma la marche. Dans les couloirs qui menaient au hall d'entrée, ils croisèrent bon nombre de soldats, qui les contemplaient tous avec stupéfaction et colère. Eroll les dissuada cependant d'attaquer, et Sanya les fusilla du regard, leur faisant bien comprendre qu'elle dominait le jeu.

Ils ne rencontrèrent aucun problème. Eroll avait bien compris qu'il ne pouvait plus rien faire sans s'attirer de gros ennuis. Ses magiciens restèrent bien sages, et ses soldats rangèrent tous leur épée. Il savait qu'il avait perdu cette manche. Une trêve s'imposait, et il allait devoir l'honorer. Sanya avait raison sur toute la ligne, sur les conséquences qui découleraient d'une trahison de sa part.

Une fois dans le grand hall, Sanya ordonna que tous les généraux se réunissent. Elle ordonna également qu'Aela et Breris soient libérés et amenés ici, et qu'on redonne tous leurs effets.

Breris et Aela rayonnaient. Les généraux fulminaient. Et les domestiques dévoraient la scène du regard, attendant visiblement que Sanya tue leur empereur.

Thorlef, plus que tous les autres, était partagé entre rage subite et crainte sans nom. Sanya la dardait d'ailleurs de son regard glacé. Il savait à présent qu'on ne s'en prenait pas à elle impunément. Il en avait conscience, car il empestait la peur. Il savait de quoi elle était capable.

- Messieurs, j'ai des choses importantes à vous dire.

Sanya leur expliqua alors son marché, en insistant sur les conséquences d'une éventuelle trahison de leur part. Elle exposa tout dans les moindres détails. Sa voix ne révélait aucun doute, aucune peur. La voir ainsi, si faible et pourtant si imposante, était effrayant. On aurait dit un esprit vengeur.

Quand elle eut fini, elle se tourna vers Eroll.

- Ce marché vous convient-il, seigneur ?

L'empereur acquiesça en serrant les dents. Se voir dans une telle position de soumission était humiliant, mais il n'avait pas le choix. Il devait encaisser.

- Oui, il me convient. Nous sommes tous les deux contraints de rester tranquilles, à ce qu'il me semble.

- En effet. Maintenant, vous allez venir avec moi. Je veux que toute la population soit rassemblée.

Au ton de Sanya, aucune négociation n'était permise. Elle tenait les rênes bien en main. Quand elle croisa de nouveau le regard de Thorlef, elle murmura d'une voix aussi froide que la mort :

- Ne crois pas que j'oublierai en tournant la page.

Le général frémit, mais ne baissa pas le regard. Il lutterait jusqu'au bout.

Alors qu'ils attendaient, en sécurité dans le hall sous les regards effarés, Connor s'approcha de Sanya, et passa un bras autour de sa taille. Elle s'appuya sur lui, à bout de forces.

- Courage, c'est bientôt fini.

Quand les messagers eurent terminé de rassembler tous les habitants, Sanya y amena Eroll. Darek avait cessé de le menacer de sa dague, mais il restait près de lui. Au moindre faux pas, il serait là pour rattraper le coup. Thorlef suivait, évidemment.

Une fois sur l'estrade, montée à la va-vite pour les accueillir, Sanya se retrouva face à toute la population de Castel-noir, qui la contemplait avec une surprise non feinte. La plupart l'avait vue enchaînée, nue, traînée dans les rues...

- Tous, vous n'ignorez pas pourquoi je suis là. Pourquoi Eroll m'a faite prisonnière. Pourquoi il a déclaré la guerre à mon royaume. Oui, je suis accusée d'avoir enlevé le fils de l'empereur ici présent.

Des murmures parcoururent la foule.

- Depuis deux mois, je tente en vain de prouver mon innocence. Aujourd'hui enfin, je sais comment vous prouver à tous que je ne suis pas responsable de l'enlèvement de Céodred.

Les gens hésitèrent, contemplant tour à tour l'empereur, puis Sanya. Eroll s'approcha alors.

- J'ai accordé à la reine Sanya cinq mois pour retrouver mon fils. Si elle ne le ramène pas dans ce délai, Eredhel paiera cher pour s'être moqué ainsi de nous ! Et si Eredhel attaque, ils le paieront tous aussi très cher pour nous avoir trahis !

La foule approuva.

- Je ramènerai votre fils. Je m'y engage. Eredhel ne vous trahira pas, je n'en ai jamais eu l'intention. Je vous prouverai que je ne suis responsable de rien. Je vous le garantis. Si mes intentions n'étaient pas sincères, je n'aurais pas pris la peine de venir vous parler. J'aurais menacé Eroll, et je serais parti sans attendre. J'en ai eu mille fois l'occasion. Or je ne l'ai pas fait. Parce qu'il est important, pour moi, d'établir la vérité. La disparition de Céodred n'a rien à voir avec moi. Ni même avec Eroll. Je vous le ramènerai, et il vous l'expliquera mieux que moi.

Des gens hochèrent la tête. D'autres avaient les yeux grands ouverts. Était-il possible que Sanya ne soit pas si mauvaise qu'on le prétendait ?

- Maintenant, mes amis et moi allons partir. Nous reviendrons dans cinq mois, et Céodred sera parmi nous.

Des acclamations retentirent. Sanya se tourna vers Eroll.

- J'ai tout ce qu'il faut pour mon départ, ne vous inquiétez pas. Avant de partir, j'ai une dernière chose à vous montrer.

Toujours appuyée au bras de Connor, Sanya prit les devants.

Eroll suivit, tandis qu'Aela, Breris, Darek et Kelly se déployaient autour de lui. Ensemble, ils se dirigèrent vers le port, sous les regards attentifs des gens. Beaucoup contemplaient Sanya avec une toute nouvelle fascination, tandis que d'autres semblaient se méfier.

Une fois arrivé, Connor eut presque du mal à en croire ses yeux. Le navire d'Alvin était amarré à quai, tout son équipage à son bord. Le jeune homme en eut les larmes aux yeux. Libres, ils étaient enfin libres !

- Tu es sûr qu'ils seront là ? lui glissa Sanya.
- Absolument certain.
- Alors, va.

Connor monta sur le pont du navire sans plus tarder. Il fut accueilli par les matelots qui poussaient des cris de joie en lui tapotant le dos, mais il ne s'attarda pas sur les retrouvailles. Il voulait partir le plus vite. Se penchant au bastingage, il ferma les yeux, et essaya de ressentir en lui ce qu'il avait ressenti le jour où sa conscience n'avait fait qu'un avec le serpent. Kelly s'approcha alors de lui, posant sa main sur son dos.

- Pense à lui très fort. Pense à votre lien. Tu t'en souviens ?
- Comment l'oublier ?
- Alors, penses-y fort. Tu n'as pas besoin de sentir l'Onde pour ça. Juste la conscience du serpent. Appelle-le.

Il hocha la tête, et se concentra plus fort. Quand il fut enivré par cette étrange sensation, toute sa concentration focalisée sur le serpent, il crut sentir la présence de son ami en lui.

Viens à moi, mon ami, j'ai besoin de toi.

Quelque chose se mouva dans l'eau, près du bateau. Une forme sombre, qui se déplaçait avec grâce. Tous ceux qui la virent poussèrent des cris surpris et horrifiés.

Alors, un immense serpent de mer perça la surface de l'eau, poussant un cri strident qui glaça les sangs de tous ceux rassemblaient sur les quais. Il plongea un regard de prédateur dans celui d'Eroll, qui frissonna. La bête avait décidé de se montrer sous son pire jour, et tous étaient terrifiés en la contemplant.

Sanya se tourna vers Eroll.

- Voilà ce qui arrivera si vous nous traquez sur les mers : nous lâcherons sur vous nos alliés qui se feront un festin de vos carcasses !

L'empereur ne doutait pas de la véracité de leurs paroles. Près de lui, Thorlef était également livide.

- Je... je vous crois. Maintenant, partez. Ne revenez pas sans mon fils.

- Je n'en avais pas l'intention.

Sanya jeta un dernier coup d'œil à Castel-noir, tandis qu'elle montait sur le navire. Elle fusilla Thorlef du regard, lui promettant une terrible vengeance un jour ou l'autre, vengeance à laquelle il ne pourrait pas se soustraire, même dans la mort.

Après deux mois de pure horreur, elle était libre. Elle allait enfin partir de cette ville de fou !

Accoudée au bastingage, la jeune femme contemplait la ville s'éloigner petit à petit, tandis que les matelots s'activaient sur le pont et dans les voilures. Ce n'était pas un rêve. Elle était sauvée. Elle avait réussi.

Tous ses affreux souvenirs lui revinrent brusquement en mémoire, et elle éclata en sanglots.

Deux bras solides l'entourèrent alors. Sans réfléchir, elle se pressa contre Connor, et pleura longuement contre son épaule.

- C'est fini, murmura-t-il. Nous sommes sauvés.

Tandis qu'il la serrait tendrement contre lui, Sanya pleura sans retenue, libérant enfin toute la douleur qu'il y avait en elle. Connor partageait sa détresse, la soulageant de son poids, et elle lui en fut tellement reconnaissante, qu'elle pleura davantage.

Elle sanglota jusqu'à ce que la fatigue s'abatte sur elle, et qu'elle s'endorme ainsi, blottie dans ses bras.

27

Sanya fut tirée de son sommeil par un cauchemar trop réaliste. Son réflexe fut de se redresser, mais ses côtes brisées protestèrent fortement. Poussant un cri, elle se rallongea, les larmes aux yeux.

Elle n'était pas guérie, loin de là, mais Kelly lui avait préparé toutes sortes de remèdes et d'onguents pour la soigner, et Connor les lui appliquait avec beaucoup de douceur.

Sanya refusait de se servir de la magie, bien qu'elle ne pût cacher son soulagement de pouvoir s'en servir de nouveau. Son corps ne devait pas devenir dépendant. Il devait reprendre l'habitude de se soigner tout seul, c'était primordial, si elle voulait survivre.

Une main se posa sur son front.

- Ça va ?

Sanya tourna faiblement la tête vers Connor. Penché au-dessus d'elle, il semblait inquiet.

- Juste un cauchemar, ça va aller, ne t'en fais pas.

Elle aurait voulu se montrer plus assurée, mais elle sut que son regard l'avait trahi. Le jeune homme s'empressa de la rassurer, l'embrassant sur le front.

Pourquoi avait-elle toujours ce goût du sang dans la bouche, qui lui donnait envie de vomir ?

La nausée la prit.

Connor s'empressa de lui tendre une bassine, où elle rendit le repas qu'elle avait avalé quelques heures plus tôt. Lui tenant les cheveux dans le dos, il attendit que sa nausée passe.

- Tu te sens mieux ?
- Je crois... j'ai l'impression... que jamais je ne guérirais...
- Mais si, tu verras. Kelly a réduit tes fractures. Elle dit aussi que ta fièvre n'est pas dangereuse.
- J'ai tellement mal, je me sens si faible... Je n'en peux plus des nausées, de la douleur... de l'odeur du sang...
- Courage mon amour. Bientôt, ce ne sera plus qu'un pâle souvenir.
- Oui... Connor, je t'en prie, prends-moi dans tes bras.

Devant une telle détresse, il n'eut pas le courage de lui refuser. S'allongeant dans le lit, il l'attira contre lui. Sanya appuya sa tête sur son épaule, le serrant autant qu'elle le pouvait.

- J'ai cru que tu étais mort, souffla-t-elle enfin. Quand je t'ai vu sauter...
- Je l'ai cru aussi. Darek m'a sauvé.
- Je ne t'ai jamais remercié de t'être jeté à ma poursuite. Alors merci. De tout cœur.
- Ne me remercie pas. Je n'ai pas réussi à te sauver...
- Tu es là pourtant. Nous sommes réunis, de retour chez nous.

Connor sourit.

- Oui, c'est vrai. Mais j'ai eu tellement peur... quand j'ai su que tu étais tombée dans un piège... et après. Je n'arrivais pas à dormir la nuit...
- Moi je ne dormais jamais... Je sombrais dans la folie.
- Comment as-tu retrouvé la raison ?

Elle le contempla longuement.

- Tu étais là. Tu me guidais. Je retrouvais toujours le chemin et l'espoir, grâce à toi.

Une larme coula sur sa joue, et elle l'essuya sur son épaule. Ils restèrent un moment silencieux, ne désirant pas se replonger dans ces terribles souvenirs.

- Que t'a dit Eroll, durant ta captivité ? demanda la jeune femme.
- Qu'il se battait pour apporter sa religion aux gens, pour qu'Abel cesse de faire des gens des meurtriers. Parce qu'il avait peur que les peuples reviennent les faire souffrir, comme ils l'ont fait quarante ans plus tôt. La précédente guerre, et surtout le traité, terrorise encore les aurlandiens, et ils sont prêts à tout pour ne plus connaître ça.

- Tu le crois ?
- Je sais qu'Eredhel a commis des actes horribles. Tout comme Aurlandia. Chaque camp n'est pas innocent dans une guerre, c'est un fait. Je comprends la rage des aurlandiens, le traité imposé les a fait souffrir, tout comme la guerre. Mais ils ne doivent pas oublier qu'ils ont fait souffrir aussi. Que ce sont eux qui ont déclaré la guerre. Juste pour obéir à leurs dieux, pour imposer une religion à ceux qui n'en ont pas envie.
- Je ne peux qu'être d'accord, et j'assume les crimes. Mais Eroll ne doit pas oublier que j'ai allégé le traité, j'ai retiré mes troupes, j'ai supprimé les taxes. Si les gens payent et se font piller, ce n'est pas de mon œuvre, mais celle de l'empereur.

Ils se turent, ne voulant plus y penser.

- Sanya, quand j'ai vu ton frère... il m'a dit une chose. Il m'a dit que j'étais ton champion. Que tu le savais, en venant à Jahama.
- Il ne t'a pas menti. Pour accomplir sa mission sur terre, un dieu a souvent besoin d'un champion pour l'aider. Même si je suis devenue humaine, cette règle ne change pas. J'ignorais ton identité, mais je savais où te trouver. Voilà pourquoi je suis allé moi-même à Jahama. Pourquoi je suis passé par Ebènel. Pour te trouver, toi. Parce que j'ai besoin de toi.
- Que suis-je censé faire ?
- M'aider. M'épauler. Je ne pourrais pas réussir sans ton aide, Connor.
- Je serais là.

Sanya déposa un baiser dans son cou.

- Aide-moi à me lever.
- Tu dois dormir. Il faut que tu te reposes.
- Je le ferais. Mais tu viens de me rappeler de faire une chose. Je t'en prie, c'est important. Aide-moi à monter sur le pont.

Connor soupira. Quand sa compagne prenait cet air implorant, il ne pouvait rien lui refuser. En douceur, il parvint à la mettre debout. Elle gémit plusieurs fois, faillit renoncer, mais elle réussit. Un bras autour de sa taille, son amant la fit sortir dans la nuit, et l'accompagna au bastingage.

Une fois que Sanya fut appuyée au bastingage, elle ferma les yeux, et resta silencieuse durant de longues minutes. Connor allait lui demander de rentrer, quand un souffle marin lui balaya les cheveux. En se tournant, il découvrit qu'un homme aux cheveux argentés lui faisait face.

- Kalwen...

Sanya tomba dans les bras de son frère. Les voir ensemble accentuait davantage leurs ressemblances.

- Oh, Sanya, j'ai eu si peur pour toi... Je voulais t'aider, mais je ne pouvais pas... pardonne-moi.

- Je le sais Kalwen, je ne t'en ai jamais voulu. Tu as protégé Connor, c'est tout ce qui compte. Merci mille fois.

- Je continuerai de vous aider comme je le pourrais. Sois prudente Sanya. Baldr ne te laissera sûrement pas retrouver Céodred aussi facilement.

- Je l'attends de pied ferme !

Kalwen sourit.

- Je te reconnais bien là, ma sœur. Maintenant, file te reposer. Tu as besoin de reprendre des forces.

- Tu me manques tellement...

- À moi aussi... Je n'ai pas l'habitude d'être séparé de toi, de vivre sans toi. Je ne me sens pas complet. Reviens vite. J'ai besoin de toi.

- Autant que j'ai besoin de toi. Connor et moi, nous allons réussir, tu verras. Nous serons bientôt réunis.

- Le moment venu, je me tiendrai à tes côtés. Je combattrai pour toi.

- Merci mon frère. Merci pour tout.

Ils se séparèrent à contrecœur. Le regard qu'ils échangeaient laissait voir que leurs âmes étaient profondément liées, d'une façon qu'on ne pouvait pas comprendre.

Après avoir déposé un baiser sur la joue de sa sœur, Kalwen salua Connor avec un profond respect. Puis il y eut comme un geyser d'eau, et plus rien. Le dieu des océans venait de disparaître.

Connor s'approcha pour prendre Sanya par la taille.

- Il faut que tu te reposes maintenant.

- Oui...

Lentement, ils retournèrent se coucher. Sanya sombra dans un lourd sommeil, blottie contre Connor, ne pensant plus qu'au jour où elle retrouverait son identité.

*

Voir les côtes d'Eredhel était un véritable soulagement. Plus loin, les forêts avaient pris leurs magnifiques couleurs d'automne, offrant aux nouveaux arrivants un spectacle qu'ils n'étaient pas près d'oublier. Revoir enfin Sohen finissait de les convaincre qu'ils avaient réussi. Qu'ils étaient saufs.

Darek s'approcha de Connor, un bras passé autour des épaules de Kelly.

- J'avais l'intention de te passer un savon, pour être parti sans prévenir, lança-t-il.

Connor baissa les yeux.

- Mais je vais plutôt louer ton courage devant toute la confrérie, ajouta-t-il avec un clin d'œil complice. Sans toi, qui sait ce qui serait arrivé.

- J'espère qu'il n'y a pas eu trop de soucis ici.

- Maintenant que la reine est là, tout va s'arranger.

- Oui, ça, c'est sûr.

Sanya approcha, encore chancelante. Si ses fractures étaient pratiquement soudées, les séances de torture la laissaient encore très faible. Elle était encore très maigre, et ses blessures ne s'étaient pas estompées.

- Je vais régler tout ça. Et il va y avoir du ménage, je peux vous le garantir.

Il y avait quelques jours, ils étaient tombés sur un navire eredhelien, et l'avaient intercepté, trouvant un message destiné à Eroll. En apprenant que ses conseillers avaient voulu livrer son royaume, Sanya était entrée dans une colère noire.

Il leur fallut encore deux heures avant que le bateau n'entre dans le port. En apprenant l'identité des nouveaux arrivants, une foule de personnes s'était réunie pour accueillir leur reine comme il se doit.

Des cavaliers fendirent la foule, entourant la reine d'un cercle protecteur. L'un d'eux se démarqua, s'inclinant bien bas sur sa selle.

- Majesté ! Je suis tellement heureux de vous revoir. Nous craignions le pire !

- Général, je suis contente de vous revoir aussi.

Voyant Breris, le général le salua avec un profond respect, auquel son camarade répondit sans hésiter.

- Veuillez me suivre, Majesté. Nous allons vous escorter. (Il se tourna vers ses hommes.) Vous, donnez vos montures à Son Altesse et ses compagnons. Ils en ont grandement besoin.

Ils se rendirent au château au petit trot. Qu'il était bon d'être enfin chez soi ! La foule les accompagna jusqu'à destination, mais dut les laisser lorsqu'ils débarquèrent dans la cour du château. En voyant leur reine, tous les soldats se prosternèrent, mais elle les fit relever avec un sourire.

Elle ne manqua pas de remarquer que quelque chose semblait avoir changé. Les hommes semblaient tous très inquiets.

- Général, que s'est-il passé en mon absence ?
- Majesté... Nous avons tout fait, mais il y a eu beaucoup d'imprévu.
- Les conseillers ont livré le royaume ?

Le général hocha la tête.

- Il n'y a pas que ça... Vous devriez vous reposer avant de...
- Racontez-moi tout.
- Très bien... mais avant d'aller voir vos conseillers, il faudrait que vous me suiviez. J'ai quelque chose à vous montrer...

Ils déposèrent les chevaux et s'engagèrent dans le bâtiment des intendances. Sanya ne posa aucune question.

- Votre proche conseiller, Damian, refusait de livrer le royaume, tout comme nous. Certains en revanche, étaient pressés de le livrer. Il y a eu beaucoup de tension pendant des semaines et des semaines, on ne savait quoi faire.

» Et puis il n'y a pas très longtemps... un événement s'est produit, faisant tout basculer. Damian a été accusé de meurtre. On la fait jeter en prison. Et les conseillers désirant rendre les armes en ont profité, vous pensez bien... Voilà le résultat.

- Damian ? Un assassin ? C'est un coup monté !

Sanya était horrifiée qu'une telle chose ait pu se produire dans son château !

- Nous l'avons pensé aussi, les autres généraux et moi... mais sans preuve, nous ne pouvions absolument rien faire. Un enfant et une femme avaient été témoins, tout le monde croyait Damian coupable, et nous ne pouvions pas prouver son innocence. Évidemment, le procès a été remis à plus tard. Björn a pu imposer sa volonté... Je suis désolée, Votre Altesse.

- Vous n'avez pas à l'être. Vous ne pouviez rien faire. Merci d'avoir lutté si longtemps.

- Qui a été tué ? demanda soudain Connor.
- Venez, il faut... que je vous montre.

Il ne les mena pas dans la salle du trône. Ni dans la salle de réunion. Connor ne sut pas où ils allaient. Il craignait le pire. Le général poussa alors une porte, et ils entrèrent dans une pièce petite et sombre. Un lit était installé. Quelqu'un était allongé dessus.

- Faran ! s'étrangla Connor.

Il se jeta au pied du lit, prenant la main de son frère dans la sienne. Son visage ruisselait de larmes.

- Non, Faran ! Je t'en prie réponds-moi ! Non pas toi ! C'est impossible ! Faran !

Éclatant en sanglots, il laissa tomber sa tête sur le torse de son frère, pleurant toutes les larmes qu'il avait, gémissant de douleur. Sanya s'approcha, posant une main sur son épaule.

- Faran... Non ! Je t'en prie tu ne peux pas... Pas toi... Je t'aime mon frère, je t'aime... pourquoi ?

- C'était un complot, je n'en doute pas, répondit le général. Visant à éliminer Damian et votre frère, car ils étaient trop dangereux. Je crains que Faran n'ait découvert des choses compromettantes.

- Faran...

Personne ne parla, laissant Connor avec son chagrin. Il lui semblait que tout s'écroulait autour de lui, qu'on venait de le poignarder. Ce n'était pas possible ! Pas lui !

- Connor...

Le jeune homme redressa la tête, persuadé d'avoir rêvé. Faran battait faiblement les paupières, et sa main glissa vers celle de son frère.

- Tu es revenu...

Sa voix était si faible.

- Oh Faran ! Faran, tu es en vie !

Ce dernier eut un sourire.

- Je l'ai échappé belle.

La porte s'ouvrit derrière eux, et un guérisseur entra, un bol fumant en main.

- Oh par tous les dieux, vous êtes réveillé ! s'écria-t-il.

Bousculant tout ce petit monde qui lui bloquait le chemin, il se précipita au chevet de l'herboriste.

- Oui, oui... vous êtes en bonne voie. Vous êtes tiré d'affaire mon jeune ami, c'est formidable ! Je pensais que vous ne vous réveilleriez pas.
- La voix de Connor m'a guidé...
- Mon frère...

Le jeune homme lui caressa les cheveux.

- Le soldat chargé d'amener son corps à la nécropole a constaté qu'il vivait encore, expliqua le général. Persuadés que certains conseillers étaient des traîtres, nous l'avons caché ici, attendant qu'il se réveille pour apprendre la vérité sur cette affaire. Personne ne sait qu'il est en vie. Nous avons cru que jamais il ne se réveillerait...
- Damian..., articula Faran. Où est-il ?
- En prison, pour le moment. Ils ne lui ont rien fait.
- Il est innocent... C'est... Béomer m'a poignardé. Björn, Delvin, Urik, Sorcor et Isaac étaient dans le coup aussi... Ils voulaient livrer le royaume, pour régner... Eroll leur avait fait une très belle offre... Damian et moi étions une menace. Et j'avais découvert tout leur plan. Ils avaient tout prévu. Des témoins, Damian sur la scène du crime... Un procès retardé, et un faux rapport d'espion...

Sanya posa une main sur son front, car il se fatiguait de trop à parler. Elle n'avait pas besoin d'en savoir davantage.

- Merci Faran. Je vais régler tout ça maintenant. Repose-toi.
- Tu es sauve... je suis soulagé.
- Dors. Tu ne crains plus rien maintenant.

L'herboriste hocha la tête. Il ruisselait de sueur et peinait à garder les yeux ouverts. Dérangée dans son sommeil, Il'ika apparut alors. Poussant un cri de joie, elle se précipita sur Connor, puis sur Sanya, débordante de soulagement et de joie. Elle aussi avait dû être terriblement chamboulée.

- Il'ika, je suis heureux de te voir. Tu m'as terriblement manqué. Mais nous parlerons après. Sanya et moi avons des choses très importantes à régler. Je reviendrai. Prends soin de Faran.

La fée hocha la tête.

- Général, faites venir tous mes conseillers dans la salle du trône, annonça Sanya. (Elle désigna Alvin.) Qu'on s'occupe de lui en attendant, je le remercierai comme il se doit plus tard. (Elle se tourna vers ses amis.) Vous n'êtes pas obligé de rester.

Tous secouèrent la tête. Ils resteraient avec elle pour la soutenir.

Tandis que le général s'occupait de rassembler tout le monde, Connor aida Sanya à prendre place sur son trône. Même si elle était très faible, elle affichait un air sinistre. Mieux valait ne pas lui cherchait des ennuis. Capuchon rabattu sur leur visage, les trois Maîtres des Ombres l'encadraient. Aela et Breris prirent place près d'eux, une main sur leur épée. Une formidable assemblée qui ne laisserait aucune chance aux traîtres.

Quand les conseillers arrivèrent, ils poussèrent un cri de stupéfaction en découvrant leur reine et sa formidable garde. Ils se jetèrent à terre, le front collé au sol.

- Majesté, quel soulagement ! s'écria Björn.
- Gardez vos belles paroles, grinça Sanya.

Ils frémirent de terreur devant ce ton si dur. Même dans son état, Sanya était effrayante.

- Björn, Delvin, Sorcor, Urik, Isaac, Béomer, avancez.

Les six hommes obéirent, échangeant un regard inquiet.

- J'ai appris que Damian est accusé du meurtre de Faran.
- Oui... Une bien triste histoire, Majesté, nous...
- Suffit ! tonna la reine. Vous me prenez pour une demeurée ?!
- Non, nous...
- Taisez-vous ! Ne me coupez plus jamais la parole, ne me prenez plus pour une idiote, ou je vous fais pendre sur-le-champ !

Les six conseillers frémirent, mais tous les autres également. Ils étaient livides de terreur.

- Je me fais enlever, et voilà comment vous dirigez mon royaume ?! En le livrant à l'ennemi, pour quoi, de l'or et une promesse de pouvoir ?!

Personne ne répondant, elle enchaîna :

- Et qu'est-ce que j'apprends ?! Vous avez comploté contre Damian, le faisant accuser de meurtre, pour l'écarter, et rallier tous les autres conseillers à votre cause ?!
- Ce n'était pas un complot, Faran a vraiment...
- Faran est vivant, bande d'abrutis !

Tous les hommes la contemplèrent avec stupéfaction.

- Oui, il était vivant quand vous le conduisiez à la nécropole ! Heureusement qu'il y a des gens dignes de confiance dans ce château ! Comment osez-vous avoir commis une telle chose ?!

Oui, je sais tout, absolument tout ! Faran m'a tout raconté ! Comment vous avez comploté dans votre chambre, comment Béomer l'a poignardé, et comment vous avez fait accuser Damian !

Les traîtres baissèrent la tête. Ils savaient qu'ils étaient fichus.

- Je devrais vous faire pendre, ou même écarteler ! rugit la reine. Vous n'êtes qu'une bande d'idiots, d'égoïstes, de vieillards séniles, et d'hommes écervelés !

- Qu'allez-vous faire de nous ? osa souffler Delvin.

- Vous êtes accusés de haute trahison ! Je vous bannis ! De Sohen, et d'Eredhel ! Prenez vos affaires et toute votre petite famille, et débarrassez-moi le plancher ! Si l'un de mes hommes vous croise dans le royaume, il aura ordre de vous tuer, est-ce clair ?

- Majesté...

- Est-ce clair ?!

- Oui...

- Fichez le camp ! Demain matin, si vous êtes toujours là, je ferais empaler votre tête sur une pique !

Les six hommes échangèrent un regard, et détalèrent comme des lièvres apeurés sans chercher à polémiquer. Les autres n'osaient pas contempler leur reine en fureur. Jamais ils ne l'avaient vu ainsi, et tous devaient bien admettre qu'énerver Sanya était bien la dernière des choses à faire. Connor songea qu'elle portait bien son titre de déesse des tempêtes, il n'y avait pas à dire. Elle si douce et intentionnée pouvait rapidement devenir terrifiante.

La reine tourna son regard vers les autres conseillers.

- D'autres traîtres sont dissimulés parmi vous, lâcha-t-elle froidement. Et je suis pratiquement certaine de leur identité. Voilà ce que je vais faire : je vais vous bannir du château. N'étant pas reconnus coupables, vous serez autorisés à rester dans le royaume, mais n'espérez pas remettre les pieds ici !

Les contemplant un à un, elle désigna ceux qu'elles avaient toujours voulu virer, car ils l'avaient sans cesse contredit. Ceux qui disaient qu'elle était une mauvaise reine. Ceux qui ne vivaient que pour l'argent et le pouvoir. Ceux qui lui avaient déjà causé des torts, ceux qui avaient voulu la reddition du royaume. Aujourd'hui enfin, elle avait le courage de faire ce qu'elle avait toujours voulu faire.

- Filez tous d'ici. Demain matin, je ne veux plus vous voir, est-ce clair ? Vous n'êtes que des traîtres !
- Nous voulions seulement protéger le royaume...
- En accusant Damian d'un faux crime, en tuant un innocent ? Non, mais vous me prenez pour une demeurée ? Dégagez-moi le plancher !

Quand Connor esquissa un geste, ils s'empressèrent tous de quitter la pièce. Les conseillers restants, quatre en tout, tremblaient de peur.

- N'ayez crainte, murmura Sanya, soudain calmée. Un de mes généraux m'a assuré que vous étiez contre la reddition du royaume.
- Nous avons failli en acceptant...
- Vous n'aviez aucune preuve que c'était un complot, et j'admets que Björn est un redoutable orateur. Vous m'avez vaillamment servi, et vous serez récompensé. Vous n'avez rien à craindre, mes amis.
- Merci Votre Altesse.

Profondément soulagés, ils s'inclinèrent devant elle.

- Redressez-vous. Vous pouvez disposer.

Lorsqu'ils furent partis, Sanya s'affala sur son trône.

- Voilà une bonne chose de faite.
- Vous avez bien fait, Majesté, répondit Breris. Nous trouverons d'autres conseillers dignes de ce nom.
- J'en suis sûr. Général, allez vous reposer. (Elle se tourna vers son autre général, qui l'avait rejoint depuis peu.) Assurez-vous que ces traîtres quittent bien tous le château. Et faites libérer Damian sur-le-champ.
- Bien sûr.
- Sanya, vous devriez vous reposer, maintenant, lança Kelly. Vous ne craignez plus rien.
- Oui... Je ne me sens pas bien du tout... Alvin, Aela, ce château sera le vôtre tant que vous le désirez. Quand je serai rétablie, je vous récompenserai personnellement.
- Merci Altesse, répondirent-ils.
- Allez, viens.

La portant à moitié, Connor l'emmena jusqu'à sa chambre. Les gardes ne protestèrent pas contre la présence de Connor dans la chambre royale. Le jeune homme allongea doucement sa bien-aimée sur le lit, et la couvrit jusqu'au menton.

- Je suis avec toi. Tout est fini maintenant. Tu es chez toi.
Sanya hocha la tête. Elle n'en pouvait plus. Elle sombra dans l'inconscience.

28

Les jours, puis les semaines s'écoulèrent, durant lesquels Connor, Sanya et Faran n'avaient fait que se reposer et prendre des forces. Sanya en particulier, avait eu besoin de nombreux traitements. Ses blessures avaient mis un temps fou à guérir, et son organisme avait eu encore plus de mal à se purger, et à reprendre une activité normale. Sanya avait des problèmes à manger correctement, son organisme refusant certaines nourritures, notamment la viande. De plus, trop habituée à se reposer sur la magie, sa remise en fonction avait été dure, pour le plus grand malheur de la jeune femme.

Il avait fallu davantage de temps encore, pour que ses cauchemars cessent, pour qu'elle arrête de se réveiller en hurlant prête à frapper et qu'elle ne sursaute plus au moindre bruit ou touché. Bien qu'elle ne fut pas violée, Connor avait craint qu'elle ne puisse plus supporter le contact d'un homme, car les soldats et Thorlef avaient du lui faire des choses atroces. Mais il n'en fut rien. Elle aimait toujours autant le contact de son corps.

Si ses nuits étaient parfois hantées, l'angoisse et la terreur, qui avaient été ses plus fidèles compagnes, l'avaient enfin abandonnée. Les blessures visibles avaient fini par disparaître, tandis que les internes guérissaient lentement mais sûrement. Elle retrouvait également du poids, retrouvant les courbes si belles qu'étaient les siennes.

Connor ne cachait pas sa fascination. Après l'avoir vue si décharnée, les os pointant sous la peau, il trouvait qu'elle était encore plus belle que jamais.

Faran s'était également remis de sa terrible blessure, qui avait bien failli lui coûter la vie, ne gardant plus qu'une fine cicatrice sur le ventre. Seul trace du terrible drame qui était survenu.

Aela, Breris, et Alvin avaient été généreusement récompensés. Breris avait gagné en autorité, tous, soldats comme généraux lui devaient le respect, sa voix lors des conseils de guerre avait plus d'importance, il commandait plus d'hommes, et il serait le prochain général en chef. Aela était devenue conseillère de guerre, bras droit armé de la reine. Alvin fut nommé Premier marchand, et s'occupait personnellement des transactions de la reine. Tous avaient également reçu une très belle somme d'argent pour leurs exploits. Faran fut nommé conseiller de la reine, et Damian avait été généreusement récompensé.

Seule la confrérie avait refusé d'être payée.

Durant tout ce temps, Sanya et les autres avaient commencé à préparer leur future expédition dans les Royaumes Oubliés.

Néanmoins, avant de commencer leur quête, Damian avait insisté pour que Sanya accepte de passer le festival des légendes avec eux. La jeune femme n'avait pas pu le lui refuser. Le festival des légendes était pour Eredhel une occasion de s'évader, de rêver en grand. Les villageois paradaient en ville, dans leur costume le plus réussi. Il y avait des danses, des banquets, la ville était décorée avec toutes sortes de choses qui se référaient à la mythologie. Puis, les inscrits se présentaient un à un sur une immense estrade, où ils racontaient une histoire ou une légende, sortie tout droit de leur imagination. Les gens se surpassaient, en général, et tous passaient une merveilleuse soirée, baignant dans une atmosphère de fantastique, de mythologie et de légende.

Les préparatifs avaient déjà commencé et chacun mettait une très grande volonté à ce que tout soit parfait. La ville avait décoré avec des lampions multicolores, des pantins représentant des créatures mythologiques ; sur les places, d'immenses tables de banquets avaient été installées, avec des pistes de danse. La reine s'était rendue en personne dans sa ville, pour admirer l'œuvre des habitants, approuvant ou apportant des idées supplémentaires. Connor la suivait comme son ombre, ne la lâchant jamais d'une semelle. Même si le monde avait beau lui créer une angoisse inexplicable, cette fête l'égayait.

Quand enfin ce fut le jour des festivités, la musique satura l'air, des centaines de personnes déguisées se pavanaient devant la foule, et le vin, la bière et autre boisson coulaient à flots. On avait oublié la guerre, les dramatiques événements passés, pour se concentrer sur les festivités. Rien de mieux pour se rappeler que la vie continuait, et qu'il fallait l'apprécier.

Sanya voulait être auprès de son peuple pour cette fête qui attirait des gens de tous les royaumes. Vêtue d'une magnifique robe, avec un décolleté dans le dos, elle ne pouvait passer inaperçue. Et l'homme qu'elle tenait par le bras attirait tout autant le regard, si impressionnant et beau dans son costume de prince. Le roi de Dryll, Aldaron, et celui de Jahama, Roald, étaient venus se régaler des festivités, accompagnés leur épouse et de leurs enfants.

Ils discutèrent longuement de choses et d'autres, des sujets principalement politiques et militaires, mais la musique finit par les arracher à leurs responsabilités. Les rois et les épouses se mêlèrent aux gens pour entamer les danses, tout sourire aux lèvres, rayonnant de joie.

- M'accorderiez-vous cette danse, Majesté ? demanda Connor en tendant une main.

- Vous savez danser, messire ? se moqua Sanya.

Pour toute réponse, il lui lança un sourire énigmatique. Sanya prit sa main, et il l'emmena sur la piste, l'entraînement dans une danse mouvementée. Ils rirent, aux anges, se serrant l'un contre l'autre. Connor ne se débrouillait pas trop mal, bougeant en parfaite harmonie avec sa compagne. Si les deux jeunes gens n'avaient pas révélé leur relation, à voir les regards qu'ils échangeaient, personne ne pouvait douter que leurs cœurs étaient profondément épris.

Ils dansèrent ainsi jusqu'à ce que le souffle leur manque. Alors ils se dirigèrent vers les tables de buffet, et tandis que Sanya retrouvait Damian, en compagnie de sa femme, Connor se chargea de lui préparer une assiette digne de ce nom.

- Je vois que toi aussi tu es de service.

Connor se tourna pour découvrir Darek, vêtu d'une magnifique tenue, qui le rendait encore plus impressionnant et charmant qu'il ne l'était déjà. Kelly n'était pas loin, s'étant déjà frayé un chemin jusqu'à Sanya. Son ventre maintenant bien arrondi lui donnait un air plutôt attachant.

- Le grand Darek réduit au service, plaisanta Connor.
- Tu sais comment est Kelly, je ne peux rien lui refuser.
- Nous avons ce point en commun. Les autres sont là ?
- Évidemment. Kyle doit être dans le coin. Mia te cherchait, aux dernières nouvelles.
- Je vais essayer de la trouver.

Quand ils eurent fini de remplir leurs assiettes, les deux hommes retournèrent auprès de leur dame. Les discussions pour une fois joyeuses se poursuivirent ainsi longuement. Connor contemplait les gens qui paradaient avec leur déguisement, puis ceux qui dansaient en riant. Mia le trouva enfin, elle se jeta à son cou avec l'enthousiasme d'une petite fille.

- Je me suis inscrite pour raconter mon histoire. Tu as intérêt à venir m'écouter !
- Je ne manquerais ça pour rien au monde. Tu es accompagnée ?
- Oui, mais ce n'est pas un roi, moi, lança-t-elle avec un clin d'œil complice avant de disparaître.

Kelly entraîna alors Connor dans une danse, et Darek invita Sanya, qui ne lui refusa pas. Kelly était vraiment douée, une danseuse prodigieuse. Être enceinte ne la pénalisait nullement. Connor se sentait maladroit à côté d'elle, mais elle s'en fichait éperdument, éclatant de rire tant elle était heureuse. Il songea qu'elle était vraiment une femme formidable, toujours à voir le bon côté des choses et pleine de vie.

- Cela fait longtemps que je ne m'étais pas amusé comme ça, souffla la Maîtresse des Ombres. Un jour où rien d'autre ne compte que s'amuser. Oublier ses problèmes, le poids des responsabilités, la guerre. Ça fait du bien. Un bien fou.
- Je suis du même avis. Avec ce qu'on a subi, on en apprécie que plus les joies de la vie.

Une fête loin d'être terminée, pour Kelly, qui fut surprise de voir que Darek la prenait à part. Curieux comme des enfants, Sanya et Connor s'approchèrent. Quelle ne fut pas leur surprise de voir le Maître des Ombres se mettre à genoux devant sa belle, tenant une boîte contenant une magnifique bague.

- Ma vie sans toi n'est pas une vie. Je ne vis que pour toi. Que tout le monde sache m'est égal, parce que je t'aime et je ne veux que toi. Kelly, mon amour, veux-tu m'épouser ?

La jeune femme n'avait pas hésité une fraction de seconde avant de se jeter dans ses bras en hurlant un grand oui. Darek la fit virevolter, la serrant fort contre lui. Se détournant, ils leur laissèrent un peu d'intimité. Une corne sonna, et tous les gens cessèrent leurs activités pour se répartirent sur les places, où les conteurs de légendes et d'histoires allaient se présenter. Connor passa un bras autour de la taille de Sanya, et se laissa guider. La reine avait droit à une place privilégier.

Ils se retrouvèrent sur un balcon où les autres monarques les rejoignirent. Les soldats chargés d'assurer leur protection ne les lâchaient pas, même s'ils se fondaient dans la foule. Les nobles, qui avaient tenu à faire la fête en ville, avaient droit à leur balcon. Connor y découvrit Faran, qui lui jeta un regard narquois, mais mal à l'aise. Damian et Carina étaient auprès de lui.

En bas, la foule s'amassait, attendant avec impatience de découvrir les formidables histoires de cette année. Les meilleurs seraient retenus par un jury, pour être archivés dans la bibliothèque royale. Les enfants réussirent à se faufiler devant, tandis que les adultes essayaient de trouver une place.

On éteignit alors les lanternes, ne laissant que celles éclairant l'estrade. Les conteurs apparurent tour à tour, racontant des histoires aussi bien émouvantes qu'effrayantes, des histoires de créatures mythologiques attaquant les naufragés, de bêtes sanguinaires peuplant les forêts, les légendes sur certains lieux, où disait-on, des gens hors du commun s'étaient rendus. Des récits d'aventures de grand guerrier ou de magicien, d'un roi ou d'une reine, parfois même d'amants.

On racontait même des histoires sur le légendaire désert d'Eredhel. Nul ne savait comment il était vraiment né - surtout dans une contrée où l'hiver était coriace – aussi les gens s'en donnaient à cœur joie.

Enfin, ce fut autour de Mia, qui les épata en racontant la légende d'un Maître des Ombres, qui, disait-on, aurait sauvé une reine. Une histoire qui avait fait mouche, et captivé tout son auditoire. Amour, danger, monstre, briguant, magie. Si la jeune fille en avait ajouté beaucoup, inventant des lieux, des royaumes et des ennemis, Sanya et Connor échangèrent un regard en reconnaissant leur propre histoire. Mia termina sur un hommage, auquel répondit tout son public, même s'il ignorait que leur reine était le personnage central de cette histoire. Connor et Sanya en avaient les larmes aux yeux.

Le spectacle se termina plusieurs heures plus tard, et les gens retournèrent à la fête, ne cessant de parler sur tout ce qu'ils avaient entendu.

Après avoir dansé d'autres fois, Connor et Sanya s'éclipsèrent de la fête, informant les gardes qu'ils ne devaient pas les suivre. Main dans la main, ils quittèrent la ville pour se promener sur la plage, observant en silence le firmament qui se reflétait sur l'étendue noire de l'océan. Les vagues qui venaient s'échouer sur la plage produisaient un son reposant et apaisant, et ils l'écoutèrent longuement, la lueur des lunes éclairant leurs pas. La musique n'était plus qu'un son étouffé au loin, et personne ne venait troubler cette douce quiétude.

Puis ils s'assirent dans le sable, les yeux perdus dans l'horizon. Connor referma ses bras autour de sa compagne, appuyant son menton sur sa tête.

- Quand je vois ça, je me dis que rien ne s'est vraiment produit. Que rien n'est arrivé, que je suis toujours à Ysthar.

- Cela ressemble à ton royaume ?

- Le domaine de mon frère est ainsi, oui. J'y allais souvent pour me détendre. Je me rappelle encore son temple flottant au grès des vagues... Je ne me lasse pas de ce paysage, je pourrais le contempler jusqu'à ma mort.

- C'est vrai que c'est merveilleux... Et ton domaine à toi ?

- C'était un palais bâti au sommet de la plus haute montagne, je pouvais contempler le monde et sentir tous les vents qui venaient se croiser chez moi. Les nuages descendaient dans ma cour, l'un de mes jardins était d'ailleurs une étendue de nuages sur lesquels je m'allongeais. Mon palais était de marbre, mais on aurait dit du verre retenant des nuages qui circulaient dans chaque mur. Je pouvais me laisser porter par le vent au-dessus du monde...

Ils restèrent encore silencieux un moment, Sanya perdue dans ses souvenirs, Connor n'osant pas la déranger.

- Kelly doit être heureuse, souffla la jeune femme, changeant de sujet. Depuis le temps qu'elle rêvait de ça.

- Darek est un peu lent à se lancer. La peur qu'il a dû ressentir à l'égard de Kelly lui a donné à réfléchir.

- Et toi ? demanda-t-elle avec un petit sourire.

- Je n'ai pas à réfléchir, tout est clair pour moi. Quand nous serons enfin en paix, il est possible que je te demande en mariage, dit-il avec un sourire.

Sanya se tourna dans ses bras, et noua ses mains derrière sa nuque l'embrassant tendrement, les yeux brillants.

- Moi, ma captivité m'a fait réfléchir, avoua-t-elle. Je ne voulais pas mourir sans t'avoir épousé. Que j'ai l'accord de mes conseillers ou pas, j'ai réalisé que ma vie ne tient pas à beaucoup, et je tiens à profiter de toutes les joies qui s'offrent à moi, sans demander l'avis à personne.

- Alors, tu es prête à t'afficher avec moi, un simple paysan ? la taquina-t-il.

- Non, je suis prête à m'afficher, à dévoiler mon amour pour l'homme de ma vie. Peu m'importe les règles, les traditions... Je t'aime, et que tout le monde le sache m'est égal. J'ai passé trop de temps à me dire que si je mourais, je n'aurais jamais profité de nous. Je ne veux plus de ça. Je t'aime, et je ne veux pas le cacher, je ne veux pas freiner mes envies.

Connor lui adressa un sourire coquin :

- L'accès de ta chambre m'est donc autorisé ?

- Mes quartiers sont les tiens, à présent. Comme mon lit, et la reine qui y dort...

Elle l'embrassa fougueusement.

- Je suis roi ? plaisanta-t-il.

- Que si tu le veux un jour.

Se serrant l'un contre l'autre, ils observèrent la nuit et ses multitudes d'étoiles.

- Sanya... tu sais, je ne suis pas sûr que ce soit une bonne idée... retrouver le fils de l'empereur.

- Pourquoi ?

- Qui te dit qu'il ne va pas en profiter pour élaborer une stratégie ?

- Parce que tu croyais que les stratèges allaient se tourner les pouces ?

- Non... mais s'il attaque ?

- Nous serons prêts. Corra fera une espionne redoutable, j'en suis sûre. De plus, si Eroll attaque avant la fin du traité, beaucoup se soulèveront contre lui, comprenant qu'il n'est pas si bien qu'il le prétend.

- Quelques mensonges, et le tour est joué.

- Non, pas après tout ce qui vient de se passer. Peu importe ce qu'il parvint à faire croire à son peuple, tous ont vu ce que j'étais prête à faire pour eux. Eroll ne sera pas soutenu par tous.

- Je ne te ferais pas changer d'avis, n'est-ce pas ?

- Non. C'est ma seule chance de causer des torts à Baldr. De prouver à son peuple qu'il n'est pas celui qu'il prétend être. Une petite victoire, pour ce que j'entreprendrai plus tard.

- Ne va-t-il pas te pourchasser ?

- Possible. Mais il se rappellera vite qui je suis vraiment, même sous cette forme.

- Je te fais confiance... Sais-tu ce qui nous attend aux Royaumes Oubliés ?

- Pas le moins du monde. Abel nous a toujours interdit d'y aller, car notre domination s'arrête à cette frontière. Mais la véritable raison, c'est qu'il a peur de ce qu'il y a là-bas, et de ce qu'on pourrait découvrir. J'ignore pourquoi il a créé la Barrière, mais nous le découvrirons. Peut-être que les Anciennes civilisations ne sont pas des légendes...

- Possible. Et qui sait, peut-être trouverons-nous le Quilyo.

Contemplant le ciel, ils se plongèrent dans le futur, se préparant à la mission qui les attendait. Leur unique chance de paix dépendait entièrement d'eux, à présent.

Éditeur : BoD-Books on Demand, 12/14 rond point des Champs Élysées,
75008 Paris, France
Impression : BoD-Books on Demand, Norderstedt, Allemagne
ISBN :978-2-322-13270-6
Dépôt légal : 12/16